*Für meine Großeltern
und die junge Generation,
denen der Krieg die Jugend raubte*

*sowie für all jene, die mit ihrem künstlerischen,
kulturellen, politischen oder auch persönlichen Einsatz
die Weiterentwicklung der beiden Stadtteile voranbringen,
stellvertretend für viele andere Sylvia Nast-Kolb,
Michael Scheuermann, Bernd Görner, Norbert Herrmann,
Rita Kunz-Krusenbaum, Achim Machill,
Alexander Bergmann und Susanna Weber.*

*Mein ganz besonderer Dank
gilt meiner Mutter Eleonore Jung
und ihrem Cousin Günter Noé dafür,
dass ich ihre Erinnerungen
in diesen Roman einbringen durfte.*

Nora Noé, geb. 1952 in Mannheim, war nach dem Germanistik- und Kunststudium zunächst als Lehrerin tätig. Danach leitete sie zwei Jahrzehnte den Kunst- und Kulturbereich an der Volkshochschule Karlsruhe. Neben Theaterstücken für Kinder brachte sie zahlreiche musikalisch-literarische Programme auf die Bühne. Bisher erschienen die Romane Wer einmal einen Priester küsst (2006) sowie Mitten im Jungbusch (5. Auflage 2010). Nora Noé lebt heute als freischaffende Schriftstellerin in Mannheim. **www.noranoe.de**

Nora Noé

Zwischen Jungbusch und Filsbach

Roman

Lindemanns Bibliothek

Lindemanns Bibliothek
Literatur und Kunst im Info Verlag

herausgegeben von Thomas Lindemann

Das Titelfoto (Familienbesitz) zeigt Helena mit Ewald
im Schrebergarten der Legrands auf der Friesenheimer Insel.

Karte S. 8: www.cartomedia-karlsruhe.de

Bibliografische Information der Deutschen Nationalbibliothek
Die Deutsche Nationalbibliothek verzeichnet diese Publikation in der
Deutschen Nationalbibliografie; detaillierte bibliografische Daten
sind im Internet über http://dnb.d-nb.de abrufbar.

© 4. Auflage 2013 · Info Verlag GmbH
Käppelestraße 10 · 76131 Karlsruhe
www.infoverlag.de

Lindemanns Bibliothek · Band 83
ISBN 978-3-88190-562-6

Mit den Bomben ist das wie mit dem Gewitter:
Wenn du das Grollen des Donners hörst, weißt du,
dass der Blitz nicht dich getroffen hat.

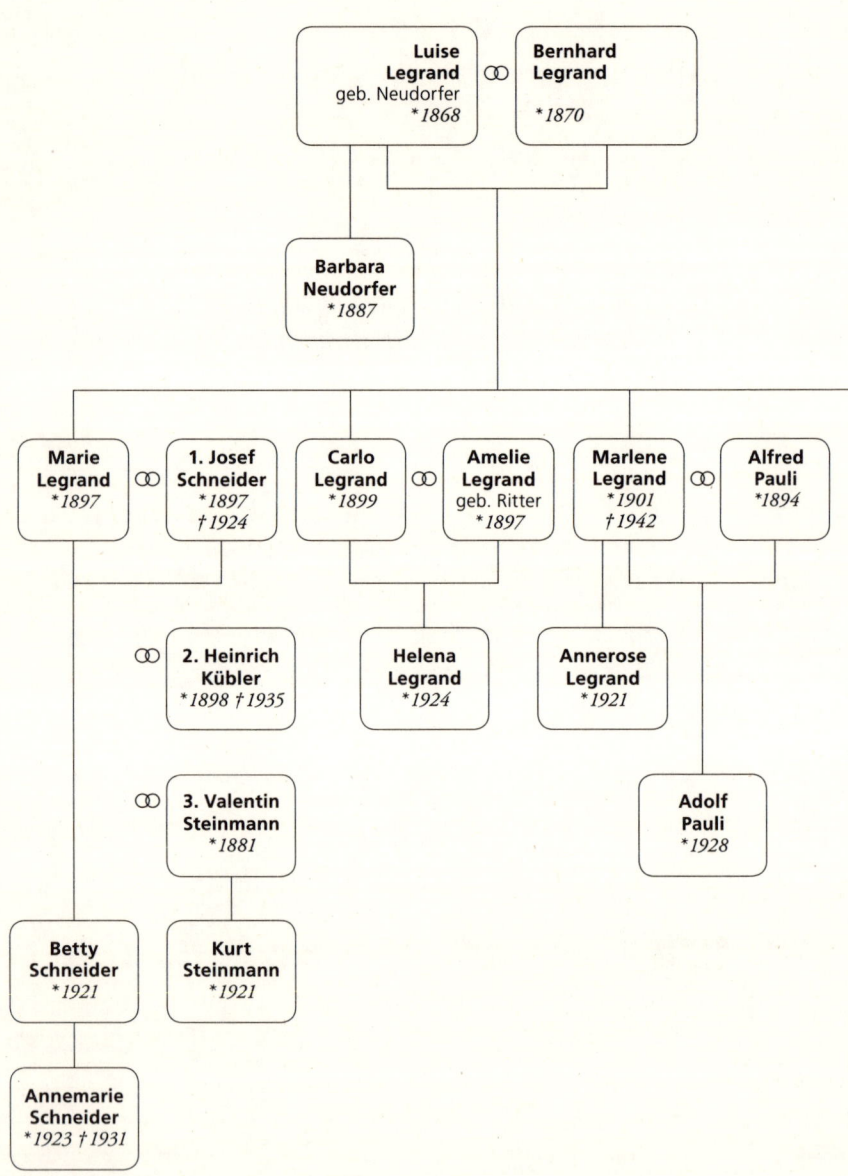

Stammbaum der Familie Legrand
bis Ende 1945

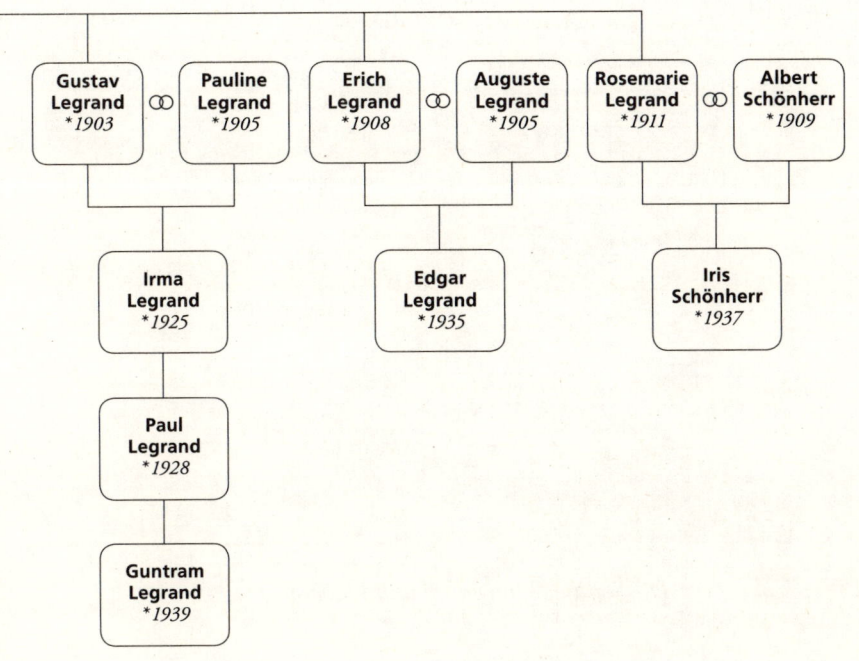

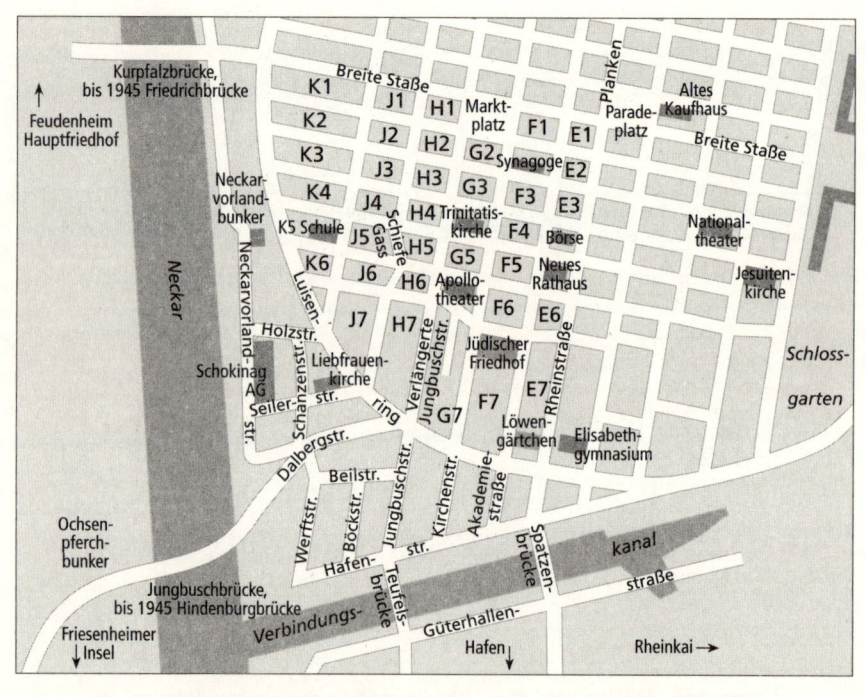

Die Stadtteile Jungbusch und Filsbach vor 1945

1

„Und wie heißt dieses Viertel, in dem wir jetzt gerade sind?",
fragte der Mann im Trenchcoat seine private Stadtführerin, als
sie vor dem „ZI", dem „Zentralinstitut für Seelische Gesundheit"
standen.

„Das ist die Filsbach! Wie der Jungbusch ist das hier auch ein
Arbeiter- und Arme-Leute-Viertel gewesen", erklärte sie ihm.

„Ja, und wie unterscheidet man den Jungbusch von der Filsbach?" Für ihn war Mannheim mit seinen Quadraten in vieler
Hinsicht ein böhmisches Dorf.

Sie zog ihren kleinen Stadtplan hervor.

„Schauen Sie mal, Herr Baumgärtner, hier im Nordosten liegt
der Jungbusch. Er liegt wie ein Dreieck zwischen Neckar, Verbindungskanal und dem Luisenring, aber jenseits der Quadrate." Sie
deutete auf die Karte.

„Ja, und wo liegt jetzt die Filsbach?"

„Tja, das ist gar nicht so einfach zu erklären, denn es kommt
darauf an, wen man fragt. Meine Mutter und viele ältere Leute,
die dort gelebt haben, bezeichnen die Quadrate, die direkt an die
‚Schiefe Gass' zwischen H5 und J5 angrenzten, als ‚Filsbach'. Dort
soll sich ganz früher mal ein Wassergraben befunden haben, in
dem die Handwerker ihre Filze wuschen."

„Und wo ist diese Schiefe Gass?" Er schaute sich um.

„Die suchen Sie vergeblich, denn es gibt sie nicht mehr. Als
ich klein war, existierte sie noch. Da standen dort auch noch die
alten niedrigen Barockhäuser, unter anderem auch das ‚Henker-
haus', in dem der Henker von Mannheim wohnte. Aber in den

70er Jahren hat man alles abgerissen und auf dem Gelände das ZI errichtet."

„Schön ist das nicht unbedingt. Die Bauweise passt überhaupt nicht in das Viertel." Er schüttelte den Kopf.

„Ich finde es auch scheußlich. Aber so baute man eben damals. Man hat den Gebäudekomplex wohl deswegen hier mitten in die Stadt gesetzt, weil man wollte, dass sich die Patienten in das soziale Leben um sie herum integriert fühlen. Ich kann das schon nachvollziehen, obwohl ich es schöner gefunden hätte, wenn die alten Häuser erhalten geblieben wären. Ich finde es einfach wichtig, dass man der Nachwelt noch einen Eindruck vom alten Mannheim hinterlässt", entgegnete sie nachdenklich.

„Ich habe gehört, dass die Teufelsbrücke, auf der wir uns kennengelernt haben, auch abgerissen werden soll. Ist das wahr?" Er klang beinahe vorwurfsvoll.

„Ja, leider. Das ist ein ähnlicher Fall! Die Spatzenbrücke, die Teufelsbrücke und die Kaufmannsmühle im Jungbusch zählen zu den frühesten Zeugnissen der Mannheimer Industriekultur. Anstatt diese eindrucksvolle Architektur zu erhalten, lässt man sie schon seit Jahren vergammeln und jetzt will man sogar die Teufelsbrücke abreißen, obwohl sie unter Denkmalschutz steht. Das ist unglaublich!" Sie war empört.

„Vor allem ist es kurzsichtig. In Mannheim wurde so vieles durch die Bombardierungen im Zweiten Weltkrieg zerstört, da sollte man doch zumindest die wenigen historischen Zeugnisse, die es noch gibt, bewahren." Und mit gespielter Betroffenheit fügte er hinzu: „Ohne die Teufelsbrücke wären wir beide uns nie begegnet! Die Brücke darf also auf gar keinen Fall abgerissen werden!"

„Da gebe ich Ihnen vollkommen recht, Herr Baumgärtner!", antwortete sie lächelnd.

„Darf ich Sie um etwas bitten?", fragte er plötzlich. „Sagen Sie doch bitte nicht immer Herr Baumgärtner zu mir! Jetzt gehen wir schon seit zwei Stunden kreuz und quer durch die Stadt und Sie haben mir schon so vieles gezeigt, da denke ich, wäre es doch an der Zeit, dass Sie mich Robert nennen ...?"

Er streckte ihr die Hand hin, die sie ergriff.

„Gut, aber dann müssen Sie auch Charlotte sagen."

Er nahm das Angebot gerne an.

„Aber noch einmal zurück zu dem, was Sie vorhin gesagt, haben, nämlich dass die Definition, was denn nun als Filsbach zu bezeichnen sei, nicht eindeutig ist. Wie haben Sie das gemeint?"

„Ja, sehen Sie, es gibt einen Mannheim-Brockhaus und in dem steht, dass die Filsbach die ganze westliche Unterstadt von den E- bis zu den K-Quadraten umfasse." Charlotte deutete erneut auf den Stadtplan.

„Das wäre ja dann ein Viertel der ganzen Innenstadt-Quadrate. Ganz schön groß!", stellte Robert fest und meinte weiter: „Also mir gefällt die Brockhaus-Definition besser!"

„Und warum?" Charlotte blickte ihn verwundert an.

„Na, ganz einfach, weil Sie mir dann wesentlich mehr zeigen müssen. Wenn das kein Grund ist!" Er lachte schelmisch.

„Na ja, bei einer so charmanten Aufforderung kann ich Ihnen ja kaum widersprechen", entgegnete Charlotte und sie gingen weiter.

Sie zeigte ihm nun den Markt- und Paradeplatz, dann bogen sie ab in Richtung Rheinstraße.

„Sehen Sie, das war ursprünglich die Börse, später kam dann noch die Städtische Musikhochschule in das Gebäude", erklärte sie, als sie am Quadrat E4 vorbeikamen.

„Und was ist das da vorne für ein Bau mit den vielen Säulen?"

„Das ist das Rathaus. Das wurde während des Dritten Reiches gebaut. Es hat den Grundriss eines H – es wird behauptet, das sei zu Ehren von Hitler geschehen. Aber das wissen die wenigsten. Irgendwie habe ich den Eindruck, man versucht, das heutzutage zu verdrängen."

„Na ja, es würde in den Geist der damaligen Zeit passen, bei dem Personenkult, den man betrieben hat." Robert lächelte bitter.

Sie bogen zwischen E5 und E6 ein.

„Und was ist das da drüben, bitte schön?" Robert deutete auf eine Statue auf der anderen Straßenseite.

Charlotte musste lachen. „Eigentlich sollte ich das nicht sagen, aber im Volksmund nennt man sie die ‚schebb' Lissl'."

„Wie bitte?" Robert schaute sie ungläubig an.

„Nein, Spaß beiseite. Das ist der ‚Friedensengel'. Der steht hier seit 1983 und soll an die Toten des Zweiten Weltkriegs mahnen."

„Manchmal haben die Mannheimer ja schon eine ganz schön lockere Zunge", meinte Robert.

„Kann schon sein, aber sie sind offen und geradeaus, auch wenn sie nicht immer diplomatisch sind, und das gefällt mir", verteidigte Charlotte ihre Leute.

„Warum denken Sie, hatte Mannheim nie ein Ghetto?", fuhr sie fort. „Die Juden haben hier Jahrhunderte lang wesentlich freier und unbescholtener leben können als in anderen Städten. Besonders in den F-Quadraten da drüben haben viele Juden gewohnt. Dort vorne in F2 war übrigens die Synagoge. Nachdem sie jedoch 1938 in der Reichskristallnacht von SA-Leuten gesprengt wurde, trug man die Ruine 1955 ganz ab. Heute findet man nur noch eine Gedenktafel an dem Wohnhaus, das dort später errichtet wurde, und mehrere Stolpersteine, die daran erinnern sollen. Aber gegenüber in F3 hat man 1987 eine neue, sehr imposante Synagoge errichtet."

„Gab es hier nicht auch einen jüdischen Friedhof?" Robert meinte sich zu erinnern, einmal davon gehört zu haben.

„Ja, sicher gab es einen. Der war in F7 und dort wurden fast 200 Jahre lang Menschen beerdigt. 1842 wurde er dann neben dem neu eröffneten Hauptfriedhof angelegt."

Kurz darauf durchquerten sie einen kleinen Park. „Bis auf die ziemlich unauffällige Gedenktafel da drüben, im Garten in der Säuglingstagesstätte, weist nichts mehr auf den jüdischen Friedhof hin. – Aber jetzt möchte ich Ihnen noch etwas ganz anderes zeigen", meinte Charlotte, als sie die kleine Grünanlage verließen. „Sehen Sie mal, da drüben in G7,41, das ist das Haus des Pfadfinderbundes Mannheim. Da hatte vor 1945 der Metzger Dalacker seinen Laden und da stand auch ein Hinterhaus, in dem Handwerker und Arbeiter lebten. Das wurde im Krieg zerstört und später errichtete man dort ein einstöckiges Gebäude. Dort hat ein guter Freund von mir seit ein paar Jahren sein Atelier. Wenn Sie sich für Kunst interessieren, könnten wir mal bei ihm klingeln. Vielleicht ist er ja zu Hause?"

„Sehr gerne! Ich gehe, wann immer ich kann, zu Vernissagen und ich liebe Kunstausstellungen." Robert war von der Idee begeistert.

Sie hatten Glück, denn nach zweimaligem Klingeln kam Theo Schneickert in seiner Malerkluft und einem Pinsel in der Hand an die Haustür und öffnete ihnen. Sie durchquerten den Hof.

„Das ist ja richtig idyllisch hier." Aber als Robert das Atelier betrat, kam er erst richtig ins Staunen. „Das würde man hier niemals vermuten." Robert schaute sich die Bilder an und war begeistert. „Ich verstehe gar nicht, dass ich von Ihnen noch nichts gehört habe", meint er beim Hinausgehen. „Aber ihren Namen muss man sich merken. Das gefällt mir gut, was Sie machen, besonders das, an dem Sie gerade arbeiten. Wenn es fertig ist, komme ich ganz bestimmt wieder! In meiner Wohnung gibt es einen Platz, da würde es perfekt hinpassen."

„Dann haben wir ja anscheinend einen ähnlichen Kunstgeschmack", meinte Charlotte, als sie in Richtung Luisenring gingen, „denn bei mir zu Hause hängen die Wände mit Schneickerts voll. Ich sammle seine Bilder schon seit Jahren."

„Jetzt brauche ich aber dringend einen Kaffee", meinte Robert schließlich.

„Sie können es sich aussuchen, wo wir hingehen wollen. Ins Café ,Buschgalerie' zu Rita Kunz-Krusenbaum in der Dalbergstraße? Sie macht immer kleine Kunstausstellungen und backt alle ihre Kuchen selbst. Oder in das Restaurant oben im Musikpark mit Blick über den Hafen, oder ins neu eröffnete ,Cafga' von Gerhard Fontagnier in der Jungbuschstraße. Oder natürlich ins ,Nelsons', das kennen Sie ja noch vom letzten Mal."

„Da fällt einem wirklich die Wahl schwer, aber ehrlich gesagt, am liebsten würde ich sozusagen in memoriam dahin gehen, wo wir beim ersten Mal waren."

Und so machten sie sich auf ins Nelsons am Ende der Jungbuschstraße.

„Es ist schon enorm, wie sich die beiden Stadtteile verändern", meinte Robert, „da kommt richtig etwas in Bewegung."

„Ja, das finde ich auch. Aber natürlich hängt das insbesondere mit den engagierten Leuten zusammen, die hier im Jungbusch und in der Filsbach jede Menge kulturelle Projekte ankurbeln und Aktivitäten entfalten. Fantastisch, was die alles machen." Charlotte kam ins Schwärmen.

„Aber eines ist ihnen noch nicht gelungen", warf Robert ein.

„Na ja, warum heißt die Haltestelle ‚Dalbergstraße' und nicht ‚Jungbusch/Filsbach'? Könnte es vielleicht sein, dass die Verantwortlichen der Stadt beziehungsweise der Verkehrsbetriebe nicht wirklich zu dem Stadtteil stehen, weil die beiden Bezirke eben doch einen zweifelhaften Ruf haben? Der Name des ehemaligen Intendanten des Mannheimer Nationaltheaters Dalberg macht wohl doch mehr her?"

Je länger Charlotte darüber nachdachte, desto mehr musste sie Robert recht geben. „Da könnte was dran sein!", stimmte sie ihm schließlich zu.

Als sie ihren Kaffee bestellt hatten, meinte Robert: „Jetzt will ich aber endlich wissen, wie es 1942 nach Marlenes Tod weiterging. Jetzt haben Sie mich lange genug auf die Folter gespannt."

Und so begann Charlotte zu erzählen.

2

Draußen war es bitterkalt. Die Scheiben der Schlafzimmerfenster waren beschlagen und an ihren Rändern hatten sich Eisblumen gebildet.

Carlo fröstelte. Das schwere Federbett vermochte ihn nicht zu wärmen. Die Kälte, die er empfand, war jedoch in erster Linie Ausdruck seiner seelischen Verfassung. Obwohl er todmüde war, konnte er nicht schlafen. Er lauschte in die Dunkelheit. Ticktack, tick-tack. Er blickte zur Seite auf das grün fluoreszierende Zifferblatt seines großen runden Weckers: drei Minuten vor Mitternacht. Vorsichtig tasteten seine Finger im Dunkeln die weißmelierte Marmorplatte des Nachttisches entlang zum Fuß der Lampe. Schließlich fühlte er das kalte Messing. Er machte Licht und lehnte sich über den Bettrand hinaus, denn daneben stand sein Radio, der kastenförmige Volksempfänger aus glänzendem dunkelbraunem Bakelit. Er schaltete ihn ein und drehte an dem Rädchen. Nach rechts, nach links – nichts als Rauschen. Behutsam, millimetergenau bewegte er den Sucher erneut nach rechts. Er konzentrierte sich auf den Wellensalat und filterte weit entfernt die ihm vertrauten Töne heraus. Das Rauschen wurde schwächer und schwächer. Und schließlich vernahm er, zunächst weit entfernt, dann jedoch immer klarer das, wonach er gesucht hatte. Er hatte die Frequenz gefunden.

„Ta, ta, ta, taaa! – Ta, ta, ta, taaa – Ta, ta, ta, taaa" – das Kopfmotiv von Beethovens 5. Sinfonie erklang: das Erkennungszeichen des deutschen Programms von BBC London. Die tiefen Paukenschläge, die sich immer von neuem wiederholten, häm-

15

merten zuerst in seinem Kopf, dann hallten sie in seinem ganzen Körper nach.

Die Stimme von Hugh Greene ertönte. „This is London calling." Und dann in gebrochenem Deutsch mit englischem Akzent: „Hier ist England. Sie hören die Mitternachtsnachrichten auf Kurzwelle im 19-, 25-, 31- und 41-Meter-Band und auf Ultrakurzwelle auf 90,2 Megahertz.

England: Am gestrigen Abend griffen gegen 20.30 Uhr deutsche Kampfflugzeuge die Hafenstadt Hull in der Grafschaft Yorkshire an. Unter der Zivilbevölkerung sind zahlreiche Verletzte zu beklagen. Trotzdem gelang es der britischen Flugabwehr, einen der deutschen Bomber, eine Dornier Do 217, zur Landung zu zwingen. Dabei kam ein Besatzungsmitglied in dem brennenden Flugzeug ums Leben, drei weitere Insassen wurden gefangen genommen.

Libyen: Nachdem die 8. Britische Armee unter Führung von General Montgomery im letzten Monat die Offensive des Afrikakorps von Generalfeldmarschall Rommel in Libyen erfolgreich stoppen konnte, gelang es ihr gestern in den frühen Morgenstunden mit einem wohl-kalkulierten Überraschungsangriff, die deutsch-italienischen Panzerverbände zum Rückzug aus der Buerat-Stellung zu zwingen ..."

„Gott sei Dank, dann kommt Kurt hoffentlich bald heim!" Amelie war aufgewacht und lauschte nun auch der Stimme aus dem Radio. Als sie die Nachricht vom Afrikafeldzug hörte, musste sie sofort an Kurt, den Stiefsohn ihrer Schwägerin Marie denken. Den gerade mal Zwanzigjährigen hatte man im letzten Herbst eingezogen und gleich nach Nordafrika geschickt.

„Psst! Amelie!" Carlo legte den Zeigefinger auf seine Lippen und stellte das Radio lauter. Er wollte auf keinen Fall, dass ihm eine Nachricht entging.

„Carlo, bist du lebensmüde! Mach das nicht so laut, wenn das einer mitkriegt, dann sind wir dran! Du weißt doch, was sie mit Leuten machen, die Feindsender hören!" Amelie versuchte, über ihn hinweg zum Radio zu greifen.

Aber Carlo wehrte sie ab. „Ist ja schon gut", entgegnete er, und stellte den Apparat leiser. „Ich will doch bloß kurz hören, was es noch an Neuigkeiten gibt. Das, was sie uns im Großdeutschen Rundfunk erzählen, ist doch sowieso alles gelogen. Ich mach ja gleich wieder aus." Er rückte mit seinem Ohr näher an den Lautsprecher heran.

„Stalingrad: Seit zwei Tagen sind unter den verzweifelten deutschen Soldaten der maroden 6. Armee von General Paulus Flugblätter mit den Unterschriften von Exilanten wie Walter Ulbricht in Umlauf. Sie fordern darin die eingekesselten Wehrmachtsangehörigen zur Kapitulation vor den Sowjets auf. Man kann nur hoffen, dass sie dem Aufruf Folge leisten und dieser grausame Stellungskrieg schnellstmöglich ein Ende findet. – Das waren die Nachrichten für Deutschland von BBC London. Wir melden uns wieder gegen 3 Uhr."

Carlo schaltete ab.

„Hoffentlich lebt Gustav noch! Ausgerechnet ihn mussten sie nach Stalingrad schicken: meinen Bruder, den überzeugten Sozialisten! Jetzt kämpft er an der Ostfront in seiner deutschen Wehrmachtsuniform gegen kommunistische Soldaten. Und die halten ihn natürlich für einen Nazi und schießen auf ihn. Und Gustav bleibt nichts anderes übrig als zurückzuschießen, wenn er überleben will. Was für ein Irrsinn, Amelie!" Carlo schüttelte den Kopf.

„Du meinst, was für ein infames Spiel, das die Nazis da treiben. Sie haben doch alle Kommunisten entweder ins Arbeitslager oder an die Ostfront geschickt, damit sie möglichst gleich draufgehen. Genau das ist ihre perfide Absicht." Sie seufzte. „Aber Carlo, lass uns jetzt trotzdem versuchen, noch ein bisschen zu schlafen. Wir haben morgen einen harten Tag vor uns."

Sie gab ihm einen Kuss auf die Wange, dann drehte sie sich um und ihre kleine Gestalt verschwand unter dem Plumeau.

Carlo zog sein Federbett hoch bis an die Nasenspitze. Er war hellwach. Sein Blick fiel auf den Abreißkalender an der gegenüberliegenden Wand: Montag, der 4. Januar 1943. Heute würde er seine kleine Schwester Marlene zu Grabe tragen. Tränen stiegen ihm in die Augen. Er schaute hinauf zur Decke auf die

Stuckverzierungen um die Lampe herum. Schwäne mit Blättern, Zweigen und Früchten. Marlene hatte sie stets bewundert. Als sie damals in der Beilstraße eingezogen waren, hatte Marlene sie besucht und fasziniert zur Decke blickend gemeint: „Wenn ich mal alt bin und nicht mehr auf dem Schiff leben muss, dann möchte ich auch eine richtige Wohnung haben, mit eleganten weißen Lamperien aus edlem Holz oder noch besser gleich aus Marmor. Und die Räume müssen ganz hohe Decken haben und vor allem genau solche wunderschönen Stuckarbeiten, wie ihr sie hier habt!" Dabei hatten ihre großen blauen Augen gestrahlt.

Ja, ihre Augen waren unvergleichlich gewesen. Er hatte niemanden gekannt, der so erwartungsvoll in die Zukunft geblickt hatte wie seine kleine Schwester. Und dann der Reinfall mit diesem Franz! Der Gedanke an Franz Brandstetter ließ Carlo die Fäuste unter der Bettdecke ballen. Wenn der sie damals geheiratet hätte, wäre alles anders gekommen. Aber er hatte ihr das Kind gemacht und sie dann sitzen lassen. Dieses Nazischwein! Wäre sie doch diesem Kerl bloß nie begegnet!

Carlo atmete tief durch. Er machte sich Vorwürfe: Ich hätte mich damals mehr einmischen sollen. Vor allem hätte ich verhindern müssen, dass Marlene Alfred heiratet. Aber hätte ich das wirklich verhindern können? – Marlene wollte doch weg, raus aus dem Jungbusch, und vor allem wollte sie weg von unserer Mutter. Und Alfred hat ihr das ermöglicht. Welcher Mann hätte sie denn sonst noch genommen? Eine alleinstehende, mittellose Frau mit Kind. – Und trotzdem! Vater hätte sich damals auf gar keinen Fall noch einmal in der „Schifferbörse" mit Alfred treffen dürfen. Er hat ihm Marlene ja regelrecht aufgeschwätzt. Aber so war Vater immer gewesen. Nie hatte er die Folgen seiner Handlungen bedacht. Alle seine Brüder hatten es zu etwas gebracht. Nur Vater war Sackträger im Hafen geworden, das Letzte vom Letzten! Er war schuld, dass sie im Jungbusch gelandet waren. Carlo war verbittert.

Und trotzdem – er konnte es drehen, wie er wollte. Marlene hatte Alfred geliebt und ihm immer wieder verziehen, bis zu ihrem Tode. – Wie kann man ein solches Scheusal nur lieben?"

Carlo konnte das nicht begreifen. Andererseits musste Alfred irgendetwas an sich haben, denn seine Schwester war ja nicht die einzige Frau gewesen, die sich zu ihm hingezogen gefühlt hatte. Er dachte an Ida, Auguste und Judith. Ja, selbst die kluge Judith war diesem Kerl auf den Leim gegangen.

Amelie kroch aus den Kissen und blinzelte ihren Mann an. „Kannst du nicht schlafen? Was grübelst du denn, Carlo?"

„Ach, ich muss an so vieles denken, an Marlene, an Judith ..."

„Mir fehlt Marlene auch sehr. Sie war ein so liebenswerter Mensch. Dieses schreckliche Ende hat sie weiß Gott nicht verdient. – Und Judith, ob wir sie jemals wieder sehen? Ich habe schon oft gedacht, dass es ein Segen war, dass das mit Alfred alles so gekommen ist. Wer weiß, was die Nazis mit ihr gemacht hätten, wenn sie damals nicht nach Amerika ausgewandert wäre?"

„Wahrscheinlich wäre sie jetzt auch in irgendeinem Lager." Carlo atmete tief durch.

„Ich finde das so furchtbar, was der Hitler den Juden antut. Erst nimmt er ihnen alles weg und jetzt schickt er sie auch noch in die Zwangsarbeit. Er macht ja nicht einmal vor Kindern und alten Leuten Halt! Ich darf gar nicht darüber nachdenken. Und dann dieser unsägliche Krieg! Ich hoffe bloß, dass er bald vorbei ist!" Neben der Traurigkeit schwang in Amelies Stimme auch unverkennbar Wut mit.

Carlo seufzte. „Das hoffe ich auch. Wenn man BBC Glauben schenken kann, dann kriegen wir ja im Augenblick überall eine auf den Latz. Und ehrlich gesagt, ich wünsche mir immer mehr, dass wir diesen Krieg verlieren."

Amelie erschrak: „Aber Carlo, sag das bloß zu niemandem, sonst wirst du noch wegen Wehrkraftzersetzung angeklagt! Du darfst nicht so unvorsichtig sein!"

„Mach dir keine Sorgen! Das sag ich doch bloß zu dir! – Aber gesetzt den Fall, wir gewinnen diesen Krieg, dann werden wir doch den Hitler überhaupt nicht mehr los. Schau dir mal unser Land an! Fast alle sind in der Partei. Und die Jungen schicken sie in die Hitlerjugend. Dort werden sie frühzeitig geimpft und gleich auf Linie gebracht. Da muss man daheim noch aufpassen, was man in Gegenwart seiner Kinder sagt. Du erinnerst dich doch noch an die Benders von gegenüber. Ihr Sohn, der Reinhard, der hat seinen eigenen Vater angezeigt. Ich werde das Gesicht von Gregor niemals vergessen, als ihn die Gestapo abholte."

„Man muss heutzutage höllisch aufpassen. Aber Gott sei Dank brauchen wir da bei unserer Helena keine Angst haben, denn sie geht ja bis heute nicht in den Bund deutscher Mädchen. Wenn ich noch daran denke, wie die BDM-Führerin, diese Schwenzke, damals bei uns aufgetaucht ist; der hast du vielleicht Beine gemacht. Danach hat sich nie wieder jemand von dieser Brut bei uns sehen lassen." Der Stolz in Amelies Stimme auf das damalige couragierte Auftreten ihres Mannes war nicht zu überhören.

„Wenigstens das konnte ich verhindern." Carlos Lächeln wirkte gequält. „Und trotzdem fühle ich mich so machtlos. Schau dir doch unsere Nachbarschaft an! Die sind fast alle braun und stehen stramm. Und sie wählen den Hitler auch – und zwar freiwillig! Diese Hammelherde! – Und die paar, die sich gegen ‚unseren Führer' stellen, die werden beseitigt. Die alten Genossen sitzen doch alle in Schutzhaft oder sind in Lagern eingesperrt und wer weiß, ob sie die überhaupt noch mal lebend verlassen?"

„Aber, Carlo, was willst du denn damit sagen?" Amelie wirkte verunsichert. Mittlerweile hatte sie sich im Bett aufgerichtet und betrachtete ihren Mann besorgt.

„Ich kann dir nichts Genaues sagen." Carlo zögerte. „Aber ich habe jetzt schon ein paar Mal von Kameraden, die aus dem Osten zurückkehrten, gehört, dass dort in den Lagern ganz entsetzliche Dinge passieren sollen. Du kennst doch den Fritz aus der Werftstraße? Der war eine ganze Zeit in Polen. Seine Kaserne war in der Nähe von Krakau und er hat mir vom Lager Auschwitz erzählt. Er hatte dort Kontakt mit ein paar Zwangsarbeitern. Er hat gesagt, sie hätten einen erbarmungswürdigen Eindruck gemacht, sie seien mehr tot als lebendig gewesen." Carlo stockte einen Moment. „Und einer von ihnen hat ihm einmal einen Zettel zugesteckt."

„Was für einen Zettel? Was stand denn darauf?" Amelie blickte ihn entgeistert an.

„Du musst mir dein Ehrenwort geben, dass du mit keinem Menschen darüber sprichst, hörst du!"

Amelie schüttelte den Kopf. „Nein! – Ich meine, ja, ich verspreche dir, ich werde mit niemandem darüber reden. Aber sag schon, was stand denn auf diesem Zettel?"

Stockend erwiderte Carlo: „Der Mann hatte darauf geschrieben: ‚Helft uns, wir sterben! Die bringen uns hier alle um!'"

Für einen Augenblick herrschte Stille im Raum. Amelie war so erschrocken, dass sie die Hände vor den Mund presste, als wolle sie einen Schrei unterdrücken. „Aber Carlo, das ist ja grauenhaft!" Sie zögerte einen Augenblick. Dann fuhr sie fort: „Carlo, soll ich dir was sagen, in meinem tiefsten Innern habe ich so was schon lange geahnt. Ich wollte mir das nur nie eingestehen. Ich glaube diesem Mann. Der Hitler und seine Schergen, die sind zu allem fähig. Was für ein Wahnsinn!" Bei den letzten Worten bedeckte Amelie ihr Gesicht mit den Händen und begann zu weinen.

Carlo zog seine Frau unter die Bettdecke. „Du bist ja ganz kalt", sagte er und nahm sie in die Arme. Eine ganze Zeit lang lagen sie stumm zusammen und wärmten sich aneinander.

„Ich wünsche mir nur eins", sagte Carlo nach einer Weile, „dass wir alle irgendwie durchkommen. Weißt du, manchmal stelle ich mir vor, wie du, Helena und ich so wie früher an einem schönen Sonntagnachmittag die Planken entlangschlendern und im Kaffeehaus Kossenhaschen eine heiße Schokolade trinken. Und am Wasserturm setzen wir uns dann auf eine Bank in den Laubengängen und betrachten die Wasserspiele ..."

„Und ich erkläre dir die Skulpturen", ergänzte Amelie und wischte sich die Tränen weg.

„Ja, und du erklärst mir Mannheim, so wie damals!" Carlo lächelte und gab seiner Frau einen Kuss auf die Stirn. Doch erneut holten ihn die trüben Gedanken ein.

„Was ist nur aus unserer Familie geworden, Amelie? Der Erich ist nun schon so lange in Russland vermisst. Ich glaube nicht, dass mein kleiner Bruder noch lebt. Und der Gustav ist in Stalingrad eingekesselt. Ob er da noch lebend rauskommt, das wissen die Götter! ... Und was wird aus mir? – Ich muss mich übermorgen in Wien melden. Wer weiß, wo sie mich von dort aus hinschicken?"

Amelie hätte Carlo gerne etwas Aufmunterndes gesagt, aber es fiel ihr partout nichts ein. Auch wenn die letzten zwanzig Jahre alles andere als leicht gewesen waren, so hatten sich doch seit Ende 1940 die Ereignisse überschlagen. Am schlimmsten war für die Mannheimer gewesen, dass die Bomben ihre Stadt erreicht hatten. Auch der Eintritt der Amerikaner in den Krieg 1941 verhieß nichts Gutes. Amelie gab es sehr zu denken, dass man überall in der Stadt begonnen hatte, Denkmäler und Glocken zu demontieren. Sie dienten als „Metallspende". Dieser waren seit dem letzten Sommer das Kaiser-Wilhelm-Denkmal im Schlosshof, das Kriegerdenkmal im Löwengärtchen, das Moltke-Denkmal vor dem Zeughaus-Platz und die „Rheinlandglocke" aus dem Kaufhausturm am Paradeplatz zum Opfer gefallen. Man hatte sie eingeschmolzen, um das Material zur Herstellung von Bomben zu verwenden.

„Manchmal kommt mir alles so sinnlos vor, Carlo. Man reißt uns auseinander, du musst in der Fremde kämpfen und töten und wir sitzen zitternd im Luftschutzkeller und demnächst in einem dieser Bunker, die sie gerade zuhauf bauen, und bangen um unser Leben. Wozu das alles?"

„So vieles ist so sinnlos, Amelie. Auch dass ich heute meine kleine Schwester Marlene auf ihrem letzten Weg begleiten muss." Carlo seufzte. „Ich bin manchmal so müde! Als ich damals nach 1918 heimkam, hatte ich gehofft, nie mehr in einen Krieg ziehen zu müssen, nie mehr auf Menschen schießen zu müssen, die ich nicht kenne und die mir nichts getan haben. Und jetzt geht dieser unselige Krieg schon ins fünfte Jahr und ein Ende ist nicht abzusehen. Und was da gerade in Russland passiert – da kann es einem angst und bange werden. Ich kann nur beten, dass sie mich nicht nach Stalingrad schicken."

3

Am nächsten Morgen fuhren Amelie, Carlo und Helena mit der Straßenbahn zum Mannheimer Hauptfriedhof. Sie betraten ihn durch das imposante Hauptportal. Entlang des Weges, der zur Leichenhalle führte, reihte sich eine Familiengruft an die andere, nur unterbrochen von großen Grabmälern mit kunstvoll gestalteten Skulpturen und marmornen Engeln. Hier hatten so bedeutende Persönlichkeiten wie Wolfgang Heribert von Dalberg, der erste Intendant des Mannheimer Nationaltheaters, der Unternehmer Heinrich Lanz und der ehemalige Oberbürgermeister Otto Beck ihre letzte Ruhe gefunden.

„Das ist aber ein furchtbarer Grabstein." Helena blieb stehen und deutete auf das Grab von August von Kotzebue. Die beiden Büsten, die am oberen Ende des Gedenksteines eingemeißelt waren, hatten wilde Gesichtszüge. Hinter ihren Köpfen lastete ein riesiger Quader. Man hatte das Gefühl, er würde jeden Augenblick die Gesichter zerquetschen.

„Das sind Theatermasken, Helena. Du musst wissen, Kotzebue war ein bedeutender Theaterdichter."

Und gleich darauf begann Amelie die alte Inschrift auf dem Grabstein zu lesen:

Die Welt verfolgt' ihn ohn' Erbarmen,
Verläumdung war sein trübes Loos;
Glück fand er nur in seines Weibes Armen,
und Ruhe in der Erde Schoos.
Der Neid war immer wach,

23

ihm Dornen hinzustreuen.
Die Liebe lies ihm Rosen blühen;
ihm wolle Gott und Welt verzeihen:
Er hat der Welt verzieh'n."

„Das klingt aber traurig!", bemerkte Helena melancholisch, „Ich glaube, dieser Kotzebue war ein sehr einsamer Mensch."

„Na ja, er hat sich durch seine, sagen wir mal, rückschrittlichen Einstellungen nicht gerade Freunde gemacht. Und schließlich hat ihn dann ein Student, ein gewisser Sand, zu Beginn des letzten Jahrhunderts erstochen." Amelie war wie meist, wenn es ums Theater ging, bestens informiert.

Helena erschrak. „Er wurde ermordet? – Dann soll sein Gesichtsaudruck vielleicht sein Entsetzen zeigen?"

„Kann schon sein. Aber wisst ihr, was makaber ist?", mischte sich nun Carlo ein. „Dass sein Mörder, dieser Sand, hier genau eine Reihe weiter liegt."

„Mörder und Opfer fast beieinander. Das ist schon seltsam", meinte Amelie, „ich weiß nicht, warum man das gemacht hat."

„Können wir da mal hingehen?", fragte Helena.

„Nein, das geht jetzt nicht, wir müssen weiter, sonst kommen wir noch zu spät. Und außerdem ist es furchtbar kalt!", erwiderte Amelie.

Noch immer wehte ein eisiger Ostwind. Die erbarmungslose Kälte war durch die dicken Mäntel hindurch zu spüren. Die Erde war gefroren. Am Wegrand ragten hohe knorrige Bäume mit kahlen Ästen in den Himmel, von denen sich immer wieder aufgescheuchte Saatkrähen erhoben, um schrill schreiend von Baum zu Baum zu fliegen.

Nachdem sie das letzte Gräberfeld, auf dem fast nur Holzkreuze standen, überquert hatten, gelangten sie zur Leichenhalle. Carlos Schwester Marie, ihr Mann Valentin und die vor Kälte zitternde Betty standen bereits davor. Mutter und Tochter hatten verweinte Augen. Stumm gaben sich die Erwachsenen die Hand; die beiden Mädchen umarmten sich. Dann traten sie in das alte Gemäuer. Hier war es nicht nur grimmig kalt, alles war darüber hinaus auch klamm. Sie schritten den Mittelgang entlang; Marie und Valentin steuerten nach links auf die erste Reihe zu. Als Carlo sah, dass dort Alfred mit seiner Mutter, der Schlosser-Oma, saß, nahm er Frau und Tochter am Arm und lenkte sie in die zweite Reihe auf der gegenüberliegenden Seite. Auf der harten Holzbank rückten die drei eng zusammen, um sich gegenseitig zu wärmen.

Es herrschte seltsames Zwielicht in der Leichenhalle. Durch die zahlreichen bunten, mit Bleiverglasungen versehenen Fenster im oberen Teil des langen Raumes drangen vereinzelte Lichtstrahlen, die das farbige Glas hier und da ein wenig zum Leuchten brachten. Trotzdem war es ein fahles und kaltes Licht, als müsste die Kälte, die man fühlte, auch noch sichtbar gemacht werden.

Carlo blickte hinüber zu Alfred. Zu Amelie gewandt flüsterte er: „Ich denke überhaupt nicht daran, dem das Beileid auszusprechen. Ich gehe ihm besser aus dem Weg, sonst vergesse ich mich."

„Aber das kannst du doch nicht machen, er war schließlich ihr Mann", erwiderte Amelie.

„Und ob ich das kann! Dieser Heuchler, mimt hier den trauernden Witwer ... – Wo sitzt denn überhaupt sein Gspusi?"

Carlo blickte sich um. Schließlich sah er in einer der letzten Reihen Auguste. „Da hinten hockt sie ja. Noch so eine scheinheilige Witwe! Dieses Weib hat mein Bruder Erich wahrlich nicht verdient! Wir haben vielleicht eine Verwandtschaft! Da kann es einem schlecht werden!"

„Jetzt mach mal halblang, Carlo! In jeder Familie kommt irgendetwas vor. Überall gibts schwarze Schafe!" Amelie versuchte, ihren Mann zu beruhigen.

Aber Carlo wollte das nicht hören. Alfred und Auguste waren ihm zuwider. Am meisten ärgerte ihn jedoch, mit welcher Dreistigkeit die beiden auftraten und dass sie versuchten, alle für dumm zu verkaufen.

Carlo haderte mit dem Schicksal. Er hatte das Gefühl, nach und nach alle seine Geschwister zu verlieren. Seine Brüder waren in Russland verschollen, seine Lieblingsschwester Marlene mit 41 Jahren jämmerlich dahingesiecht und mit seiner jüngsten Schwester Rosemarie war er seit Jahren über Kreuz.

Als könnte sie seine Gedanken lesen, meinte Amelie plötzlich zu ihm: „Hast du gesehen, Rosemarie und Albert sind gerade gekommen. Da drüben sitzen sie!" Und nach einer Weile fügte sie hinzu: „Meinst du nicht, Carlo, du solltest nachher zu Rosemarie gehen und ihr die Hand geben? Ich denke, ihr solltet euch endlich vertragen, besonders jetzt, wo die beiden wieder nach Mannheim ziehen."

Ohne den Blick zu heben, antwortete Carlo: „Das ist mir egal. Sollen sie ruhig auf dem Lindenhof glücklich werden. Hauptsache, sie ziehen nicht in den Jungbusch." Nach einer Pause fügte er hinzu: „Ich kann das nicht einfach vergessen! Rosemarie muss sich bei mir entschuldigen. Schließlich hat sie mir Unrecht getan und außerdem bin ich der Ältere!" Er schüttelte den Kopf.

*

Es war sein zweiter Heimaturlaub im August 1940 gewesen. Er hatte am Tag nach seiner Ankunft zuerst bei seinen Eltern in der Hafenstraße vorbeigeschaut. Eigentlich war er nur dorthin gegangen, um die kranke Marlene zu besuchen. Sein Vater hatte kaum mit ihm geredet und fast die ganze Zeit stumm aus dem Fenster geblickt. Seine Mutter hatte ihren Lieblingssohn jedoch mit einer Umarmung begrüßt. An eine richtige Unterhaltung mit ihr war allerdings nicht zu denken gewesen, denn das Gedächtnis von Luise Legrand hatte damals schon sehr zu wünschen übrig gelassen.

Danach hatte Carlo seine ältere Schwester Marie und deren Tochter Betty in der Jungbuschstraße aufgesucht, um nach dem Rechten zu sehen. Nachdem Marie nun auch ihren zweiten Mann verloren hatte, musste sie sehen, wie sie mit ihrer Tochter über die Runden kam. Betty hatte zwar damals trotz ihrer Behinderung die Stelle bei der Schokinag bekommen, aber Marie schlug sich noch immer mit gelegentlichen Putzstellen im Hafen durch.

Als Carlo bei ihnen klingelte, öffnete zu seinem Erstaunen seine kleine Schwester Rosemarie. Sie hatte die dreijährige Iris auf dem Arm.

„Röschen, du bist hier? Das ist ja eine Überraschung! Und Iris ist ja so ein großes Mädchen geworden." Er nahm die beiden in den Arm. Während er in den Flur trat, fragte er: „Seid ihr schon lange in Mannheim?"

„Setzt euch erst einmal", Marie schob alle in die Wohnküche und schloss die Tür. „Es ist gut, dass du da bist, Carlo. Du musst dir unbedingt Albert vorknöpfen."

Als Marie das sagte, begann Rosemarie laut zu schluchzen.

„Aber was ist denn los?" Carlo schaute von einer Schwester zur anderen. Die Frauen schwiegen.

„Rosemarie! – Marie! Sagt mir schon, was passiert ist!" Carlo wurde ungeduldig.

„Wenn du nicht reden willst, dann sag ich es ihm jetzt", meinte schließlich Marie zu ihrer kleinen Schwester.

„Ich kann nicht", Rosemarie blickte auf den Boden und hielt sich das Taschentuch vor die Nase.

Und so begann Marie zu erzählen: „Du weißt ja, dass Albert schon immer gespielt hat. Aber jetzt hat das wohl doch größere Ausmaße angenommen. Er verspielt mittlerweile das gesamte Haushaltsgeld und Rosemarie und die Kleine haben oft nichts mehr zu essen." Marie schüttelte den Kopf. „Der spinnt doch! Das hätte ich nie von dem gedacht. So kann man sich in einem Menschen irren!"

„Ja, hast du denn nicht mit ihm geredet und an seine Vernunft appelliert?"

Rosemarie schluchzte erneut laut auf und begann weinend zu erzählen: „Ich habe ihn wieder und wieder gebeten, mit dem Spielen aufzuhören. Und er hat es mir ja auch stets von neuem versprochen. Aber es ist immer schlimmer geworden. Am Anfang waren es auch nur die Karten, aber dann hat er damit angefangen, nach Baden-Baden ins Spielcasino zu fahren. Manchmal ist er auch tagelang nicht mehr heimgekommen und ich wusste überhaupt nicht, wo er war." Erneut vergrub sie ihr Gesicht im Taschentuch.

„Aber das ist ja nicht einmal das Schlimmste", meinte Marie und nahm die quengelnde Iris auf den Schoß.

„Eigentlich reicht mir das schon. Was kommt jetzt noch?" Carlo schaute etwas entnervt zu seiner Schwester Rosemarie.

Zögerlich, mit leiser Stimme, sagte sie: „Er hat mich in den letzten Wochen mehrere Male geschlagen. Er erträgt es nicht, wenn ich ihm Vorwürfe mache. Aber was soll ich denn tun? Ich weiß nicht mehr ein noch aus. Ich habe keinen Pfennig mehr im Portemonnaie."

„Das ist doch nicht zu glauben, vergreift sich dieser feine Pinkel an meiner kleinen Schwester!" Carlo legte die Stirn in Falten. „Da ist wirklich guter Rat teuer! Wenn der wirklich derart dem Spielen verfallen ist und sich so gehen lässt, dann wirst du ihn früher oder später verlassen müssen, Röschen. Er wird euch in den Ruin treiben. – Aber du sollst wissen, du kannst auch jederzeit bei Amelie und mir wohnen. Wenn wir zusammenrücken, geht das schon irgendwie."

„Danke." Rosemarie nickte ihrem Bruder zu.

„Aber du solltest trotzdem versuchen, ihn zur Vernunft zu bringen, Carlo. Dem muss mal einer richtig die Leviten lesen!" Marie ließ nicht locker.

„Wenn ich dir damit helfen kann, Röschen, mache ich das natürlich." Carlo stand auf. „Aber jetzt muss ich los. Amelie wartet nämlich mit dem Essen auf mich. Sie hat zur Feier des Tages mein Leibgericht gekocht." Mit diesen Worten brach er in seine Wohnung in der Beilstraße auf.

Eine halbe Stunde später saß Carlo am Küchentisch. Er nahm gerade einen Löffel, um die Reste vom Teller zu kratzen: „Ich habe schon lange nicht mehr so gut gegessen, du machst mit Abstand das leckerste eingemachte Kalbfleisch, Amelie! Und deine Grießklöße, einfach köstlich!"

„Du isst ja gleich den Teller mit, Papa!" Helena lachte.

„Am liebsten würde ich ihn auslecken, aber dann bekomme ich Ärger mit deiner Mutter", witzelte Carlo.

Sie waren gerade dabei, den Tisch abzuräumen, als es plötzlich Sturm klingelte. Vor der Tür stand Betty und rief ganz aufgeregt: „Onkel Carlo, Onkel Carlo, komm schnell mit, der Onkel Albert verprügelt die Tante Rosemarie ganz furchtbar."

Carlo zog seine Hosenträger hoch und streifte seine Jacke über. Dann stürzte er aus der Tür und rannte mit Betty hinüber in die Jungbuschstraße. Schon im Treppenhaus konnte man das Geschrei hören. Carlo hastete die Treppe hinauf. Der Anblick, der sich ihm bot, zeigte ihm, dass Betty nicht übertrieben hatte. Rosemarie kauerte wimmernd in einer Ecke am Boden und schützte ihren Kopf, während Albert sie anschrie und immer wieder versuchte, auf sie einzuschlagen. Marie hatte sich an seinen Rücken geklammert und griff nach seinen Armen, um ihn davon abzuhalten. Es gelang ihm jedoch immer wieder, sich von ihr zu befreien.

„Du sagst mir nicht, was ich zu tun habe! Du nicht! Ich lasse mich doch nicht von meiner Frau bevormunden! Das wäre ja noch schöner!" Albert war außer Rand und Band, sein Hemd war halb geöffnet, seine gestreifte Krawatte hatte er nur noch lose um den Hals und seine Haare hingen ihm wild ins Gesicht.

Carlo ging dazwischen. „Hör auf, komm zur Vernunft, Albert!", schrie er den Schwager an.

„Halt du dich da raus! Das geht nur meine Frau und mich etwas an!" Albert war nicht zu bremsen.

„Da irrst du dich! Du wirst meine Schwester sofort in Ruhe lassen!" Damit packte Carlo Alberts Arm und drehte ihn geschwind so auf seinen Rücken, wie er es vor vielen Jahren während der Ausbildung bei der Polizei in Heidelberg gelernt hatte.

Albert schrie laut auf und ließ sofort von Rosemarie ab.

„Lass mich los, du brichst mir den Arm!" Albert stöhnte vor Schmerz. Aber Carlo hielt ihn fest und führte ihn im Polizeigriff zur Wohnung hinaus bis hinunter zur Haustür, vorbei an Bäcker Stahl, den alten Müllers, den Voglers, der Wirtin der Bauernschänke, dem Lehrer Mayrhofer, der Witwe Seipold und Bruno. Fast alle Nachbarn waren auf Grund des Lärms aus ihren Wohnungen hinaus in den Hausflur gestürmt. Für Albert war es ein Spießrutenlaufen, denn die Nachbarn sparten nicht mit ihren – für ihn wenig angenehmen – Kommentaren. Als sie unten angekommen waren, ließ Carlo ihn los und sagte: „Scher dich bloß zum Teufel, Albert, und lass dich hier nie mehr blicken!"

Albert begann zu fluchen, drohte Carlo mit erhobener Faust: „Das werde ich dir heimzahlen! Noch nie hat mich jemand so gedemütigt!"

„Das hast du dir selbst zuzuschreiben", meinte Carlo nüchtern, „ich denke, deine Ehe kannst du vergessen, meine Schwester hat die Nase voll von dir."

In diesem Augenblick blitzte es in Alberts Augen und ein zynisches Lächeln spielte um seinen Mund. „Und das glaubst du wirklich, du Oberschlauer! Du kennst deine kleine Schwester nicht. Rosemarie frisst mir aus der Hand. Wetten?"

Und im selben Moment fing er an, nach Rosemarie zu rufen: „Röschen, mein Liebling, komm zu mir! Ich habe das doch gar nicht so gemeint. Das ist alles ein Missverständnis! Ich liebe dich, das weißt du doch. Dein Bruder hat mir fast den Arm gebrochen. Rosemarie, ich brauche dich. Ich habe nie eine Frau so sehr geliebt wie dich. Komm schon, meine Süße. Ich will ohne dich nicht leben, hörst du. Du kannst doch nicht unsere kleine Familie zerstören! Rosemarie, du kannst doch unserem Kind nicht den Vater nehmen. Jetzt komm schon! Wir gehören doch zusammen. Ich verspreche dir, dieses Mal werde ich mich ändern, für dich tue ich doch alles. Du weißt doch, du bist die große Liebe meines Lebens. Rosemarie!"

Und Alberts Rufen wurde tatsächlich erhört. Denn plötzlich erschien am Treppenabsatz Rosemarie mit ihrer Tasche und der kleinen Iris auf dem Arm. Carlo traute seinen Augen nicht. Es war wie in einem schlechten Film. Er war sprachlos. Er wollte einfach nicht wahrhaben, was er da sah. Denn Albert stieg nun die Stufen hinauf und Rosemarie eilte ihm entgegen. Sie hatte Tränen in den Augen, als er ihr die Hand entgegenstreckte und meinte: „Verzeih mir, mein Liebling, bitte verzeih mir, ich verspreche dir, es wird nicht mehr vorkommen! Und jetzt komm mit mir nach Hause, meine Liebste!" Er zog sie an sich und sie sank ihm in die Arme.

Als die beiden eng umschlungen an Carlo vorbeigehen wollten, stellte er sich seiner Schwester in den Weg. „Hast du dir das auch gut überlegt, Rosemarie? Du hast ihm schon so oft verziehen und er ist immer wieder rückfällig geworden. Und vor allem: Woher willst du wissen, dass er dich nicht wieder schlägt. Dein Mann ist gewalttätig!"

Rosemarie blickte ihren Bruder trotzig an und erwiderte: „Lass uns zufrieden, Carlo, und versuche nicht, uns auseinander zu bringen!" Sie schaute Albert verliebt an. Der nutzte die Situation, indem er mit schmerzverzerrtem Gesicht an seinen Arm griff. „Ich glaube, dein Bruder hat mir den Arm gebrochen. Ah, tut das weh!"

Rosemarie sah ihren Mann besorgt an, dann wandte sie sich erneut zu Carlo und meinte: „Der Gewalttätige, das bist doch wohl eher du! Ich schäme mich für dich, Carlo!" Und damit stolzierte sie mit ihrer Tochter an ihm vorbei.

Albert hielt ein wenig inne, und als der Abstand zwischen ihm und seiner Frau groß genug war, flüsterte er Carlo mit einem Augenzwinkern zu: „Mein lieber Schwager, du hättest nicht mit mir wetten sollen. Ich hab' dir doch gesagt, deine kleine Schwester frisst mir aus der Hand!"

*

Damals hatte Carlo die beiden zum letzten Mal gesehen. Und er hatte sich geschworen, nie mehr ein Wort mit ihnen zu sprechen. Aber jetzt, bei der Beerdigung von Marlene, erschien ihm die Auseinandersetzung von damals gar nicht mehr so wichtig.

Die Leichenhalle hatte sich mittlerweile gefüllt. Viele Nachbarn aus der Hafen-, Jungbusch-, Beil- und Böckstraße bis hin zur Dalbergstraße wollten der Tochter der Legrands die letzte Ehre erweisen: die Scheers vom Schuhladen, ihr Hausarzt Dr. Hunold und Frau van der Laan, die Wirtin der „Schifferbörse". Ihr Mann Heinrich konnte nicht kommen, denn er saß seit 1941 im Lager Mauthausen wegen kommunistischer Umtriebe. Sogar die Herrmanns, die in der Böckstraße ihre Metzgerei hatten und die in diesem Jahr ihr 50-jähriges Betriebsjubiläum feiern würden, hatten an diesem Mittag ihren Laden geschlossen ebenso wie der Bäcker Maurer von der Ecke Dalberg-/Schanzenstraße.

Im Vorfeld hatte es bei den Legrands heftige Diskussionen darüber gegeben, ob die alten Legrands mitkommen sollten oder nicht. Bernhard Legrand hatte den Verlust seiner geliebten Tochter kaum verkraftet. Er hatte tagelang nichts mehr gegessen und war mit Fieber im Bett gelegen. Derart geschwächt, hatte man entschieden, dass er besser zu Hause bleiben sollte. Luises Reaktion hingegen war sehr verhalten, um nicht zu sagen gleichgültig gewesen. „Dann hat sie ja jetzt endlich ihre Ruhe!" Es war der einzige Satz, der ihr über die Lippen gekommen war. Auch nach Marlenes Tod glaubte Luise Legrand noch zeigen zu müssen, wie wenig sie von ihrer Tochter gehalten hatte.

Carlo drehte sich erneut um und blickte in die Leichenhalle. Mittlerweile hatten sich Pauline, ihre 17-jährige Tochter Irma und deren drei Jahre jüngerer Bruder Paul neben Auguste gesetzt. Den kleinen Guntram hatten sie zu Hause gelassen. So unterschiedlich Pauline und Auguste auch waren, so sehr hatten sich die beiden Schwägerinnen doch von Anfang an zueinander hingezogen gefühlt. Und wen wunderte es, denn beide waren sie Schwiegertöchter von Luise Legrand, die ihnen stets das Leben zur Hölle gemacht hatte. Das verband!

Im Gegensatz zu Auguste hatte Pauline zunächst ein gutes Verhältnis zu Amelie und Carlo gehabt. Aber sie hatte, nachdem Gustav mehrmals wegen seiner kommunistischen Gesinnung verhört und schließlich in Schutzhaft genommen worden war, mehr Unterstützung von der Familie erwartet. Als dies nicht in der erhofften Form geschehen war, hatte sie die räumliche Distanz gesucht und war ein Jahr zuvor mit ihren drei Kindern von der Holzstraße in den letzten Stock des Hauses in K2.4 gezogen.

Carlos Augen wanderten durch den Raum. Er suchte vergeblich nach Marlenes Kindern, aber weder Adolf noch Annerose waren zu sehen. Stattdessen nahm er eine Frau wahr, deren Anblick ihn merkwürdig berührte. Sie war um einiges älter als er, schlank und groß gewachsen. Am meisten irritierten ihn ihre Gesichtszüge, denn die Unbekannte war seiner Mutter wie aus dem Gesicht geschnitten. Carlo stieß Amelie leicht mit dem Ellbogen an: „Schau mal, die Frau da hinten, weißt du, wer das ist?"

Amelie blickte hinüber. „Ich kenne sie nicht, aber sie muss mit euch verwandt sein, bei der Ähnlichkeit!"

„Ja, aber das wüsste ich doch!" Carlo grübelte, aber er konnte sie nicht zuordnen.

„An deiner Stelle würde ich sie nach der Trauerfeier einfach fragen", riet Amelie ihrem Mann. „Dann hast du Gewissheit."

In diesem Augenblick öffneten sich die großen Flügeltüren und der Sarg wurde hereingefahren. Er war mit roten Nelken geschmückt. Gleichzeitig stimmte die Orgel das „Ave Maria" an.

„Tante Marlenes Lieblingsblumen!" Helena, die sich immer sehr zu der Verstorbenen hingezogen gefühlt hatte, fing an zu weinen. „Ich kann nicht verstehen, dass Annerose nicht hier ist, wie kann man nur seine Mutter so hassen?"

Was Helena in diesem Augenblick nicht wissen konnte – Annerose war ganz in ihrer Nähe.

4

Regungslos stand Marlenes Tochter schon eine ganze Weile vor dem Grab. Sie hatte eine rote Nelke in der Hand. „Am liebsten würde ich bei dir da unten liegen", flüsterte sie vor sich hin. „Da unten kann es auch nicht einsamer sein. Ich glaube, wenn ich weg wäre, würde mich niemand vermissen. Keiner hat mich jemals gewollt, immer haben sie mich nur herumgeschubst." Obwohl Anneroses Herz voller Traurigkeit und Bitterkeit war, konnte sie keine Tränen vergießen. So war das immer gewesen, schon als Kind hatte sie nicht weinen können.

Sie betrachtete das schäbige Holzkreuz und bückte sich hinunter. Mit ihrem alten schwarzen Strickhandschuh wischte sie die Schrift blank, sodass sie wieder leserlich war:

Hier ruht Annemarie Schneider,
geb. 8. Februar 1923, gest. 12. April 1931

„Niemand hat mich je geliebt, keiner hat mich verstanden", sprach sie weiter mit ihrer toten Cousine. „Ihr hattet alle Vater und Mutter, du, Irma, Betty und Helena. Ihr wisst gar nicht, wie das ist, wenn der leibliche Vater einen verleugnet und die Mutter einen ablegt, wie einen alten Schuh, den sie nicht mehr haben will. Und jetzt erwartet die liebe Verwandtschaft, dass ich in der Leichenhalle sitze und um sie traure, dass ich traure um die Mutter, die sie mir nie sein wollte. – Sie hat mich einfach weggegeben. Sie hat es vorgezogen, mit diesem widerlichen Alfred durch die Weltgeschichte zu reisen. Und mich hat sie bei den

Großeltern in der Hafenstraße zurückgelassen. Großmutter hatte ihre Gründe, warum sie nichts von ihr wissen wollte."

Annerose blickte hinüber zu dem alten Gemäuer. „Nein, ich kann da nicht hineingehen. Ich schaffe das einfach nicht." Sie legte die rote Nelke auf das Grab.

„Eigentlich war die Blume für sie bestimmt. Meine Mutter liebte rote Nelken über alles, aber jetzt bekommst du sie. Ist wohl besser so."

Annerose stand auf und ging den schmalen Pfad entlang. Als sie das Gräberfeld verließ, sah sie, wie sich die schwere Flügeltür der Leichenhalle öffnete und die Trauergemeinde ins Freie trat. Allen voran schritt der Bestattungsordner gefolgt von vier Männern, die den Sarg auf ihre Schultern gestemmt hatten. Sie erkannte, dass einer von ihnen ihr Onkel Carlo war. Da er auf dem Friedhof arbeitete, hatte er darum gebeten, einer der Männer sein zu dürfen, die den Sarg zum Grabe trugen.

Annerose trat zurück in den Schatten eines Baumes.

Direkt hinter dem Sarg konnte sie Alfred in Begleitung seiner Mutter erkennen, dann folgten Tante Amelie und Tante Marie mit Betty und Helena und schließlich alle anderen.

„Schon wegen Alfred hätte ich da nicht hineingehen können." Was für einen Mann hatte sich ihre Mutter bloß ausgesucht! Einen, der nicht einmal vor ihr, vor der eigenen Stieftochter Halt gemacht hatte. Ekel überkamen sie, wenn sie daran dachte.

Als Marlene, bereits schwer gezeichnet von ihrer Lungenkrankheit, damals das Schiff und somit Alfred verlassen hatte und wieder bei ihren Eltern in der Hafenstraße eingezogen war, hatte es Annerose irgendwann einfach nicht mehr ausgehalten. Es störte sie weniger, dass sie mit ihrer Mutter das Zimmer teilen musste, vielmehr gingen ihr Marlenes ständige Rechtfertigungsversuche auf die Nerven.

„Lass mich endlich zufrieden, das hättest du dir früher überlegen müssen. Jetzt ist es zu spät!", hatte Annerose schließlich zu ihr gesagt und sich eine neue Bleibe gesucht.

Die hatte sie auch schnell gefunden, denn die Schlosser-Oma bot ihr den Raum hinter ihrem Laden an. Das Zimmer war karg in jeder Beziehung. Jahrzehntelang war hier nichts mehr gemacht worden. Die Tapeten waren vergilbt und an den Nahtstellen eingerissen, die Ölfarbe an den Türrahmen grau und an den Fensterscheiben löste sich der Kitt. Die dünnen Vorhänge waren derart verschossen, dass man weder Farben noch Muster erkennen konnte. Von der Decke herab hing an einem schwarzen Kabel eine Glühbirne. Diese ließ Annerose auch tagsüber brennen, denn der Raum lag zur Hofseite. Durch die hohen, dunklen Backsteinmauern der angrenzenden Häuser fiel nicht der geringste Lichtstrahl durch das Fenster. Ein alter knorriger Schrank, ein Stuhl mit einem kleinen wackeligen Tisch und ein Eisenbett aus weißen Rohren, das Frau Schlosser nach dem letzten Weltkrieg von einem Lazarett erworben hatte, waren das einzige Mobiliar.

Aber Annerose nahm das alles gerne in Kauf. Hauptsache, sie war in ihren eigenen vier Wänden. Drei Jahre zuvor hatte man sie in der Papierfabrik in der Akademiestraße eingestellt. Sie hätte gerne wie ihre Cousine Helena eine Lehre gemacht, aber dafür hatten die alten Legrands kein Geld und so fing sie in der Papierfabrik als Arbeiterin an. Sie verdiente nicht viel, aber es reichte aus, um für sich selbst zu sorgen.

Es war an einem Freitagabend im Sommer 1942. Die ganze Woche hatte eine fürchterliche Hitze geherrscht und die für Mannheim typische Schwüle lag über der Stadt. Die Schlosser-Oma sperrte ihren Laden pünktlich um halb sieben zu, so wie sie es immer tat, wenn sie ihre Schwester in ihrem Eisenbahner-Häuschen auf der Neckarspitze besuchen wollte. Und so war Annerose allein in der Wohnung.

Sie war hundemüde aus der Fabrik gekommen und öffnete zunächst alle Fenster und Türen, sodass wenigstens ein bisschen Durchzug entstand. Dann zog sie ihre Sandalen und ihr Kleid aus und legte sich im Unterrock auf das Bett. Wie angenehm diese leichte Brise doch war! Sie atmete tief durch. Endlich Feierabend! Morgen Vormittag würde sie noch ein paar Stunden in der Fabrik arbeiten und dann, wenn sie nachmittags die Wohnung der Großeltern geputzt hatte, mit ihren Cousinen Irma und Helena auf die Friesenheimer Insel gehen, wo Tante Amelie und Onkel

Carlo seit Jahren ihren Schrebergarten hatten. Sie gähnte und schon kurz darauf schlief sie ein.

Annerose träumte. Sie lag auf der Neckarwiese im Gras. Die Sonnenstrahlen glitzerten auf der Wasseroberfläche des Neckars. Schwer beladene Schleppkähne zogen vorbei, schipperten in der Fahrrinne flussabwärts zur Schleuse und weiter zur Neckarspitze, wo sich Neckar und Rhein vereinen. Die Wolken über ihr türmten sich auf, formten Gesichter, Tiere und Landschaften, änderten stets ihre Gestalt, um sich schließlich ganz aufzulösen und immer neuen Bildern Raum zu geben. Die Sonne wärmte ihr Gesicht und ihren Körper. Aber nach und nach wandelte sich diese wohlige Wärme in eine beklemmende Hitze. Eine Schwere lastete auf ihr, als würden die großen Wolkenberge vom Himmel herabsinken und ihren Leib in die Wiese graben. Sie spürte die scharfen kratzenden Grashalme erst an ihren Beinen, dann an ihren Brüsten und schließlich an den Innenseiten ihrer Schenkel.

Annerose schlug die Augen auf und erstarrte. Denn die vermeintlichen Wolkenberge nahmen ebenso Gestalt an wie die Grashalme, die sie spürte: Es war ihr Stiefvater, der halb auf ihr lag, dessen Hände ihren Unterrock hochgeschoben hatten und der mit seinen gierigen Fingern an der Innenseite ihrer Schenkel hin und her fuhr.

„Alfred!" Sie schrie voller Entsetzen, versuchte, nach seinen Händen zu greifen, um ihn abzuwehren und sich gleichzeitig aus seiner Umklammerung zu befreien.

„Lass mich sofort los!"

„Hab dich nicht so, Kleine! Du willst es doch auch. So aufreizend wie du dich für mich hingelegt hast!" Alfred dachte überhaupt nicht daran, von ihr abzulassen.

„Nein, geh weg! Ich will das nicht!"

„Du bist genauso eine kleine Kratzbürste wie deine Mutter, als sie jung war. Und du bist ihr wie aus dem Gesicht geschnitten. Stell dich nicht so an, bleibt doch alles in der Familie!" Alfred lachte höhnisch.

„Hör auf! Ich sage es Onkel Carlo!" Annerose begann nun auf ihn einzuschlagen, doch er wehrte sie geschickt ab.

„Du wirst schön die Gosch halten! Oder willst du, dass deine arme kranke Mutter erfährt, dass du dich hier halbnackt bei offenen Türen auf das Bett gelegt hast, um mich scharf zu machen. Ich werde allen sagen, dass du keinen Pfifferling taugst, du kleines Flittchen."

Annerose begann zu weinen. „Bitte, lass mich doch gehen. Ich hatte doch noch nie etwas mit einem Mann!"

„Na, dann wird es doch Zeit, dass dir endlich einer die Flötentöne beibringt!" Er griff an seinen Hosenschlitz.

Annerose war verzweifelt, sie kämpfte mit aller Macht gegen Alfred an, spürte jedoch zugleich, dass sie ihm nicht gewachsen war.

Plötzlich vernahm sie den erlösenden Ton, diesen wunderbaren, ihr so vertrauten Klang. Das feine Läuten der Ladenklingel, in das sich die Stimme von Frau Schlosser mischte: „Annerose, mein Kind, bist du schon da?"

Augenblicklich ließ Alfred von ihr ab.

„Verdammt! Die Alte hat mir gerade noch gefehlt. Zum Teufel mit euch Weibern! Erst machst du mich an und dann wirst du plötzlich zum Fräulein Rühr-mich-nicht-an!" Er stand auf. „Selber schuld, wirst schon noch sehen, was dir entgangen ist. Ich hätte es dir mal so richtig gemacht, so einen wie mich wirst du so schnell nicht wieder kriegen." Er knöpfte seinen Hosenladen zu und ging zur Tür. Im Hinausgehen drehte er sich noch einmal um und meinte mit erhobenem Zeigefinger: „Ich rate dir, halt bloß dein Maul, sonst gnade dir Gott." Und damit verschwand er im Flur, von wo er zu seiner Mutter in den Laden ging.

„Ach, Alfred, du bist auch hier?" Frau Schlosser lächelte ihren Sohn liebevoll an.

„Ja, ich habe in der Küche auf dich gewartet. Du brauchst deine Strickjacke gar nicht auszuziehen, Mutter, denn ich werde dich jetzt auf ein Gläschen Wein ins Café Weller einladen." Und damit hakte er seine Mutter ein und lotste sie aus der Wohnung.

Annerose saß derweil zitternd in einer Ecke ihres Bettes. Sie hatte sich an die Wand gekauert und ihr Kopfkissen in die Arme genommen, wie um ihren Leib zu schützen. Sie biss in das Kissen.

Ihre Augen waren glasig, aber sie konnte nicht weinen.

„Dieses Schwein!"

Sie ballte die Fäuste und hämmerte wieder und wieder auf die Matratze ein. „Daran bist nur du schuld ..." Und voller Verachtung ergänzte sie: „... Mutter!"

Sie hatte sich damals stundenlang gewaschen und die Stellen ihres Körpers, die Alfred berührt hatte, mit Seife und einer Bürste so lange geschrubbt, bis die Haut knallrot gewesen war. Sie hatte niemandem etwas davon erzählt, aus Angst, dass ihr keiner glauben würde. Aber sie hatte Alfred seit dieser Begebenheit gemieden wie die Pest.

Als sie nun von weitem beobachtete, wie der vermeintlich Gramgebeugte dem Sarg ihrer Mutter folgte, kam ihre ganze Abscheu ihm gegenüber erneut in ihr hoch. Im Schutz der Bäume begleitete sie, immer den sicherem Abstand wahrend, den Trauerzug, bis er an der Grabstätte angekommen war.

Der Pfarrer begann mit der Predigt. Er leierte die Worte schnell herunter. In seiner Stimme war ein Zittern zu vernehmen, das jedoch weniger mit seiner Ergriffenheit als mit der Kälte zu tun hatte: „... nehmen wir nun Abschied von unserer lieben Schwester Marlene Pauli. Möge sie bei unserem gnädigen Herrgott den Frieden finden, der ihr auf Erden nicht vergönnt war. Amen!"

Der Pfarrer trat ein paar Schritte zurück und die vier Friedhofsarbeiter kamen nach vorne, nahmen ihre Mützen ab und verharrten für einen Augenblick am Rand des tiefen Loches, das sie Stunden zuvor ausgehoben hatten. Dann ergriffen sie die Taue und ließen den einfachen Sarg aus zusammengezimmerten Holzlatten langsam in die schmale Grube hinab. Betty und Helena nahmen sich weinend in die Arme.

Auch Marie schluchzte laut auf. Sie hatte sich von so vielen Menschen für immer verabschieden müssen: In nur wenigen Jahren hatte sie ihre beiden Männer und ihren Bruder Erich verloren. Und jetzt ihre kleine Schwester Marlene. Aber am schlimmsten hatte sie der Tod ihrer Tochter Annemarie vor zwölf Jahren getroffen. Sie würde ihn niemals verwinden können. Gott hatte ihr das Liebste auf der Welt genommen.

Die Schlosser-Oma hakte sich weinend bei ihrem Sohn unter, der sich mit dem Taschentuch übers Gesicht wischte, als würde er seine Tränen trocknen. Seine Mutter konnte er damit beeindrucken, aber alle anderen wussten, dass er in Wirklichkeit froh war, Marlene losgeworden zu sein. Alfred ging als Erster ans Grab. Er stocherte mit seiner Schaufel in dem kleinen Sandberg herum und warf lieblos eine Schippe mit Sand in die Grube, der hart auf dem Sargdeckel aufschlug.

Carlo ließ Amelie und Helena den Vortritt. Schließlich stand er allein vor Marlenes Grab. Er nahm seinen Hut ab und blickte regungslos in die Tiefe. Er hielt inne – Sekunden, Minuten? Er starrte auf die Holzkiste und blickte durch sie hindurch. Er sah seine kleine Schwester darin liegen. Sie war gerade mal einundvierzig Jahre alt geworden – einundvierzig Jahre, in denen es nur wenige glückliche Momente gab. Und trotzdem war das Bild, das Carlo in diesem Augenblick vor Augen hatte, eine schlafende Marlene, um deren Mund ein zartes Lächeln spielte. Er erinnerte sich an ihre gemeinsame Kindheit, an das fröhliche kleine Mädchen, das immer zu einem Schabernack bereit gewesen war. Dieses Bild von ihr würde er in seinem Herzen bewahren.

Carlo ergriff die kleine Schaufel, nahm ein wenig Sand darauf und streute ihn behutsam auf den Sarg. Und trotzdem versetzte ihm dieses hallende Geräusch, das die Erde beim Aufschlagen auf dem Sargdeckel verursachte, jedes Mal einen Stich ins Herz. Er kämpfte mit sich, biss sich auf die Zähne und die Unterlippe und verbarg seine Gefühle hinter einer versteinerten Maske. „Leb wohl, meine Kleine", flüsterte er.

Die Familie war weinend um das Grab herumgestanden und war so mit ihren eigenen Gefühlen beschäftigt, dass sie Annerose nicht bemerkt hatten, die sich mittlerweile ganz in ihrer Nähe hinter einer großen Fichte verbarg. Als sich schließlich alle von der Grabstätte entfernt hatten, war sie aus ihrem Versteck herausgekommen.

Langsam schritt sie auf das Grab ihrer Mutter zu. Sie schaute hinunter auf den armseligen Sarg, den nur die roten Nelken schmückten. Vereinzelt schauten sie noch zwischen der Erde hervor. In diesem Augenblick bereute sie, dass sie ihre Blume auf dem Grab ihrer Cousine zurückgelassen hatte und nun mit leeren Händen vor dem Sarg stand. Sie spürte, wie zunächst ihre Hände zu zittern anfingen und dann ihr ganzer Körper zu beben begann.

„Mama, ich hatte eine Blume für dich mitgebracht, aber ich habe sie nicht mehr." Hilflos blickte sie um sich. „Mama, es tut mir so leid, so furchtbar leid, ich ..., ich wollte doch ..."

Sie konnte nicht weitersprechen, denn in diesem Augenblick brach es aus ihr hervor. Zum ersten Mal in den vielen Jahren begann sie hemmungslos zu weinen. Sie stand vor dem Grab und ein nicht versiegenwollender Strom ergoss sich über ihr Gesicht, so als müsste sie all die Tränen, die sie ein Leben lang zurückgehalten hatte, nachholen. Es war wie ein Fluss, der sich über Jahrzehnte angestaut hatte und nun mit Macht alles überflutete.

„Mama, bitte, bitte, Mama, verzeih mir!", stammelte sie. „Mama! Mama! ..."

Annerose stand da, allein in der eisigen Kälte, und zitterte am ganzen Leibe, während sie immer wieder nach ihrer Mutter rief.

„Sie hat dir längst verziehen!", flüsterte plötzlich eine Stimme hinter ihr, „sie hat dich ihr Leben lang geliebt." Amelie schloss ihre weinende Nichte in die Arme. „Deine Mutter hat dich von ganzem Herzen lieb gehabt." Sie strich dem jungen Mädchen, das nun laut schluchzte, übers Haar. „Auch wenn du vieles nicht verstanden hast, so musst du mir das doch glauben. Sie hat sehr unter der Trennung von dir und deinem Bruder gelitten. Sie hätte sonst was darum gegeben, in eurer Nähe sein zu können."

Annerose tat die Umarmung gut und langsam beruhigte sie sich. „Meinst du wirklich, Tante Amelie?" Noch immer hatte sie große Zweifel.

„Das meine ich nicht nur, mein Kind, da bin ich mir ganz sicher! – Aber komm, lass uns jetzt gehen, ich möchte, dass du uns nach Hause in die Beilstraße begleitest." Und damit zog sie ihre Nichte vom Grab weg.

Während Amelie, als sie Annerose weinend am Grab gesehen hatte, sofort zu ihrer Nichte zurückgelaufen war, hatte Carlo die Gelegenheit genutzt, nach der Unbekannten aus der Trauerhalle

Ausschau zu halten. Schließlich hatte er sie erblickt. Die Frau hatte sich zu Pauline und Auguste gesellt und unterhielt sich mit den beiden. Er beschleunigte seinen Schritt und hoffte, sie würde an dem großen Eingangsportal stehen bleiben. Er sputete sich, aber als er dort ankam, sah er sie gerade noch in die Straßenbahn einsteigen.

„Verdammter Mist!" Carlo fluchte, er hätte zu gerne gewusst, wer die Unbekannte war. Aber vielleicht hatte sie sich ja Pauline vorgestellt. Und so fragte er seine Schwägerin.

„Ke Ahnung, isch weß nix. Sie hot sisch net vorgstellt." Pauline war kurz angebunden.

„Ich hab doch gesehen, dass ihr euch mit ihr unterhalten habt."

„Es gehd disch zwar nix a, awer wenn du's genau wisse willscht, sie hot versucht, uns auszuhorche." Pauline war immer noch nicht besonders freundlich zu Carlo.

„Was heißt das, euch auszuhorchen?" Carlo verlor langsam die Geduld. „Pauline, jetzt lass dir doch nicht jeden Wurm aus der Nase ziehen!"

Nun mischte sich Auguste ein. „Eigentlich wollte sie nur wissen, ob Luise Neudorfer noch am Leben sei."

„Ob meine Mutter noch am Leben ist? Aber warum Luise Neudorfer? Woher kennt sie Mutters Mädchennamen?" Für Carlo ergab das alles keinen Sinn. „Warum wollte sie das denn wissen?"

„Weß isch doch net!" Pauline zuckte mit den Achseln. „Loss uns endlich zufriede, Carlo, du kümmerscht disch doch sunscht a um nix."

Ehe Carlo widersprechen konnte, waren seine beiden Schwägerinnen verschwunden. Er blickte ihnen nachdenklich hinterher. Wer war diese Frau? Und was wollte sie von seiner Mutter? Warum hatte sie ausgerechnet nach ihr gefragt? Aber vor allem: Woher kannte diese Fremde den Mädchennamen seiner Mutter? Warum war sie so sehr daran interessiert, ob sie noch am Leben sei?

Fragen über Fragen, auf die er erst viele Jahre später eine Antwort bekommen sollte.

5

Nach dem Anschluss Österreichs an das Deutsche Reich 1938 siedelte man in Wiener Neustadt kriegswichtige Industrie an. So wurden in den ortsansässigen Flugzeugwerken ein Viertel der Gesamtproduktion der Messerschmitt 109 Jagdflugzeug produziert. Dies sollte der niederösterreichischen Kleinstadt später zum Verhängnis werden.

Carlo nahm Wiener Neustadt erst wahr, als man ihn am 10. Januar 1943 dorthin abkommandierte. Die deutsche Wehrmacht hatte neben der von Maria Theresia im 18. Jahrhundert erbauten Militärakademie die „Feldjägerkaserne" errichtet. Da Carlo bereits im Ersten Weltkrieg gedient hatte und somit als „kriegserfahren" galt, ernannte man ihn zum Oberfeldwebel. Er sollte als Vorbild für die jungen Soldaten dienen und sie ausbilden. Bei der Musterung erkannte man jedoch sein Magenleiden und stellte fest, dass er aufgrund seiner körperliche Konstitution nur eingeschränkt tauglich und somit nicht überall einsetzbar war.

Als Carlo in Wiener Neustadt ankam, telegrafierte er sofort Amelie, dass er vorerst in Österreich bleiben würde und sie sich nicht zu sorgen brauchte. Beide befürchteten nämlich bis zum Schluss, er könnte nach Russland geschickt werden. Dort hatte die Rote Armee mit einer erfolgreichen Offensive zur Zerschlagung des Kessels von Stalingrad begonnen. Die Situation der deutschen Soldaten unter General Paulus wurde von Tag zu Tag hoffnungsloser. Trotzdem verbot Adolf Hitler der eingeschlossenen 6. deutschen Armee, die von den Sowjets geforderte Kapitulation anzunehmen.

Als am 6. Februar Reichspropagandaminister Joseph Goebbels angesichts der Niederlage der deutschen Truppen im Großdeutschen Rundfunk und in den Tageszeitungen die Schließung aller Theater, Filmtheater und Varietés für die folgenden Tage verkünden ließ, war klar, dass Stalingrad endgültig verloren war. Über eine Million Menschen waren dort gefallen, erfroren oder verhungert.

So erleichtert Carlo darüber gewesen war, dass man ihn nicht nach Stalingrad geschickt hatte, so sehr machte er sich doch Sorgen um seinen jüngeren Bruder Gustav. Und diese Sorgen waren nicht unbegründet. Denn der Kommandeur des IV. Korps der 297. Infanteriedivision, dem Gustav angehörte, hatte sich allen Befehlen zum Trotz am 24. Januar ergeben und seine Soldaten in die russische Kriegsgefangenschaft geführt. Eingehüllt in ihre zerschlissenen Wehrmachtsmäntel und mit dicken Wollschals über ihren Mützen hatten Tausende von deutschen Soldaten ihren langen Marsch durch die eisigen Weiten Russlands angetreten. Ihr Ziel war das Kriegsgefangenenlager 126 Nikolajew in Sibirien, das die wenigsten lebend erreichen würden. Durch die zermürbenden Kämpfe im Kessel von Stalingrad waren viele verletzt oder so geschwächt, dass sie keine Kraft mehr hatten. Sie stolperten im Schneegestöber, fielen zu Boden, manchmal versuchte ein Kamerad, den anderen wieder aufzurichten und ihn zu stützen, ihn ein Stück mitzuschleppen. Aber es war ein hoffnungsloses Unterfangen, wollte er nicht selbst in der erbarmungslosen Eiswüste sterben. Andere wieder wurden schneeblind und konnten sich nicht mehr orientieren. Jeden Tag wurde die Truppe der gen Osten marschierenden Männer kleiner. Dafür hinterließ dieser Marsch des Grauens immer deutlichere Spuren, denn der Weg hinter ihnen war gepflastert mit Erfrorenen. Aber es gab auch Männer, deren Überlebenswille sie über sich selbst hinauswachsen ließ und der ihnen ungeahnte Kräfte verlieh. Sie wollten leben und, vor allem, irgendwann wollten sie wieder nach Hause und ihre Frauen und Kinder in die Arme schließen. Einer von diesen war der kommunistische Widerstandskämpfer Gustav Legrand. Er hatte bei seiner Gefangennahme versucht, dem russischen Offizier zu erklären, dass er immer schon Kommunist und im Widerstand gewesen, ja sogar von den Nazis in Deutschland eingesperrt worden sei. Aber der Russe hatte ihn nicht verstanden oder nicht verstehen wollen. Das alles spielte keine Rolle mehr. Für die Russen trug er die deutsche Uniform und war somit ein Faschist, der in ihr Land eingefallen war.

*

Etwa zur gleichen Zeit saß Carlo in einem Bus in Richtung Neufeld an der Leitha. Es war Freitag, der 19. Februar 1943, und sein erster freier Tag in all den Wochen. Er hatte das Bedürfnis gehabt, allein zu sein – bloß raus aus der Kaserne, insbesondere nach diesem Vormittag! Wie so oft hatte man sie am Morgen im großen Saal der Feldjägerkaserne zusammengerufen, um ihnen eine Übertragung des Großdeutschen Rundfunks vorzuspielen. Es war eine Aufzeichnung der Rede, die Joseph Goebbels am Vorabend im Berliner Sportpalast gehalten hatte.

„Ich habe heute zu dieser Versammlung nur einen Ausschnitt des deutschen Volkes eingeladen. Vor mir sitzen Bein- und Armamputierte, Männer mit zerschossenen Gliedern, Kriegsblinde, die mit ihren Rote-Kreuz-Schwestern gekommen sind ... Hinter ihnen erhebt sich ein Block von Rüstungsarbeitern, wieder hinter ihnen sitzen Männer aus der Parteiorganisation, Soldaten der Wehrmacht, Ärzte, Wissenschaftler, Künstler, Ingenieure und Architekten, Lehrer, Beamte und Angestellte aus den Ämtern – eine stolze Vertreterschaft also unseres geistigen Lebens in all seinen Schichtungen. Über das ganze Rund des Sportpalastes verteilt sehe ich Tausende von deutschen Frauen. Die Jugend ist hier vertreten und das Greisenalter. Kein Stand, kein Beruf und kein Lebensjahr blieb bei der Einladung unberücksichtigt. Ich kann also mit Fug und Recht sagen: Was hier vor mir sitzt, ist ein Ausschnitt aus dem ganzen deutschen Volk an der Front und in der Heimat. Stimmt das? Ja oder nein!"

Ein lautes „Ja!" ertönte.

„Ihr also, meine Zuhörer, repräsentiert in diesem Augenblick die Nation. Und an euch möchte ich die Frage richten, die ihr mir vor der

ganzen Welt beantworten sollt: Die Engländer behaupten, das deutsche Volk wehrt sich gegen die totalen Kriegsmaßnahmen seiner Regierung. Es will nicht den totalen Krieg, sondern die Kapitulation. Darum frage ich euch jetzt: Wollt ihr den totalen Krieg?"

Erneut erschallte ein kräftiges „Ja!".

„Wollt ihr ihn, wenn nötig, totaler und radikaler, als wir ihn uns heute überhaupt noch vorstellen können?"

„Ja, ja, ja!" Wie von Sinnen kreischten die Anwesenden dem Redner ihre Zustimmung entgegen.

Die suggestive Wirkung von Goebbels Worten ergriff nun auch Carlos Kameraden und so schrieen sie nun ebenfalls: „Ja, ja, wir wollen den totalen Krieg! Heil dem deutschen Volke, Heil unserem großen Führer Adolf Hitler und nieder mit den Bolschewiken!" Nur wenige blieben stumm. Carlo erschrak angesichts dieser Hysterie und machte, dass er hinauskam.

„Diese Wahnsinnigen! Sie schaufeln sich ihr eigenes Grab und merken es nicht einmal", murmelte er vor sich hin.

Als er nun in dem Bus saß, versuchte er auf andere Gedanken zu kommen. Er schaute auf die vorbeiziehende Landschaft. Die Felder und Bäume waren schneebedeckt und glitzerten in der Februarsonne. Am liebsten hätte er zu Pinsel und Ölfarbe gegriffen.

Eine halbe Stunde später war er an seinem Ziel. Der kleine Ort am Neufelder See gefiel ihm. Alles sah so friedlich aus. Der Krieg war hier noch nicht angekommen.

Carlo nahm den schmalen Pfad, der am Seeufer entlang führte. Nach einer Weile setzte er sich auf eine Holzbank, von wo man eine wunderbare Aussicht hatte. Was für ein Panorama! Einige Meter entfernt, dort wo der Weg eine Rechtskurve machte, sah er einen kleinen Jungen an einem Bootssteg spielen. Es war ein hübscher Bub mit schwarzen Haaren. Er mochte um die zehn Jahre alt sein. Zehn Jahre! – So alt wäre sein Sohn jetzt auch.

Und dann war alles wieder da, so als wäre es gestern passiert. Er sah sich in dem großen Flur des Städtischen Krankenhauses in Mannheim sitzen und um das Leben von Amelie und dem ungeborenen Kind bangen. Und dann die furchtbare Entscheidung, welches Leben gerettet werden sollte. Es war einer der schwersten Momente in seinem Leben gewesen. Er hatte sich so sehr einen Sohn gewünscht, einen Stammhalter, der den Namen Legrand weitergeführt hätte. Aber der Preis wäre Amelies Leben gewesen ... Und danach war es besiegelt, sie würden keine Kinder mehr bekommen können. Aber wer weiß, wozu es gut war?

Er schaute erneut zu dem Steg, wo der Junge gerade versuchte, ein kleines Schiff, das er an einer Schnur angebunden hatte, auf der Wasseroberfläche zu platzieren. Er beugte sich weit hinaus und als er das Schiff gerade aufsetzte, da passierte es: Das Kind verlor das Gleichgewicht und stürzte kopfüber in den See.

Carlo sprang auf. Im selben Moment vernahm er gellende Schreie und eine Frauenstimme, die verzweifelt „Harald, mein Harald, zu Hilfe, zu Hilfe!" rief. Ohne zu überlegen sprang er in das eiskalte Wasser, griff beherzt nach dem Schopf des Jungen und zog das Kind heraus. Die Mutter packte ihren Sohn an den Armen, zerrte ihn hoch auf den Steg und legte ihn auf die Holzplanken. Carlo war aus dem Wasser gestiegen und kniete neben ihnen. Der Junge war ohne Bewusstsein und blau angelaufen. Carlo machte Wiederbelebungsversuche, während die Mutter weinend neben ihm kniete. „Harald, du darfst nicht sterben. Nicht auch noch du! – Komm, mach die Augen auf, atme! Harald atme!"

Und tatsächlich öffnete er die Augen. Ein Wasserschwall schoss aus seinem Mund, gefolgt von einem heftigen Hustenanfall. Die Mutter nahm den Kleinen in den Arm, öffnete ihren Mantel und schob ihn halb darunter, um ihn zu wärmen.

Dann schaute sie zu Carlo. „Wie kann ich Ihnen nur danken, Sie haben meinem Kind das Leben gerettet. Wenn Sie nicht gewesen wären, wäre Harald ertrunken."

Carlo lächelte sie zähneklappernd an. „Ist schon gut, aber ich denke, jetzt benötige ich Ihre Hilfe, denn ich brauche dringend etwas Trockenes zum Anziehen und der Junge natürlich auch, sonst holen wir uns noch beide den Tod."

Durch das Geschrei war der Wirt vom naheliegenden „Gasthaus am See" herbeigeeilt und bot ihnen an, sich in seiner Stube aufzuwärmen. Und so saßen sie kurz darauf auf der Ofenbank. Der Mann hatte jedem eine Wolldecke gegeben und Carlos Kleider und die des Jungen zum Trocknen auf dem Kachelofen ausgebreitet. Der Kleine lag in seine Decke eingehüllt und schlief, während Carlo und die Frau am Tisch einen Punsch tranken.

„Sie sind nicht hier aus der Gegend, oder?", fragte sie nach einer Weile.

„Nein, ich bin zwanzig Kilometer von hier in Wiener Neustadt stationiert. Aber eigentlich komme ich aus Deutschland, aus Mannheim."

„Mannheim?" Augenscheinlich wußte sie nicht, wo das war.

„Mannheim liegt da, wo der Neckar in den Rhein fließt. In Süddeutschland."

„Den Rhein kenne ich, aber wie heißt der andere Fluss?"

„Neckar."

Die Frau zuckte mit den Schultern. „Habe ich ehrlich gesagt noch nie gehört."

„Muss man auch nicht unbedingt wissen." Carlo lächelte sie an. „Wir haben uns übrigens noch gar nicht bekannt gemacht. Mein Name ist Carlo. Carlo Legrand."

„Ich heiße Erika. Erika von Auersperg." Sie streckte ihm die Hand hin, die er gerne ergriff.

„Von Auersperg? – Dann sind Sie ja eine Adlige!"

„Nein, das war der Name meines Mannes." Ihre Augen bekamen einen traurigen Glanz.

„War?" Carlo schaute sie fragend an.

Zögernd antwortete sie: „Mein Mann Richard war Flugzeugingenieur, er ist vor drei Jahren bei einem Testflug abgestürzt. Das Einzige, was mir geblieben ist, ist unser Sohn."

Carlo bedauerte, dass er das Thema angeschnitten hatte.

„Entschuldigung, das wusste ich nicht, ich wollte nicht ..."

„Nein, Sie müssen sich nicht entschuldigen", unterbrach sie ihn, „ich stehe in Ihrer Schuld. Wenn Harald ertrunken wäre, ich glaube, dann hätte ich auch nicht mehr leben wollen."

Carlo ergriff ihre Hand. „Aber so etwas dürfen Sie nicht sagen! Sie sind doch noch jung. Ihr Leben liegt noch vor Ihnen. Entschuldigen Sie, wenn ich so offen bin: eine Frau wie Sie dürfte doch keine Probleme haben, wieder einen Mann zu finden?"

Er hatte Erika von Auersperg schon eine ganze Weile betrachtet. Sie mochte etwa dreißig Jahre alt sein. Zweifellos war sie eine schöne Frau. Sie hatte schwarzes Haar und, was sehr ungewöhnlich war, blaue Augen. Sie war groß und wohl proportioniert. Als sie ihren Mantel ausgezogen hatte, schmiegte sich der feuchte Stoff ihres Kleides an die weichen Formen ihres Körper. Sie war zweifellos eine begehrenswerte Frau.

„Ach, das ist nicht so einfach. Ich war sehr glücklich mit meinem Mann. Er hat mir jeden Wunsch von den Augen abgelesen; und er war ein liebevoller Vater. Ich glaube nicht, dass ich noch einmal so einen Mann finde." Sie hielt für einen Moment inne. „Haben Sie Familie?"

„Ja, ich habe eine große Tochter. Meine Helena ist ein bildhübsches Mädchen." Erneut lächelte er sie an.

„Haben Sie ein Bild von ihr?"

„Warten Sie!" Carlo griff zum Kachelofen, in die Innentasche seines noch immer klammen Mantels. Er nahm seine Brieftasche und holte ein feuchtes Foto heraus.

„Das ist meine Familie."

Sie betrachtete das Bild eine ganze Weile. „Wirklich ein schönes Mädchen. – Und das daneben, ist das Ihre Frau?" Sie deutete auf die kleine, unscheinbare Amelie.

„Ja, das ist Helenas Mutter."

Sie schwieg einen Moment, dann meinte sie: „Ich denke, Ihre Tochter kommt eher auf Sie heraus, oder?"

„Ja, kann schon sein. Ich finde, Helena sieht meiner kleinen Schwester Rosemarie sehr ähnlich. Die war sogar einmal Schönheitskönigin von Mannheim!"

„Alle Achtung!" Erika von Auersperg war beeindruckt. „Haben Sie noch mehr Geschwister?"

Carlo wurde ernst.

„Ich habe noch eine ältere Schwester und vielleicht noch einen Bruder, sofern Gustav Stalingrad überlebt hat. Ich hatte noch einen Bruder, Erich, aber der ist nun schon fast zwei Jahre in Russland verschollen. Es gibt Augenzeugen, die angeblich gesehen haben, wie er bei Kiew gefallen ist. Und meine Schwester Marlene ist letzte Weihnachten gestorben. Aber meine alten Eltern leben noch."

„Der Name Legrand, ist das ein französischer Name?"

„Ja, wir stammen von den Hugenotten ab. Meine Vorfahren sind damals wie viele andere nach Deutschland geflüchtet."

Sie betrachtete ihn. „Das sieht man. Sie sehen überhaupt nicht deutsch aus. Wissen Sie, an wen Sie mich erinnern?"

Carlo lachte. „Nein, an wen erinnere ich Sie denn?"

„An den Gustav Diessl. Er ist mein Lieblingsschauspieler."

Carlo fühlte sich geschmeichelt.

„Mit einem Schauspieler hat mich auch noch niemand verglichen. Ist er nicht auch Österreicher?"

„Ja, in Wien geboren. Haben Sie den Film ‚Die weiße Hölle vom Piz Palü' gesehen, da hat er mit Leni Riefenstahl gespielt?"

„Nein, aber ich habe davon gehört. Das ist doch ein Bergsteigerfilm, oder? Interessiert hätte er mich schon. Ich bin früher oft ins Kino gegangen."

Harald begann sich auf der Bank zu räkeln. Erika von Auersperg stand auf und zog die Wäsche vom Kachelofen. „Gott sei Dank, die Sachen sind fast trocken." Carlo nahm seine Kleider und ging umhüllt von seiner Decke hinaus. Nach ein paar Minuten kam er angezogen zurück.

„Ich werde versuchen, den nächsten Bus nach Wiener Neustadt zu nehmen Aber wie kommen Sie nach Hause, Frau von Auersperg?"

„Machen Sie sich um uns keine Sorgen, wir wohnen hier ganz in der Nähe. Aber eine Bitte hätte ich noch, sagen Sie doch bitte nicht Frau von Auersperg zu mir." Sie streckte ihm die Hand hin: „Ich bin Erika!"

„Dann müssen Sie aber auch Carlo zu mir sagen."

„Gerne, Carlo. Und ich hätte noch eine Bitte. Darf ich Sie zu uns nach Hause zum Essen einladen, wenn Sie wieder einen freien Tag haben? Sozusagen als kleines Dankeschön für das, was Sie für mich und Harald getan haben?"

Carlo zögerte.

„Bitte sagen Sie nicht nein. Das dürfen Sie uns nicht abschlagen. Sagten Sie nicht, Sie sind in der Feldjägerkaserne in Wiener Neustadt stationiert?"

Carlo nickte.

„Da kann ich Ihnen ja dort eine Nachricht zukommen lassen?"

„Ja, tun Sie das ruhig!"

Sie verabschiedeten sich. Erika umarmte ihn, und als er sie so nahe spürte, begann sein Herz heftig zu schlagen.

Kurz darauf saß er wieder im Bus.

Was für eine anziehende Frau! Erika von Auersperg war der Traum eines jeden Mannes. Aber wollte er sie wirklich wiedersehen? Er war sich nicht sicher, denn er fühlte, dass er sich hier in gefährliches Fahrwasser begab. In den ganzen Jahren seiner Ehe hatte er sich für keine andere Frau interessiert. Aber nun spürte er ein Begehren in seinem Herzen aufflackern, das er so nie zuvor gekannt hatte und das ihn aufwühlte. – Aber wahrscheinlich würde sie sich ja gar nicht mehr bei ihm melden, beruhigte er sich.

Doch da irrte Carlo gewaltig.

6

Amelie und Helena sprangen verstört aus den Betten. Ihre Herzen pochten bis zum Hals. Die schrillen Sirenen hatten sie aus dem Tiefschlaf gerissen. Von einer Sekunde zur anderen war die nächtliche Stille einem Heidenlärm gewichen. In den Bombenalarm mischte sich das Geschrei der Nachbarn im Haus und auf der Straße, das Weinen von kleinen Kindern und die Durchsage aus dem Volksempfänger, die verkündete, dass ein Bombengeschwader der Royal Air Force Kurs auf Mannheim genommen hatte.

„Achtung, Achtung, hier ist der Befehlsstand der Flakdivision Kaiserslautern. Die gemeldeten Bombenverbände befinden sich jetzt im Raum Bad Dürkheim. Schalten Sie nicht ab, wir melden uns wieder!"

Schnell schlüpften die beiden Frauen in ihre Kleider und zogen ihre Mäntel an. Helena schaute aus dem Fenster und meinte: „Gleich werden wieder ‚Christbäume' an den Himmel gestellt."

„Schöne Christbäume sind mir das! Christbäume, die dazu dienen, Bomben so abzuwerfen, damit bloß keiner von uns hier unten davonkommt. – Aber jetzt mach schon, Helena, wir müssen hier raus!" Amelie schrie ihre Tochter an, um den Lärm zu übertönen.

Nachdem nun monatelang Ruhe geherrscht hatte, kam dieser Angriff für die Mannheimer überraschend. Es war die Nacht vom 16. auf den 17. April 1943 und die britischen Jagdbomber näherten sich der Quadratestadt, um ihre tödliche Fracht über ihr abzuladen.

Aufgeschreckt vom Fliegeralarm rannten die Hausbewohner der Beilstraße 22 die Treppen hinunter in den Luftschutzkeller. Amelie hatte den Vogelkäfig in der einen Hand, in dem Hansi, der Kanarienvogel, aufgescheucht hin- und herflatterte. In der anderen trug sie einen alten Lederkoffer, in dem sich die wichtigsten Dokumente, Schmuck, Familienbilder und ein paar Erinnerungsstücke befanden. Helena hatte sich die beiden anderen Koffer geschnappt mit Kleidern, Schuhen, Handtüchern und Bettwäsche. Alle drückten und drängten in dem engen Hausflur, denn schon fielen die ersten Bomben. Bei jedem Einschlag zogen sie die Köpfe ein, schrieen auf und fanden sich in Blitzeseile ein halbes Stockwerk weiter unten, denn der Luftdruck, der durch die Bombardierung entstand, ließ sie fast in den Keller schweben.

Marie, Valentin und Betty, die seit zwei Monaten im Nachbarhaus wohnten, waren ebenfalls herübergeeilt. Ihr Keller war nicht sicher und Marie hätte es ihrer beachtlichen Leibesfülle wegen auch nicht zum Ochsenpferchbunker in der Neckarstadt auf der anderen Seite der Hindenburgbrücke oder zum Hochbunker am Luisenring geschafft.

Marie hatte so schon große Mühe, den Keller rechtzeitig zu erreichen. Selbst der Luftdruck hatte hier nichts ausrichten können. Sie war die Letzte, die schwer atmend hineinrannte, bevor Fritz Traub, der Blockwart, die schweren Hebel der Eisentür hinter ihnen schloss. Trotz der Notbeleuchtung nahm er eine weiße Stearinkerze aus seiner Jackentasche, zündete sie an und befestigte sie auf einem Mauervorsprung in der Mitte des Kellerraumes.

„Wenn man es nicht besser wüsste, könnte jetzt direkt Stimmung aufkommen", meinte Frau Schmidt mit einem nicht zu überhörenden ironischen Unterton. Die ältere Frau betrieb seit mehreren Jahren den „Schreiber", den Lebensmittelladen, der sich unten im Haus befand. Einige lachten gequält, denn allen war klar, dass diese Kerze ihr Leben retten konnte. Solange sie brannte, war sichergestellt, dass kein Gas in den Keller strömte. Würde sie zu flackern anfangen und ausgehen, müssten sie so schnell wie möglich die Tür öffnen und den Raum verlassen.

Nach dem letzten Bombenangriff hatten sie drüben in der Filsbach mehrere Luftschutzkeller geöffnet und nur noch tote Kinder, Frauen und Greise gefunden. Und jedes Mal hatten die Toten ausgesehen, als würden sie friedlich schlummern. Das geruchlose Gas war in den Keller eingedrungen und hatte sofort gewirkt. Sie waren von einem Augenblick zum anderen in einen tiefen Schlaf gefallen, aus dem sie nicht mehr erwacht waren.

Dem Lärm, der zuvor auf der Straße und in den Hausgängen geherrscht hatte, folgte nun im Luftschutzkeller eine gespenstische Stille. Je näher die Bombeneinschläge kamen, desto angespannter lauschten alle in diese Lautlosigkeit. Ihre Sinne waren geschärft und die Nerven der meisten waren dem Zerreißen nahe. Der Einzige, der die Stille unterbrach, war der Kanarienvogel.

Fast zwei Dutzend Menschen, Hausbewohner und Leute aus der Nachbarschaft, saßen auf den hölzernen Bänken, die an den weiß getünchten Wänden des Luftschutzraumes angebracht waren. In der Ecke hing der Volksempfänger. Blockwart Traub versuchte, den Großdeutschen Rundfunk reinzubekommen. Aber es gelang ihm nicht. Der Empfang hier unter der Erde war zu schlecht. Es war nur ein einziges Rauschen zu vernehmen.

Amelie hatte Betty und Helena an sich gezogen, Valentin seinen Arm um Marie gelegt. Helena betrachtete die Menschen um sich herum, die sie fast alle kannte. Wie unterschiedlich sie doch in dieser lebensbedrohlichen Situation reagierten! Manche blieben sich treu, waren so wie immer, andere zeigten Seiten von sich, die man nicht an ihnen kannte.

Frau Hartmann, die ruhige, aber stets freundliche Nachbarin, die seit vielen Jahren mit Mann und Sohn im 4. Stock wohnte, saß zusammengekauert auf der Bank und weinte lautlos vor sich hin. „Sie muss sich furchtbar allein fühlen", dachte Helena. Ihr Mann war bei der Marine. Man hatte ihn zu den U-Booten abkommandiert, die die norwegische Küste überwachen sollten. Im letzten Monat hatte die englische Marine sein Schiff torpediert. Keiner wusste, ob die Besatzung dieses Manöver überlebt hatte oder ob die Männer in Kriegsgefangenschaft gekommen waren. Ihren Sohn Horst hatte man zum Flakhelfer gemacht. Er war in diesen Minuten ganz in ihrer Nähe – draußen auf der Flakstellung, die man neben der Kauffmannsmühle errichtet hatte.

Frau Köhler, die unterm Dach wohnte, las konzentriert und inbrünstig in der Bibel. Man sah der blassen Frau an, dass sie sehr bedrückt war. Ein paar Tage zuvor hatte man ihre beiden Söhne und ihre zwei kleinen Mädchen mit der Kinderlandverschickung nach Eberbach in den Odenwald gebracht. Die Kinder fehlten ihr sehr. An ihrem Mann Erwin hatte sie keine Stütze. Er war Vertreter und verdiente sein Geld damit, auf allen möglichen Märkten Haushaltswaren anzupreisen. Warum er nicht eingezogen worden war, wusste eigentlich niemand so recht, aber man munkelte, dass er gute Beziehungen zur Partei hatte. Erwin Köhler war zwar schmächtig, aber ausgesprochen wortgewandt und alles andere als schüchtern. So blieb es nicht aus, dass er seinen Kundinnen oft näher kam, als es unbedingt nötig gewesen wäre. Selbst jetzt im Luftschutzraum konnte er es sich nicht verkneifen, mit Frau Jürgens anzubandeln, indem er ihr einen Schluck aus seinem Flachmann anbot.

Lotte Jürgens wiederum, oder die „flotte Lotte“, wie jeder sie nannte, wohnte neben den Köhlers in den Gauben. Sie hatte sich das Attribut „flott“ hauptsächlich durch ihre tänzerischen Fähigkeiten erworben, die sie besonders gern auf den Tischen der Schifferkneipen „Sackbendel“ in der Hafenstraße oder auch bei „Witwe Kühnle“ an der Ecke Hafen-/Jungbuschstraße unter Beweis stellte. Böse Zungen behaupteten darüber hinaus, dass Frau Jürgens noch weitere Begabungen habe, die besonders die Männer sehr zu schätzen wüssten. Jedenfalls wurde sie immer wieder im Hausgang mit verschiedenen Herren gesehen, denen sie sicherlich nicht nur ihre Briefmarkensammlung zeigen wollte.

Ein dumpfes Dröhnen, das die Wände erzittern ließ, riss Helena aus ihren Betrachtungen.

„Das war nahe!“ Der alte Herr Abele aus dem zweiten Stock strich seiner zitternden Frau über das weiße Haar und fügte lächelnd hinzu: „Hab keine Angst, Käthe! Mit den Bomben ist das wie mit dem Gewitter: Wenn du das Grollen des Donners hörst, weißt du, dass der Blitz nicht dich getroffen hat.“

„Sie haben vielleicht Humor!", warf die flotte Lotte ein. Und nach einer Weile fügte sie hinzu: „Na ja, Sie haben Ihr Leben ja gelebt, aber unsereiner ..."

„Finden Sie das nicht geschmacklos, so etwas zu sagen?" Der sonst eher ruhige Valentin war nicht gewillt, eine solche Äußerung kommentarlos hinzunehmen.

Lotte Jürgens zuckte mit den Achseln: „Beruhige dich, Opa, war ja nicht so gemeint."

Und wieder tat es einen Schlag und gleich darauf noch einen.

„Denen gehen die Bomben wohl gar nicht mehr aus", befürchtete Frau Fischer aus dem Erdgeschoss.

„Bumm, bummm, bumm! – Das macht Spaß!" Hubert, der behinderte Sohn von Frau Fischer, begann schallend zu lachen. Der 14-Jährige begriff die Situation überhaupt nicht. Und als wäre sein Rufen erhört worden, gab es erneut einen ohrenbetäubenden Knall.

„Ja, ja, mehr, das ist schön! Bumm, bumm!" Hubert jauchzte.

„Sei doch still, Bub, so etwas darfst du doch nicht sagen!" Frau Fischer hielt ihm die Hand vor den Mund. Aber die Aufmerksamkeit des Blockwarts war schon geweckt. Fritz Traub kam herüber und baute sich vor Mutter und Sohn auf.

„Der Idiot kommt mir nicht mehr in meinen Luftschutzraum. Der ist die längste Zeit hier frei rumgelaufen, darauf können Sie Gift nehmen!" Er lachte über die Doppeldeutigkeit seiner Äußerung. „So was wie der ist eine Schande für das ganze deutsche Volk!"

„Aber Herr Traub, mein Junge ist krank, er tut doch niemandem was zuleide." Frau Fischer versuchte den Blockwart zu beschwichtigen, aber der wandte sich ab und murmelte leise, aber trotzdem unüberhörbar vor sich hin: „Mein Schäferhund hat mehr Grips als dieser Schwachsinnige! Der Führer hat vollkommen recht. Wir müssen unsere deutsche Rasse sauber halten. Die soll doch froh sein, wenn sie diesen Deppen los ist. Der macht ihr doch bloß Scherereien."

„Bitte tun Sie uns das nicht an, wir haben es doch schon schwer genug!" Weinend sank Frau Fischer in sich zusammen.

Amelie stand auf, ging hinüber zu Frau Fischer, nahm sie in den Arm und flüsterte: „Machen Sie sich keine Sorgen, der wird Sie nicht anzeigen. Ich verspreche es Ihnen, dem Hubert wird nichts passieren."

Frau Fischer schaute Amelie ungläubig an.

„Vertrauen Sie mir einfach! Und jetzt wischen Sie sich die Tränen ab!" Amelie lächelte die verängstigte Nachbarin an.

Fritz Traub war weitläufig mit den Legrands verwandt. Die Schlosser-Oma hatte Ende 1916 zum zweiten Mal geheiratet. Ihr neuer Mann hatte damals seine Enkelin, die kleine Mathilde, mit in die Ehe gebracht, denn kurz zuvor war seine ledige Tochter bei der Geburt des Kindes gestorben. Bald zeigte sich, dass Mathilde Schlosser von der Natur nicht sehr begünstigt worden war. Ihre kaum zu bändigenden, fahlen braunen Haare umrahmten ein unebenmäßiges Gesicht mit stechenden kleinen Augen und einer viel zu großen, gebogenen Nase. Das Schlimmste war jedoch ihr Gebiss. Die Zähne waren wild in den Kiefer gewachsen und blinkten kreuz und quer aus ihrem geöffneten Mund. Aber obwohl sie äußerlich so unansehnlich war, hatte sie trotzdem ein freundliches Gemüt und ein zugängliches Wesen.

Als sie älter wurde, spürte sie schnell, dass keiner der jungen Männer sich ernsthaft für sie interessierte. Sie begann hin und wieder in die ‚Resi', oder besser gesagt zum ‚Gerbers Karl' in die Jungbuschstraße 15 zu gehen. Sie hoffte, in dem Tanzlokal, in dem eine 3-Mann-Kombo spielte, den Mann ihres Lebens kennen zu lernen. Wenn sie dann den ganzen Abend nicht aufgefordert wurde, leerte sie ein Glas Likör nach dem anderen. Und so geschah es immer wieder, dass sie den Heimweg nicht mehr fand und von irgendeinem Nachbarn im Straßengraben aufgelesen und nach Hause gebracht wurde. Ihr Großvater, der bereits 1919, nachdem er gerade einmal drei Jahre mit der Schlosser-Oma verheiratet gewesen war, in dem Kolonialwarenladen zu Tode gestürzt war, hatte ihr einiges vermacht. Die Schlosser-Oma hatte das Erbe für das Mädchen verwaltet und ihr an ihrem 21. Geburtstag die beträchtliche Summe ausbezahlt. Insofern war sie zumindest ab diesem Augenblick keine schlechte Partie. Als sie eines Nachts wieder sturztrunken die Jungbuschstraße in Richtung Teufelsbrücke entlangwankte, lief sie dem Hafenarbeiter Fritz Traub regelrecht in die Arme. Er hatte sie schon von Weitem auf sich zutorkeln sehen und sie im letzten Augenblick aufgefangen. Der große, kräftige Mann war der Arbeit wegen erst vor Kurzem nach Mannheim gekommen und war arm wie eine Kirchenmaus. Als er nun in ihrer Handtasche vergeblich nach einem Hinweis suchte, wo sie wohnte, stellte er fest, dass sie jede Menge Geld bei sich trug. Dies war sicher auch einer der Beweggründe, warum er sie nicht einfach in der Gosse liegen ließ, sondern sie mit sich in seine Unterkunft in der Güterhallenstraße nahm.

Als Mathilde am nächsten Morgen aus ihrem Vollrausch erwachte, fand sie sich in einer Baracke im Hafen wieder. Sie schämte sich zu Tode, insbesondere als ihr Fritz Traub erklärte, in welchem Zustand er sie aufgelesen hatte. Zum Dank zeigte sie sich großzügig und steckte ihm 20 Mark zu, was ihn wiederum dazu bewog, genauso großzügig über ihr hässliches Äußeres hinwegzusehen. Schnell bemerkte er, dass Mathilde sich in ihn verliebt hatte und so packte er die Möglichkeit beim Schopf. Mit Hilfe dieser Frau würde er seine armseligen Lebensumstände verbessern können.

Bereits nach wenigen Wochen stellte Mathilde fest, dass sie ein Kind erwartete. Da die Regierung in diesen Jahren verlockende zinsgünstige staatliche Ehestandsdarlehen von über 1.000 Mark verteilte und Mathilde ihm versprach, keinen Tropfen mehr anzurühren, heiratete Fritz die Hochschwangere im Februar 1939. Mathilde war glücklich. Sie liebte ihren Fritz über alles und er liebte die finanzielle Sicherheit und die geordneten Verhältnisse, in denen er durch sie jetzt leben konnte. Und so wurde aus Mathilde eine rechtschaffene Hausfrau und treu-sorgende Mutter.

Schon seit vielen Jahren hatte Fritz Traub mit der NSDAP geliebäugelt und darum erstaunte es niemanden, dass er noch in seinem Hochzeitsjahr in die Partei eintrat. Gerade solche Vergünstigungen wie das Ehestandsdarlehen, dessen Rückzahlung sich bei jedem Kind verringerte und bei der Geburt des vierten Kindes sogar gänzlich getilgt wurde, überzeugten ihn und ließen ihn immer mehr zum fanatischen Anhänger der Nationalsozialisten werden. So war es auch kein Wunder, dass Mathilde nach der Geburt der Zwillinge Anna und Liese in den darauf folgenden Jahren zwei weitere Kinder gebar. Für die NS-Regierung war die Zeugungsfreudigkeit des jungen Paares jedoch nicht unbedingt von Nutzen, auch wenn sie das öffentlich nicht kundtat. Denn Mathilde schenkte vier Mädchen das Leben, die sich kaum als Soldaten für Hitlers Expansionspläne eigneten.

Fritz Traub war in jeder Beziehung empfänglich für die braune Ideologie. Endlich war Schluss mit Arbeitslosigkeit und Existenzängsten. Hitler hatte Wort gehalten: seit die Nationalsozialisten an der Regierung waren, ging es dem deutschen Volk besser. Die Deutschen waren wieder wer. Man hatte in den letzten Jahren damit begonnen, sich innerlich zu erneuern und sich von allem, was der Reinheit der arischen Rasse schadete, zu befreien: Juden, Zigeuner, Behinderte. Und wenn es der deutschen Wehrmacht nun noch gelänge, den Lebensraum nach Osten zu erweitern und das dort hausende Gesindel zu vertreiben, dann würde dem Tausendjährigen Reich nichts mehr im Wege stehen.

Bei all diesen Visionen vergaß Fritz Traub nur zu gerne, dass er selbst noch vor gar nicht allzu langer Zeit keine müde Mark in der Tasche gehabt hatte. Aber sein Blick war nur nach vorne gerichtet. In blinder Gefolgstreue sah er sich schon als Teil der Herrenrasse, die über die Welt regieren würde. Darum war ihm auch alles, was die Partei propagierte, heilig. Die Einzige, die darüber hinaus auf ihn Einfluss nehmen konnte, war Mathilde. Sie hatte ihm und dem Führer in kürzester Zeit vier Kinder geschenkt und war mit dem „Ehrenkreuz der deutschen Mutter Stufe drei in Bronze" geehrt worden. Eine Auszeichnung, die Fritz Traub mit Stolz erfüllte. Ab sechs Kindern würde Mathilde das silberne Abzeichen bekommen und ab acht das goldene, vom Führer persönlich gestiftet. Das war zwar Zukunftsmusik, aber sie waren jung und konnten noch viele Kinder haben ...

Amelie Legrand hatte immer eine gute Beziehung zu Mathilde gehabt und so würde sie versuchen, über sie auf Fritz einzuwirken, damit er von einer Anzeige gegen die Fischers absah.

Wieder schlug eine Bombe in ihrer Nähe ein. Sie hatten das Gefühl, als würde man ihnen den Boden unter den Füßen wegziehen.

„Gott sei Dank hat Pfarrer Fallmann im letzten Monat die wertvollen Holzplastiken und das Chorgestühl nach Neckarelz bringen lassen." Frau Köhler bekreuzigte sich. Die gläubige Katholikin ging jeden Sonntag in die Liebfrauenkirche am Luisenring. Je mehr sich ihr Mann von ihr entfernte, desto stärker suchte sie Halt in ihrem Glauben.

„Auch die wertvollen Reliefs des Hochaltars hat er wegbringen lassen. Aber das ist ja nur vorübergehend. Nach unserem glorreichen Endsieg holen wir alles wieder zurück", meinte Frau Schulz aus dem vierten Stock und nahm eines ihrer Mädchen auf den Schoß. Die kleine Hannelore war bei dem letzten Schlag ängstlich zusammengezuckt und faltete nun die Hände. Dann begann sie laut zu beten:

Ach, lieber Gott, ich bitte dich,
ein frommes Kind lass werden mich,
schenk mir Gesundheit und Verstand,
und schütze unser deutsches Land.
Schütz Adolf Hitler jeden Tag,
dass ihm kein Leid geschehen mag.

„Das hast du aber fein aufgesagt." Edelgard Schneyder in ihrem dunkelblauen Rock, ihrer weißen Bluse, über der sie ein schwarzes Halstuch, das durch einen Lederknoten gezogen war, trug, lobte das kleine Mädchen. Sogar in dieser Situation hatte sie nicht darauf verzichtet, ihre BDM-Uniform anzulegen.

„Das haben wir in der Schule gelernt", versicherte Hannelore. „Das sollen wir jeden Tag beten, damit unserem lieben Führer Adolf Hitler kein Leid geschieht."

Frau Schulz war anzusehen, wie stolz sie auf ihre Tochter war.

„Ja, einige könnten sich davon eine Scheibe abschneiden", erwiderte Edelgard Schneyder und ihr abschätziger Blick in Richtung Helena und Amelie war nicht zu übersehen.

Obwohl Helena mit Edelgard in die K5-Schule gegangen war, vermied sie es, der ehemaligen Schulkameradin und ihrer ganzen Familie zu begegnen. Das war nicht ganz einfach, da sie seit 1938 über ihnen wohnte.

Die Schneyders waren von Anfang an linientreu gewesen und hatten stets die NSDAP-Fahne gehisst. Am meisten hatte Amelie und Carlo dabei gestört, dass „das Ding" so weit herunterhing, dass ein Teil davon noch vor dem Oberlicht ihres Schlafzimmerfensters hin- und herflatterte. „Irgendwann schneide ich den Fetzen ab!", hatte Carlo mehrmals wütend geäußert, es dann aber doch nicht gewagt.

Helenas Gründe, den Schneyders aus dem Weg zu gehen, hatte jedoch weniger mit ihrer braunen Einstellung und mit Edelgard zu tun als vielmehr mit ihrem großen Bruder. Dietrich war ein Jahre älter als die Mädchen, rotblond und blauäugig und keine besondere Leuchte. Er hatte nach drei Monaten seine Lehre beim Schneider Jüngert in G7 abgebrochen und lieferte nun auf einem Leiterwagen Flaschenbier der Firma Hofmann in der Böckstraße an die Kundschaft im Jungbusch und in der Filsbach aus.

Dietrich war nicht entgangen, was für ein hübsches Mädchen unter ihm wohnte. Und so hatte er, nachdem Carlo Legrand Ende August 1939 zum Militär eingezogen worden war, begonnen, sich um Helena zu bemühen. Anfangs hatte er sie im Hausgang abgepasst und angesprochen. Als er damit keinen Erfolg hatte, fragte er ihre Mutter, im Bewusstsein, dass der Legrand'sche Haushalt männerlos war, ob er ihnen die Kohlen aus dem Keller hochtragen solle. Die ahnungslose Amelie hatte sich über das Angebot gefreut und es gerne angenommen. Leider konnten sie nicht lange davon profitieren, denn Helena zeigte sich Dietrich gegenüber in keiner Weise erkenntlich. Er gefiel ihr überhaupt nicht und sie fand ihn nur langweilig.

Schon immer war der alte Baum, der sich auf dem kleinen Platz zwischen Dalberg-, Werft- und Freherstraße befand, ein beliebter Treffpunkt der jungen Leute, die im Jungbusch wohnten, gewesen. Hier saßen die Mädchen auf den Bänken, tuschelten miteinander, tratschten über andere oder vertrauten sich gegenseitig Geheimnisse an, die ab diesem Moment keine mehr waren. Die Jungs wiederum standen beieinander und versuchten durch lautes und auffälliges Gehabe die Aufmerksamkeit der Mädchen auf sich zu ziehen. Und dann gab es noch vereinzelte Pärchen, oder solche, die es werden wollten, die meist ein wenig schüchtern und unbeholfen beieinander standen. Auf jeden Fall war es ein Ort, an dem unzählige zarte Bande geknüpft worden waren und noch geknüpft werden würden. Auch die Cousinen Betty, Annerose, Irma und Helena trafen sich dort fast jeden Abend. Helena hatte meist ihr Fahrrad dabei, weil sie insbesondere in den Sommermonaten am späten Nachmittag zuvor in den Schrebergarten ihrer Eltern radeln musste, um die Gemüsebeete zu gießen.

Auch hier hatte Dietrich versucht, mit ihr anzubandeln, indem er ihr des Öfteren angeboten hatte, das Fahrrad aufzupumpen.

„Schau mal, wie der dich ansieht!", hatten Irma und Annerose kichernd gemeint.

„Quatsch, das ist mein Nachbar. Der guckt immer so." Helena hatte versucht, es abzutun, aber es war ihr nicht gelungen. Den Cousinen war Dietrichs schmachtender Blick nicht entgangen.

Ein anderes Mal hatte er ihr auf der Neckarwiese aufgelauert, als sie „Schafsknoddeln" zum Düngen des Gartens aufsammelte. Obwohl sie diese Tätigkeit hasste wie die Pest, hatte sie seine Hilfe dankend abgelehnt.

Aber Dietrich war hartnäckig und hörte nicht auf ihr nachzustellen, was fast in einer Katastrophe endete.

*

Schon früh hatte Helena geäußert, dass sie, wenn sie mal groß sei, Schneiderin werden wolle. Bereits als kleines Mädchen hatte sie schöne Puppenkleider genäht. Wahrscheinlich hatte sie das Talent von ihrem Vater geerbt, denn Carlo hatte als junger Mann die Faschingskostüme für sich und seine Brüder genäht. Und so war Helena seit Juni 1939 bei Frau Kogel in der Kirchenstraße in die Lehre gegangen. Von der älteren Frau hatte sie viel gelernt,

weil die stille, besonnene Art der Schneiderin dem Wesen des
jungen Mädchens sehr entgegenkam.

Helena war die Anmutigste der vier Cousinen, ihre natürliche
Schönheit war gepaart mit einer vornehmen Zurückhaltung, die
sie sehr anziehend machte. Sie war jedoch auch mit Abstand
die Schüchternste. Betty war durch ihre Rückgratverkrümmung
äußerlich sehr beeinträchtigt, aber genau diese Tatsache hatte sie
stark gemacht. Annerose sah ihrer Mutter Marlene sehr ähnlich,
was sie gar nicht gern hörte. Sie war hübsch anzusehen, aber
hatte lange nicht Helenas feine Züge. Irma wiederum war eine
rassige, temperamentvolle Schwarzhaarige, sie hatte viel von
ihrer Mutter Pauline mitbekommen, die – freundlich ausgedrückt
– nicht gerade auf den Mund gefallen und mit einem erstaunli-
chen Selbstbewusstsein ausgestattet war.

Im Gegensatz zu den anderen Mädchen war Helena eher unsicher und ängstlich. Möglicherweise hatten sie die ersten Le-
bensmonate unter der „Obhut" von Luise Legrand in der Hafenstraße geprägt.

Bei dem ersten Großangriff im Dezember 1940 war das Haus,
in dem sich Frau Kogels Schneiderei befand, so schwer getroffen
worden, dass es wegen Einsturzgefahr abgerissen werden musste.
Frau Kogel verließ Mannheim und zog zu Verwandten in die Nähe
von Ludwigsburg. Für Helena bedeutete das, dass sie mitten in
ihrer Ausbildung ihre Lehrstelle verlor.

„Wir müssen unbedingt eine Schneiderei finden, wo du die
letzten beiden Jahre zu Ende machen kannst, damit du wenigstens
die Gesellenprüfung in der Tasche hast", hatte Amelie entschieden und sich auf die Suche gemacht. Von ihrer Schwägerin Marie
hatte sie schließlich den Tipp bekommen, es doch einmal in der
Schneiderei Heckert in H1 am Marktplatz zu versuchen. Marie
kannte Olga Heckert aus der Zeit bei der NS-Frauenschaft. Amelie war zwar nicht von der politischen Gesinnung dieser Schneiderin begeistert, aber letztendlich war es ihr wichtiger, Helena
wieder unterzubringen, damit sie ihre Lehre beenden konnte.

Als sie an der Tür klingelten, öffnete ihnen eine stattliche
Frau. Sie hatte ihre blonden Haare streng über dem Kopf gefloch-

ten und durfte Mitte vierzig sein. Ihre Gesichtszüge waren energisch. Über einer weißen Bluse trug sie ein graues Kostüm, das einen akkuraten Sitz hatte. Es wirkte uniformartig und unterstrich die Strenge ihrer gesamten Erscheinung. Helena fühlte sich unwillkürlich an die Reichsfrauenführerin Gertrud Scholz-Klink erinnert und erschauderte.

„Kommen Sie rein!"

Amelie und Helena betraten die Schneiderei.

„Setzen Sie sich! – Aber nicht in den guten Sessel, hier, nehmen Sie sich da drüben zwei Hocker weg!"

Mutter und Tochter setzten sich auf die zwei unbequemen Stühle, während Frau Heckert sich in dem Sessel niederließ. Im Aschenbecher auf dem runden Tischchen daneben glimmte eine Zigarre, die Frau Heckert zwischen ihre leicht vergilbten Finger nahm und kräftig daran zog. Während sie genüsslich den Rauch aus ihrem Mund blies, musterte sie die beiden Frauen schweigend. Schließlich ergriff Amelie das Wort und erklärte den Grund für ihr Kommen.

Frau Heckert betrachtete Helena von oben bis unten.

„Ist Ihre Tochter belastbar? Wir haben hier nämlich jede Menge Arbeit. Ich kann hier keine Zimperliese gebrauchen!"

„Meine Tochter ist fleißig und sehr willig. Ihre Lehrmeisterin hat ihr ein 1a-Zeugnis ausgestellt. Sie ist wirklich sehr begabt."

„Ein bisschen dürr ist sie ja schon. Wenn ich sie mir so anschaue, viel dran ist nicht an ihr."

Und zu Helena gewandt fragte sie: „Kannst du zupacken?"

Helena nickte stumm.

„Kannst du auch reden? Oder bist du immer so maulfaul? Haben sie dir im Bund Deutscher Mädchen nicht beigebracht, wie man sich anständig benimmt?" Frau Heckert lachte hämisch.

„BDM und Anstand, das passt ja überhaupt nicht zusammen", ging es Amelie durch den Kopf. Gerade in den letzten Jahren wurde die Abkürzung BDM im Volksmund oftmals mit „Bubi drück mich" oder „Bund Deutscher Matratzen" übersetzt, da es dort mit der Moral zunehmend nicht so genau genommen wurde.

„Ich war nie im BDM", meinte Helena schüchtern.

„Wieso nicht? Jedes deutsche Mädchen hat dahin zu gehen! – Oder gehörst du zu den Drückebergern?" Frau Heckert klang verärgert.

„Aber keinesfalls", mischte sich nun Amelie ein, „sehen Sie, mein Mann diente schon im letzten Weltkrieg und wurde gleich zu Kriegsbeginn eingezogen. Ich selbst arbeite den ganzen Tag bei der Felina, dem Rüstungsbetrieb in der Neckarstadt, und wir haben einen Garten, der versorgt werden muss, da brauchte ich meine Tochter daheim. Darum konnte sie nicht zum Bund deutscher Mädchen gehen."

Natürlich waren das nicht die wahren Gründe, aber das musste Amelie dieser Frau ja nicht unbedingt auf die Nase binden.

Wieder zog Frau Heckert an ihrer Zigarre. „Na ja, ich will mal nicht so sein. Ich werde es mir überlegen, ob ich dich ausbilde. Wir können ja mal eine Probezeit vereinbaren." Und zu Amelie gewandt: „Sagen wir, sie kann ab morgen drei Monate lang hier arbeiten. Sie fängt um acht Uhr an und arbeitet bis 18 Uhr und mittags kann sie zwanzig Minuten Pause machen. Und wenn sie sich bewährt, sehen wir weiter. So und jetzt stehlen Sie mir nicht länger meine wertvolle Zeit. Heil Hitler!"

Mit diesen Worten verabschiedete sie die beiden Frauen.

„Mama, das ist eine furchtbare Frau, ich will da nicht arbeiten", meinte Helena verzweifelt, als sie die Treppe hinabstiegen. „Ich fürchte mich vor ihr!"

Aber Amelie ließ sich nicht erweichen. „Ich mag sie auch nicht, aber es ist deine einzige Chance eine Ausbildung zu machen. Und die eineinhalb Jahre kriegst du schon irgendwie rum. Kopf hoch, Helena, das packst du!"

Am nächsten Tag trat Helena Legrand ihre neue Stelle an. Für das junge Mädchen wurde es zur Tortur. Sie litt nicht nur unter der herrischen Art von Frau Heckert, auch die Arbeiten, die sie zu verrichten hatte, ließen wenig Sinn in dieser „Ausbildung" erkennen. Frau Heckert, die – wie sich bald herausstellte – einen großen Verschleiß an Lehrmädchen hatte, ließ Helena morgens zunächst die Schneiderwerkstatt putzen. Dann musste sie die Seidenstrümpfe reicher Leute in Streifen schneiden, um für sie anschließend daraus Bettvorleger oder Matten für das Badezimmer zu häkeln. Nichts von dem, was sie bei Frau Kogel gelernt hatte, konnte sie hier anwenden und Frau Heckert dachte überhaupt nicht daran, ihr etwas Neues beizubringen. Nach Feierabend schickte man sie in die Oststadt, um dort die fertigen Kleider auszutragen.

Neben Helena gab es noch ein zweites Mädchen, das in der Schneiderei arbeitete; Magda war bereits im dritten Lehrjahr und Frau Heckerts Liebling. Dieses Privileg hatte sie sich teuer erkaufen müssen. Ihre Eltern hatten Landwirtschaft und so hatte sie Frau Heckert von Anfang an größere oder kleinere Fresspakete mit Eiern, Fleisch oder Butter mitgebracht. Magda war bestrebt, sich von nichts und niemandem diese begünstigte Stellung streitig machen zu lassen. Darum gab sie Helena zuweilen absichtlich falsche Adressen, so dass diese mitunter stundenlang in der Gegend herumirrte, bis sie endlich die Kleider dem richtigen Besitzer aushändigen konnte. Oftmals kam sie erst nach Hause, wenn es draußen schon stockdunkel war. Als die sogenannte Probezeit endete und Helena auch weiterhin nichts lernte und abends immer so spät nach Hause kam, suchte Amelie Frau Heckert auf und beschwerte sich.

„Was wollen Sie denn? Hier lernt Ihre Tochter etwas fürs Leben. Lehrjahre sind nun mal keine Herrenjahre!" Damit speiste Frau Heckert Amelie ab. Helena jammerte und war verzweifelt. „Mama, ich halte das nicht mehr aus!"

Aber Amelie beruhigte ihre Tochter. „Ich werde mich nach einer anderen Lehrstelle für dich umschauen, aber so lange musst du noch durchhalten, Kind!"

Wochen vergingen. Es war ein milder Frühlingsabend im Mai. Magda nähte gerade noch einen Rocksaum um und Helena häkelte wie üblich an einem Bettvorleger. In einer halben Stunde würde der Feierabend beginnen. Frau Heckert stand mit ihrer Zigarre am Fenster und blickte hinaus.

„Jetzt steht dieses Früchtchen schon eine geschlagene halbe Stunde da drüben am Marktplatzbrunnen und blickt ständig hier hoch. Ich glaube fast, der wartet auf eine von euch beiden."

„Auf mich wartet niemand, Frau Heckert", sagte Magda sofort.

„Und auf dich, Helena? Das ist doch sicher so ein Lümmel aus dem Jungbusch!"

„Auf mich wartet auch niemand, Frau Heckert", sagte Helena im Brustton der Überzeugung.

„Hätte mich auch gewundert. Was soll einer mit so einer Tranfunzel wie dir schon anfangen!"

Als Helena zwanzig Minuten später das Haus verließ, traf sie fast der Schlag, denn der junge Mann kam auf sie zugerannt. Es war kein anderer als Dietrich Schneyder, ihr glühender Verehrer. Freudestrahlend begrüßte er sie: „Guten Abend, Helena. Ich wollte dich auf eine Limo einladen ..." Weiter kam er nicht.

„Bist du von allen guten Geistern verlassen?" Helena starrte ihn an, als stünde der Leibhaftige vor ihr. Und ehe er weitersprechen konnte, rannte sie los. Helena lief, was sie konnte. Bloß weg von hier und weg von ihm. Sie lief quer durch die Filsbach, die verlängerte Jungbuschstraße entlang, über den Luisenring hinüber in den Jungbusch und schließlich in die Beilstraße. Außer Atem kam sie dort an. Vielleicht hatte sie ja Glück und Frau Heckert hatte es gar nicht mitbekommen.

Helena tat die ganze Nacht kein Auge zu. Und was war, wenn Frau Heckert sie doch mit Dietrich gesehen hatte? Sie mochte es sich gar nicht ausmalen.

Es war kurz vor acht Uhr, als sie an der Tür zur Schneiderei klingelte. Frau Heckert riss die Tür auf und ehe sich Helena besinnen konnte, trafen sie zwei schallende Ohrfeigen. Frau Heckert hatte ihr mitten ins Gesicht geschlagen. „Du kleine verlogene Schlampe! Mir machst du nichts vor, du Luder!" Ein Schwall von Beschimpfungen ergoss sich über das Mädchen.

Fassungslos und unfähig auch nur ein Wort zu erwidern, blickte Helena Frau Heckert an. Dann machte sie auf dem Absatz kehrt und rannte nach Hause.

Sie wusste nicht mehr, wie sie dorthin gekommen war. Jedenfalls saß sie eine halbe Stunde später am Küchentisch in der Beilstraße und weinte hemmungslos. Als sie wieder halbwegs zu sich kam, stürmten Tausende von Gedanken auf sie ein.

Was sollte sie nur ihrer Mutter sagen? Wie würde ihre Mutter es aufnehmen? Und was würde jetzt aus ihr werden? Ihre Lehre hatte sie abgebrochen. Sie konnte nicht mehr zurück in die Schneiderei. Oder doch? Vielleicht würde ihre Mutter sie ja wieder hinschicken? Mama war so diszipliniert. Sie würde kein Verständnis für sie haben. Schließlich fehlte ihr nur noch ein Lehrjahr. Aber noch ein Jahr Tag für Tag die Demütigungen erdulden. Nein, das würde sie nicht ertragen. Aber sie konnte ihre Eltern doch nicht so enttäuschen! Oder doch? Und Frau Heckert, vielleicht würde sie sie ja wieder schlagen und Magda würde sie noch mehr schikanieren ...

Helenas Gesicht brannte. Erst die Schläge und nun noch die vielen Tränen. Sie ging an Amelies Schublade in der Küche, um die Niveacreme herauszunehmen. Ihr Blick fiel auf ein kleines Päckchen mit Schlaftabletten. Sie nahm sie in die Hand und betrachtete sie genauer. Die 10er-Packung war noch fast vollständig. Es fehlte nur eine einzige Tablette. „Und wenn ich die jetzt nehme? Dann werde ich für immer schlafen. Aber was mache ich, wenn sie nicht wirken? ... Sie müssen einfach wirken!"

Helena nahm ein großes Glas aus dem Küchenschrank heraus, füllte es mit Wasser und begann die Tabletten in der Flüssigkeit aufzulösen. Eine nach der anderen. Schließlich hatte sie das Glas mit der milchigen Flüssigkeit in der Hand. – Neun Tabletten. Die reichten im Leben nicht! Vielleicht gab es ja noch irgendwo ein zweites Päckchen? Sie wühlte vergeblich in der Schublade. Da war keine andere Packung. Zufällig fiel ihr Blick auf den Backofen. Und so kam ihr die „rettende" Idee: „Ich werde den Gashahn aufdrehen und meinen Kopf in den Backofen legen. Beides zusammen muss funktionieren!"

Helena öffnete die Backofentür und stellte drei Stühle davor. Dann öffnete sie den Gashahn, trank in einem Zug das Glas leer und legte sich so auf die Pritsche aus den zusammengestellten Stühlen, dass ihr Kopf in der Backmulde verschwand. Sie schloss die Augen und atmete tief. Eine innere Ruhe überkam sie. „Jetzt bin ich bald bei dir, Annemarie." Sie sah ihre Cousine in ihrem Kommunionskleidchen von damals, in dem Kleid, in dem sie gestorben war. Sie hörte Annemarie singen und sah sie lächeln. Sah sie, wie sie die Hand nach ihr ausstreckte, um sie zu holen, hinüberzuholen in eine andere Welt ...

Als Amelie die Wohnungstür aufschloss, kam ihr bereits der Gasgeruch entgegen. Sie hielt sich ein Taschentuch vors Gesicht und lief in die Küche. Als sie die Tür öffnete, schrie sie auf.

Alles, was nun geschah, ging blitzschnell und mechanisch, ohne nachzudenken. Amelie sah die leere Tablettenschachtel auf dem Küchentisch und das Glas. Sie rannte zum Ofen, drehte das Gas ab und öffnete das Fenster. Helena lag keuchend auf dem Boden vor dem Ofen. Ihr Gesicht, ihre Haare und ihre Bluse waren bedeckt mit Erbrochenem. Amelie drehte ihre Tochter auf die Seite und zog sie in Richtung Fenster. Sie setzte sich auf den Boden und zerrte Helena auf ihren Schoß, stützte sie mit ihrem Leib ab, während sie ihren Oberkörper hochzog. Sie ließ Helenas Kopf zur Seite fallen und steckte ihr den Zeigefinger in den Mund, um den Brechreiz zu verstärken, damit sie auch den Rest der Tabletten erbrechen würde. Helena jammerte und würgte, während sich gleichzeitig schubweise ihr Magen entleerte.

Erschöpft sank ihr Kopf auf die Brust ihrer Mutter und sie begann leise zu weinen.

„Atme, Helena, du musst ganz tief durchatmen, mein Kind", flüsterte Amelie beruhigend, während sie ihr über den Kopf strich. „Es wird alles gut." Sie zog ihr Kind noch näher an sich und auch Helena klammerte sich an ihre Mutter wie eine Ertrinkende. Mutter und Tochter waren sich nie zuvor – und würden sich auch nie mehr danach – so nahe sein wie in diesem Augenblick. Helena hatte niemals deutlicher gespürt, wie sehr ihre beherrschte und stets vernünftige Mutter sie liebte und Amelie hatte begriffen, dass sie ihrer Tochter ihre Liebe zu wenig gezeigt und ihr vor allem zu wenig von dem gegeben hatte, was sie am meisten brauchte, nämlich Zuneigung und Zärtlichkeit.

Helena erholte sich schnell von ihrem Selbstmordversuch. Ihr Bestreben es besonders gründlich zu machen, hatte ihr letztendlich das Leben gerettet. Die Tabletten hatten sie betäubt und durch das Gas war ihr übel geworden. Ihr Körper war von den

Stühlen und ihr Kopf aus dem Backofen gerutscht und sie hatte sich im Halbschlaf übergeben müssen. Da Selbstmordgefährdete im Dritten Reich in Psychiatrische Kliniken eingeliefert wurden, aus denen sie oft nie mehr zurückkehrten, verheimlichten Amelie und Helena den Vorfall. Es sollte ihr Geheimnis bleiben.

Um die Schneiderei von Frau Heckert machten sie ab diesem Zeitpunkt einen großen Bogen.

*

Eine kräftige Detonation ließ den ganzen Keller vibrieren. Fast alle ließen einen Schrei los. Kaum hatten sie sich von ihrem Schreck erholt, da schlug es irgendwo erneut ein. Ein kurzer Pfeifton und ein Dröhnen. Wieder schrie jemand laut auf. Die Kinder begannen zu weinen. Die Bombe war anscheinend ganz in der Nähe gefallen. Von den Wänden rieselte der Putz und vor der Eisentür rumpelte es gewaltig. Irgendetwas musste eingestürzt sein.

Wieder wurde es ruhig und alle lauschten in die Stille, so als wollten sie mit ihrem Schweigen weitere Einschläge verhindern. Der Einzige, der sich darum nicht scherte, war der Kanarienvogel.

„Nimmt das denn heute gar kein Ende mehr?" Verzweifelt faltete Frau Hartmann die Hände. Und anscheinend wurde ihr Gebet dieses Mal erhört. Denn die nächste halbe Stunde blieb es ruhig. Kein Einschlag, kein Dröhnen, kein Pfeifen – nichts. Die Nachbarn schauten einander an. Amelie lächelte ihre Tochter und ihre Nichte an. „Ich glaube, die Engländer sind weg. Wir haben es geschafft!"

„Gott sei Dank!" Betty atmete tief durch und ließ einen Seufzer hören, während Helena Tränen der Erleichterung über das Gesicht kullerten. Langsam ließ die Anspannung nach. Die Menschen begannen, sich allmählich wieder zu rühren. Es war wie das Erwachen aus einem Alptraum.

„Es scheint tatsächlich vorbei zu sein." Valentin schaute auf seine Taschenuhr. „Fast zwei Stunden haben sie uns drangsaliert." Kaum hatte er ausgesprochen, ertönten die Sirenen.

„Entwarnung! Jetzt aber nichts wie raus aus dem Loch!" Fritz Traub erhob sich, um die Tür aufzumachen. Er drückte die beiden Hebel hinunter, aber der Zugang ließ sich nur einen kleinen Spalt weit öffnen. Erneut drückte er dagegen, aber es tat sich nichts. Valentin und Herr Abele kamen ihm zu Hilfe. Mit vereinten Kräften schoben sie, aber die Tür bewegte sich keinen Zentimeter weiter.

„Die Tür ist blockiert. Da kommen wir nicht raus." Der Blockwart klang besorgt.

„Wir sind verschüttet!" Frau Köhler schloss ihre Bibel und blickte ängstlich in die Runde.

„Ich will hier raus!", schrie nun die flotte Lotte. „Lasst mich hier raus! Ich will nicht sterben!"

„So schnell stirbt man nicht! Nicht einmal Sie!", meinte Frau Schmidt lakonisch.

„Stellen Sie sich nicht so an, Frau Jürgens! Sie sind doch sonst auch nicht so zimperlich!", mischte sich nun Edelgard Schneyder ein. „Eine deutsche Frau gibt nicht so schnell auf!"

„Uns wird nichts anderes übrig bleiben, als die Mauer zum Nachbarhaus einzuschlagen", meinte Fritz Traub und suchte mit den Augen die Wände ab.

Seit 1940 hatte man damit begonnen, alle Wohnhäuser einer Straße unterirdisch miteinander zu verbinden. Man hatte große Löcher in die Außenmauern geschlagen und die Backsteine anschließend wieder locker in diese Öffnungen gesetzt. So konnte man bei drohender Gefahr die Wände mit geringem Kraftaufwand eindrücken und die Keller über die Nachbarhäuser verlassen. Auf diese Weise hatten sich schon viele im letzten Augenblick aus größter Not retten können.

„Wir müssen alle rüber nach Nummer 20 kriechen, das ist unsere einzige Möglichkeit. Der Weg durch die Tür ist definitiv versperrt." Valentin war derselben Meinung wie Fritz Traub.

Der Blockwart nahm nun eine Hacke, während Valentin nach einer Schaufel griff. Die beiden Männer begannen gegen die losen Steine zu hauen, die auch gleich nachgaben und in sich zusammenfielen.

Plötzlich schaute Betty mit aufgerissenen Augen auf die Kerze. Sie stammelte: „Seht doch nur, die Flamme, wie sie flackert. Gleich geht sie aus!" Alle blickten wie erstarrt hinüber.

Fritz Traub ging auf die Tür zu. „Das kommt von draußen, da muss eine Gasleitung getroffen worden sein. Wir müssen sofort die Luftschutztür wieder ganz zumachen."

Herr Abele und Valentin stürzten zu ihm, stemmten sich mit aller Kraft gegen die Tür und gemeinsam gelang es ihnen, die Eisenhebel wieder zuzusperren.

„Jetzt aber nichts wie rüber, bevor wir noch alle in die Luft fliegen!", schrie Herr Köhler und stürzte auf das Loch zu.

Da er nicht der Einzige war, weil jeder zuerst durchkriechen wollte, standen sie sich gegenseitig im Wege. Nun ging der Blockwart dazwischen. Er packte Erwin Köhler und zog ihn zurück. „Sie warten gefälligst, bis Sie dran sind! – Hier unten habe ich das Sagen! Zuerst kommen Mütter mit Kindern, dann Kinder und Alte und der Rest zum Schluss, verstanden!"

Erwin Köhler wagte es nicht, Fritz Traub, der einen Kopf größer war, zu widersprechen.

Als Frau Köhler und Frau Schulz mit ihren beiden Kindern hindurchgekrochen waren, schob Amelie, in einem Augenblick, in dem der Blockwart sich gerade abwandte, Frau Fischer mit dem behinderten Hubert nach vorne.

Nach den Abeles waren Marie und Valentin an der Reihe. Marie stand auf einer Kartoffelkiste und zwängte sich durch das Loch. Betty, die schon drüben war, zog ihre Mutter an den Armen und Valentin drückte gegen ihre breiten Hüften und schob ihre Beine gegen die Öffnung. Doch plötzlich ging gar nichts mehr und Marie begann fürchterlich zu schreien. „Au, au, hört auf, ich hänge fest!" Sie atmete schwer und begann zu keuchen. Auf beiden Seiten zogen, zerrten und drückten alle an Marie herum, aber ohne Erfolg. Sie steckte fest. Ihr Körper hatte sich regelrecht in die Mauern gequetscht. Es gab kein Vor und kein Zurück mehr.

Frau Schmidt meinte trocken: „Betty hätte Ihnen weniger Schokolade aus der Schokinag mitbringen sollen! Aber Sie konnten ja nie genug davon bekommen!"

„Halten Sie Ihren dummen Mund, das geht Sie gar nichts an!" Valentin nahm seine Frau in Schutz.

„Frau Schmidt hat vollkommen recht", mischte sich nun Edelgard Schneyder ein. „Hätte Ihre Frau sich nicht so gehen lassen, wären wir alle längst in Sicherheit."

Nun gerieten auch die anderen in Panik.

„Wir werden hier unten alle verrecken!" Frau Jürgens begann erneut zu wehklagen.

„So mach doch etwas, Fritz!" Amelie blickte den Blockwart mit Nachdruck an. Dann ging sie zu der Öffnung und versuchte mit bloßen Händen, weitere Steine einzudrücken.

Marie heulte nun laut und klagte: „Ich kann nicht mehr, helft mir doch!"

„Wir müssen noch ein paar Backsteine entfernen!" Fritz Traub ergriff erneut zu der Hacke.

„Aber vorsichtig, damit Sie meine Frau nicht verletzen!", rief Valentin besorgt.

„Sie müssen sie von beiden Seiten gut festhalten und nach oben drücken, ich werde versuchen, die Steine unter ihr zu lockern."

Nachdem er zwei- bis dreimal zugeschlagen hatte, brachen die Steine schließlich auseinander. Ein weiterer Ruck und ein kräftiges Ziehen und Marie rutschte endlich auf die andere Seite in die Arme von Herrn Abele, Frau Hartmann und Betty.

Nun kletterten und stiegen alle anderen in Windeseile durch das Loch und rannten durch den Keller der Beilstraße 20 ins Freie.

Der Anblick, der sie erwartete, ließ sie erstarren. Das gegenüberliegende Haus Ecke Beil- und Böckstraße gab es nicht mehr. Eine Luftmine hatte es getroffen und nur einen riesigen Haufen Schutt hinterlassen. In den umliegenden Häusern waren sämtliche Dachstühle zerstört worden. Überall glimmten noch kleine Feuer auf und es regnete Asche auf die Menschen, die fassungslos in einem Meer von Trümmern standen. Ein beißender Brandgeruch lag über dem ganzen Jungbusch. Amelie schaute an ihrem

Haus hoch. Es war nicht getroffen worden, aber alle Fensterscheiben waren zerborsten.

In die Erleichterung, selbst überlebt zu haben und nicht ausgebombt zu sein, mischte sich Entsetzen über das, was den Nachbarn widerfahren war.

„Wir müssen hinüber und ihnen helfen. Tante Amelie, Helena, kommt mit mir!" Betty wollte die beiden über die Straße zu dem Eckhaus ziehen. „Meine Freundin Margarete wohnt doch hier. Wir müssen versuchen, sie rauszuholen!"

Der Blockwart hielt die drei zurück. „Bleibt hier, es hat keinen Sinn. Ihr bringt euch nur unnötig in Gefahr. Das hat keiner überlebt."

Fritz Traub sollte recht behalten. In dieser Nacht waren 27 Menschen in dem Keller verschüttet worden und in den Ruinen gestorben, nur eine einzige Frau hatte man lebend retten können. Aber nicht nur im Jungbusch hatte der Angriff seine Opfer gefordert. Neben dem Westflügel des Schlosses, der in Flammen stand, und dem Zeughaus, das eine Luftmine gestreift hatte, war auch eine Sprengbombe hinter dem Haus am Friedrichsplatz 10 heruntergegangen und hatte die Wand des Luftschutzkellers eingedrückt.

Und so war am nächsten Tag im Hakenkreuzbanner folgender Artikel zu lesen:

Bei dem feigen Angriff der englischen Luftwaffe gegen wehrlose deutsche Zivilisten wurden in der letzten Nacht Hunderte von Mannheimer Bürgern verletzt; darüber hinaus sind 115 Tote zu beklagen. Mit großer Betroffenheit mussten wir zur Kenntnis nehmen, dass auch ein prominentes Opfer darunter ist. Die allseits beliebte und geschätzte Schauspielerin Lene Blankenfeld, seit 38 Jahren Ensemblemitglied des Nationaltheaters, die wie keine andere die stille innere Größe Ibsenscher Frauengestalten darzustellen vermochte, ist nicht mehr unter uns. Die 67jährige, die zum Ende dieser Spielzeit verabschiedet werden sollte, starb im Luftschutzkeller ihres Hauses am Wasserturm. Am 22. April findet eine Trauerfeier für die Opfer des Angriffs statt.

Amelie war erschüttert, denn sie hatte Lene Blankenfeld sehr verehrt. „Hoffentlich ist dieser Krieg bald vorbei", dachte sie bei sich. Sie glaubte nicht an das, was ihr der Großdeutsche Rundfunk und der Hakenkreuzbanner jeden Tag weiszumachen versuchten, nämlich dass der Endsieg kurz bevorstehe. Was sie sich allerdings auch nicht vorstellen konnte, waren die Angriffe, die ihnen noch bevorstehen sollten. Dagegen war alles Bisherige ein Pappenstiel gewesen. Die meisten Deutschen hatten Goebbels bei seiner Sportpalastrede zugejubelt und den „totalen Krieg" gefordert. Und den sollten sie nun bekommen.

7

Als es drei Tage später an Amelie Legrands Tür klingelte, waren die schlimmsten Verwüstungen in der Wohnung bereits beseitigt. Sogar die Fenster waren repariert. Obwohl die Legrands nie einen Dank erwartet hatten, zeigten sich die französischen Fremdarbeiter, die in der Schreinerei im Hinterhof der Beilstraße 26 arbeiteten, dafür erkenntlich, dass ihnen die Legrands immer wieder etwas zugesteckt hatten: Brot, Kuchen, mitunter ein paar Zigaretten und im Advent ein Tütchen mit selbstgebackenen Weihnachtsgutseln. Sicher hatte der französische Nachname auch eine vertrauensbildende Wirkung gehabt, und vielleicht waren sie auch deshalb zuerst zu Amelie und Helena gekommen, weil sie wussten, dass dort die hübsche Mademoiselle wohnte. Jedenfalls waren sie die Ersten in der Straße gewesen, zu denen sie gekommen waren. Sie hatten ihnen Fensterscheiben aus „Azella", einem Glasersatz, eingesetzt, denn richtiges Glas war kaum noch zu bekommen. Und so hatten sie vor allen anderen wieder neue Fensterscheiben.

Nur wenn Amelie vom Wohnzimmerfenster aus zur anderen Straßenseite auf den riesigen Trümmerberg blickte, wo jahrzehntelang die Speisegaststätte Mauch gewesen war, hatte sie die Schrecken der vergangenen Nächte wieder vor Augen. Welch ein bizarres Bild! Zwischen abgebrochenen Stuhlbeinen, zerfetzten Lampenschirmen, Teilen von Ofenrohren, lose herumfliegenden Buchseiten, eingedrückten Spielzeugkisten und Tausenden weiteren Fragmenten, deren ursprüngliche Form und Funktion nur noch erahnt werden konnte, wühlten polnische Zwangsarbeiter mit bloßen Händen in dem Geröllhaufen, bewacht von der SA. Andere hatten Schaufeln in den Händen, buddelten damit im Schutt und versuchten, sich zu den Kellerräumen vorzuarbeiten. Bisher war man noch nicht bis dahin vorgedrungen, weil das Geröll von oben immer wieder nachrutschte und die Arbeitstrupps somit nur langsam vorankamen. Da unten lagen noch immer siebenundzwanzig tote Menschen. Die einzige Überlebende war Frau Sonnenberg gewesen. Direkt hinter der Kellertür hatte man sie schwer verletzt in einem Hohlraum unter zwei tragenden Balken, die sie augenscheinlich geschützt hatten, gefunden.

Die Böckstraße 1 war für die Bewohner des Jungbuschs zum Mahnmal geworden. Für die einen war sie ein Symbol für die Sinnlosigkeit dieses fürchterlichen Krieges, für die meisten jedoch war sie der Beweis für die Notwendigkeit desselben, in dem es galt, den grausamen, hinterhältigen Feind bis aufs Blut zu bekämpfen.

So sehr die Bombardierungen die Menschen einerseits erschütterten, so schnell gingen sie andererseits wieder zur Tagesordnung über. Sie wollten die angsterfüllten Stunden, die sie gerade hinter sich hatten, verdrängen. Sie gehörten der Vergangenheit an. Daran, dass sie sich wiederholen könnten, wollte man gar nicht denken. Das Leben musste weitergehen. Unterstützt wurde diese Haltung durch die Regierung, die dem Volk immer wieder gebetsmühlenartig weiszumachen versuchte, dass die ganzen Schrecken nur vorübergehende Rückschläge vor dem bevorstehenden Endsieg seien.

Es klingelte bereits zum zweiten Mal. „Helena, jetzt mach doch mal auf!" Im selben Moment fiel ihr ein, dass sie ihre Tochter fünf Minuten zuvor in den Keller geschickt hatte, um Kartoffeln und zwei von den Eiern, die sie eingelegt hatte, hochzuholen.

Und wieder klingelte es. Amelie öffnete den einen Fensterflügel um nachzuschauen, wer sie da so unangemeldet besuchen wollte. Aber das war nicht möglich, denn ihr Blick wurde behindert durch eine noch größere Hakenkreuzfahne als sonst, die oben aus dem Fenster der Schneyders hing. Aber nicht nur ihr Haus war beflaggt. Die ganze Beilstraße war ein einziges Fahnenmeer.

Und da fiel Amelie auch schon der Grund ein: Heute war der 20. April – Hitlers Geburtstag.

„Auch das noch, der wäre besser nie geboren worden!", murmelte sie und schloss das Fenster, denn sie konnte sowieso nichts sehen. Sie ging hinaus in den Flur bis zur Abschlusstür. Durch die Milchglasscheiben konnte sie erkennen, dass draußen jemand stand. Anscheinend hatte ein Nachbar die Haustür unten geöffnet. Sie konnte die Silhouette einer Frau ausmachen.

Wieder klingelte es. Als sie die Tür öffnete, musste sie zweimal hinschauen, bis sie diese elegante Dame erkannte – vor ihr stand ihre kleine Schwester Ida. Amelie wusste im ersten Augenblick nicht, ob sie sich über diesen Besuch wirklich freuen sollte.

„Ich dachte schon, du würdest mich gar nicht mehr reinlassen, Schwesterherz." Mit diesen Worten trat Ida in den Gang und stolzierte selbstbewusst gleich weiter in die Wohnstube.

Der Begriff „stolzieren" hätte, wenn er nicht schon existiert hätte, in diesem Moment für Ida erfunden werden müssen. Mit erhobenem Haupt und wachen Augen, das zierliche Näschen nach oben gerichtet, schritt sie zielsicher an Amelie vorbei. Ihren Mund umspielte ein für sie typisches süffisantes Lächeln. Idas gertenschlanker Körper war in ein perfekt sitzendes dunkelblaues Jackenkleid gehüllt. Ihre langen Beine betonte sie noch mit eleganten hohen Schuhen. Aber das schien ihr nicht zu genügen, denn um noch größer zu erscheinen, trug sie ein passendes pfiffiges Hütchen mit einer edlen Feder. Ida war sich ihrer Wirkung sehr wohl bewusst und hatte es schon immer genossen, sich gekonnt in Szene zu setzen. Amelie in ihrer alten Küchenschürze schloss die Tür und folgte ihr in die Wohnstube. Es war überflüssig, Ida einen Stuhl anzubieten, sie hatte sich bereits gesetzt.

„Du bist hier in Mannheim?"

„Ja, ich komme gerade aus Bad Vilbel, wo ich mich ein paar Tage erholt habe, und ich dachte, da mache ich doch den kleinen Umweg über Mannheim und schau mal bei meiner Schwester rein. Da staunst du, was?"

„Da staune ich allerdings!" Amelie wunderte sich, wie sich Ida einen Aufenthalt in einer der teuren Kurstädte leisten konnte.

Und überhaupt ihre ganze Aufmachung – Idas Lebensumstände schienen sich in den letzten acht Jahren gewaltig verändert zu haben.

Auch wenn Amelie die überhebliche, resolute, fast schon herrische Haltung ihrer Schwester nie gebilligt hatte, so hatte sie Ida doch immer mildernde Umstände eingeräumt. Und darum ging sie nun auch erst einmal auf sie zu und sagte: „Komm, Ida, lass dich mal in den Arm nehmen, meine große Kleine, wir haben uns doch eine Ewigkeit nicht gesehen."

Amelie hatte damit genau den richtigen Ton getroffen, denn Ida kam erst einmal von ihrem hohen Ross herunter. In Amelies Armen war sie für einen Augenblick wieder das hilflose Kind von damals; das kleine Mädchen mit den traurigen, großen braunen Augen, mit den weißen Schleifen in den langen blonden Haaren, das seine Puppe fest an sich drückte, als die fremde Frau in der Schwesterntracht kam, ihr Händchen ergriff und sie einfach mitnahm. Sie hatte sich damals nicht gewehrt, nicht geschrien, nicht einmal geweint, aber verstanden hatte sie auch nicht, was da geschah. Sie hatte sich einfach wegführen lassen, fort von ihrem Zuhause.

Als Sofia Ritter 1917 bei der Geburt des vierzehnten Kindes im Wochenbett gestorben war, hatte Ida zwei Monate zuvor ihren vierten Geburtstag gefeiert. Ida war bis dahin das Nesthäkchen und der Liebling ihrer Mutter gewesen und so hatte diese ihrer kleinen Tochter auch ihren sehnlichsten Wunsch erfüllt und ihr eine Puppe geschenkt, der Ida sofort den Namen Sofia gegeben hatte.

Schon kurz nach dem Tod der Mutter war ihr Vater Ewald Ritter erneut in den Stand der Ehe getreten. Lydia Kamphaus war jedoch alles andere als eine treusorgende Mutter und dachte überhaupt nicht daran, die Kinder ihres Mannes großzuziehen. Sie entpuppte sich schon bald als herrisch und selbstsüchtig und so verließen die beiden ältesten Schwestern Frieda und Amelie schon bald ihr Elternhaus. Die Mehrzahl der Geschwister wurde bei weitläufigen Verwandten untergebracht, nur die drei Kleinsten wollte niemand. Und so wurden Dora, Klara und Ida auf

Drängen von Lydia Kamphaus ins Waisenhaus abgeschoben. Die neunjährige Dora überstand die Zeit unbeschadet und heiratete bereits neun Jahre später. Zehn Monate danach brachte sie einen Sohn zur Welt.

Die siebenjährige Klara tat sich schon etwas schwerer. Als sie 1929 das Waisenhaus verließ, gelang es ihr nicht, sich eine bürgerliche Existenz aufzubauen. Sie hatte eine schöne Stimme, konnte sich gut bewegen und da sie auch ein ansehnliches Mädchen war, fand sie in Berlin, in einem der zahlreichen Varietés, die zu dieser Zeit wie Pilze aus der Erde schossen, eine Anstellung. Zusammen mit fünf anderen Mädchen tanzte sie jeden Abend leichtgeschürzt über die Bühne und sang Schnulzen. Bald stellte Klara fest, dass man sich nebenbei noch ein bisschen was dazu verdienen konnte, wenn man sich den männlichen Besuchern gegenüber etwas zugänglicher zeigte.

Am meisten war die kleine Ida von ihrer Kindheit im Waisenhaus und dem anschließenden katholischen Heim für schwer erziehbare Mädchen geprägt worden. Erst 1934, mit Beginn ihrer Volljährigkeit, öffneten sich für sie die Pforten in eine Freiheit, mit der sie nicht umzugehen wusste. Aus dem stillen kleinen Mädchen war zunächst ein verstocktes, später ein widerspenstig-aufmüpfiges Ding geworden, das ständig widersprach und vor allem unbelehrbar und eigensinnig war. Den katholischen Schwestern war es weder mit guten Worten noch mit Strafen gelungen, ihren Willen zu brechen. Ida hatte ein unglaubliches Selbstbewusstsein entwickelt, war stolz und voller Trotz. Die einzigen Menschen, zu denen sie überhaupt eine Beziehung hatte, waren ihre beiden großen Schwestern Frieda und Amelie, die ihr in den vielen Jahren stets geschrieben und ab und zu ein Päckchen geschickt hatten, und ihre Schwester Klara, mit der sie einige Jahre im selben Waisenhaus verbracht hatte. Als sich die Türen des Heims in Fürstenwalde hinter ihr schlossen, lebte ihre älteste Schwester Frieda in bescheidenen Verhältnissen und kinderlos mit ihrem Mann Adam in Berlin. Amelie wohnte mit Carlo und ihrer kleinen Tochter Helena in Mannheim. Da Berlin näher war, beschloss Ida nach ihrer Entlassung, zunächst bei

Frieda und Adam unterzukommen. Obwohl die beiden sie herzlich aufnahmen, dankte Ida es ihnen nur wenig. Irgendwann begann sie nämlich damit, in deren Haushaltskasse zu greifen. Erst nach mehreren Monaten fiel Frieda auf, dass ihr immer wieder Geld fehlte. Sie stellte Ida zur Rede, die es jedoch vehement abstritt, was Frieda noch ärgerlicher machte. Und so legte sie ihrer kleinen Schwester nahe, sich baldmöglichst eine andere Bleibe zu suchen.

Als sie im Januar 1935 nach Mannheim gekommen war, hatte sie bei Amelie und Carlo ein neues Zuhause gefunden. Amelie besorgte ihr bei einer wohlhabenden Familie mittleren Alters in Neuostheim eine Stelle, wo sie sich anscheinend wohl fühlte. Das kinderlose Paar war nett und ausgesprochen großzügig. Amelie fiel auf, dass die Kröners ihre Schwester nicht nur gut bezahlten, sondern ihr auch immer wieder außer der Reihe etwas zusteckten. Darüber hinaus schienen sie sehr sozial und kinderlieb zu sein, denn sie luden zuweilen auch Helena ein, mit ihnen samstagmittags in ihrem Wintergarten eine heiße Schokolade zu trinken. Die neunjährige Helena besuchte die Kröners gerne, denn das Paar war reizend zu ihr. Sie lobten stets, was für ein gut erzogenes und hübsches Mädchen sie sei, machten ihr kleine Geschenke und luden sie schließlich sogar ein, das Wochenende bei ihnen zu verbringen. Helena war begeistert, denn das Gästezimmer mit der vornehmen geblümten Stofftapete und den dazu passenden Vorhängen und Kissenbezügen war wunderschön. Und erst das weiße Himmelbett mit den Volants aus Chiffon – ein Bett, wie es sonst nur Prinzessinnen hatten! Und darin würde sie ganz allein schlafen. Noch nie in ihrem Leben hatte sie ein eigenes Bett besessen. Und dann noch der Garten mit dem kleinen Goldfischteich. Hier war es wie im Paradies! Aber vor allem hatte es ihr Nelly, der kleine weiße Spitz der Kröners, angetan.

Ida fand, diese Einladung sei eine wunderbare Idee, während Amelie nicht so recht wusste, was sie davon halten sollte. Als man es Carlo schließlich unterbreitete, meinte er: „Das kommt ja überhaupt nicht in Frage! Meine Tochter übernachtet nicht bei wildfremden Leuten!"

Helena war zutiefst enttäuscht und ihren Eltern sehr böse, dass sie ihr die Erlaubnis verweigert hatten.

An einem der folgenden Wochenenden luden die Kröners nicht nur Helena, sondern auch Amelie zu Kaffee und Kuchen in ihr Haus ein. Sie wurden freundlich von dem Ehepaar empfangen und in den eleganten Salon geleitet. Nach einer halben Stunde meinte Frau Kröner: „Helena, hättest du nicht Lust, mit Nelly ein bisschen im Garten zu spielen? Du weißt doch, das Hündchen hängt sehr an dir."

Mit leuchtenden Augen nahm Helena den Spitz an die Leine und führte ihn hinaus.

„Ich denke, es ist besser, wenn wir uns unter vier Augen unterhalten, Frau Legrand", fuhr Frau Kröner fort. „Helena muss das nicht unbedingt mitbekommen."

Amelie blickte die Gastgeberin irritiert an.

Diese fuhr fort: „Also, mein Mann und ich haben uns entschlossen, Ihr Angebot anzunehmen. Wir werden Helena adoptieren. Wir werden sie wie unser eigenes Kind behandeln. Es soll ihr an nichts fehlen!"

Amelie schaute Frau Kröner fassungslos an. „Von was für einem Angebot reden Sie denn da? – Sie können meine Helena nicht adoptieren! Wie kommen Sie denn auf so eine Idee?"

„Jetzt beruhigen Sie sich doch, Frau Legrand", mischte sich nun Herr Kröner ein. „Wir werden uns da finanziell schon einigen. Geld spielt keine Rolle. Ihre Schwester hat ja schon mehrere hundert Mark von uns für die Vermittlung erhalten. Sie sehen, wir lassen uns nicht lumpen."

„Was hat meine Schwester? – Geld bekommen? – Für eine Vermittlung? – Was für eine Vermittlung denn? – Für eine Adoption? – Eine Adoption von Helena?" Amelie stammelte die Worte vor sich hin, als müsste sie es erst aus ihrem eigenen Munde hören, um es glauben zu können.

„Sie können meine Tochter nicht adoptieren!", sagte sie schließlich resolut.

„Aber Ihre Schwester ..." Frau Kröner machte einen erneuten Versuch.

„Ich weiß nicht, was Ida Ihnen da erzählt hat", fiel Amelie ihr ins Wort, „aber ich werde Ihnen mein Kind nicht geben. Für kein Geld der Welt!" Damit stand Amelie auf und rannte hinaus in den Garten, schnappte ihre Tochter an der Hand und zerrte die sich Widerstrebende hinter sich her.

„Mama, lass mich, was ist denn los?" Helena verstand die Welt nicht mehr.

„Sei sofort ruhig und komm jetzt mit! Ich erkläre dir alles zu Hause." Amelie ließ keine Widerrede zu und lief mit ihr die Straße hinunter.

Herr Kröner, der mittlerweile mit seiner weinenden Frau vor die Tür getreten war, rief Amelie noch hinterher: „Das wird ein Nachspiel haben. Ich werde Sie und Ihre Schwester anzeigen. Aber wen wundert's, aus dem Jungbusch ist noch nie was Gescheites gekommen!"

Das Gespräch zwischen den beiden Schwestern am gleichen Abend verlief mehr als unschön. Am meisten ärgerte Amelie Idas Uneinsichtigkeit. Ihre kleine Schwester stellte sich einfach auf den Standpunkt, nur das Beste für Helena gewollt zu haben.

„Was könnt ihr denn dem Mädchen hier im Jungbusch schon bieten? Das wäre die Chance für Helena auf ein besseres Leben gewesen und du hast sie ihr vermasselt, Schwesterherz! Das wird sie dir ewig vorwerfen, du Rabenmutter!" Ida war tatsächlich überzeugt von dem, was sie sagte. Sie hatte zwar in erster Linie ihren persönlichen Vorteil gesucht, indem sie sich eine „Vermittlungsgebühr" hatte auszahlen lassen. Aber unabhängig davon war sie tatsächlich der Meinung, dass die Adoption für alle Beteiligten die beste Lösung gewesen wäre.

In dieser Situation fiel Amelie zum ersten Mal auf, dass Ida nie gelernt hatte eine tiefere Bindung zu einem anderen Menschen herzustellen. Gefühle waren für sie zweitrangig, allein entscheidend war der materielle Erfolg. Amelie machte sich Vorwürfe, dass sie damals mit ihrer Herrschaft nach Heidelberg gegangen und sich nicht mehr um ihre jüngeren Geschwister gekümmert hatte. Und darum brachte sie es auch nicht fertig, Ida einfach vor die Tür zu setzen. Helena erklärten sie, es habe sich um ein

Missverständnis gehandelt und Carlo gegenüber verschwieg man den Vorfall.

Aber schon zwei Tage später sollte sich ein erneuter Konflikt anbahnen. Marlene, die zu diesem Zeitpunkt schon sehr krank war, und ihr Mann Alfred waren in Mannheim vor Anker gegangen. Am Abend hatten sie Amelie und Carlo besucht, weil Marlene für die Schwägerin belgische Schokolade mitgebracht hatte. Alfred hatte noch eine Flasche Schnaps eingesteckt. Als die beiden geklingelt hatten, war Ida zur Tür geeilt und hatte ihnen geöffnet.

Der Anblick der attraktiven Frau hatte unmittelbar zur Besserung von Alfreds meist sehr schlechter Stimmung beigetragen. Der Abend verlief feuchtfröhlich. Selbst Carlo trank mehr als sonst, wahrscheinlich, weil er nur so seinen Schwager ertragen konnte. Nicht zu übersehen war jedoch für alle der immer wiederkehrende Blickkontakt zwischen Ida und Alfred. Sie schaute ihn aufreizend an und er fraß sie mit den Augen förmlich auf.

„Prösterchen, Alfred!" Ida streckte ihm ihr Schnapsgläschen erneut entgegen und stieß mit ihm an. Dabei entging es Carlo nicht, dass sie ihm zuzwinkerte.

„Du darfst Fred zu mir sagen!" Zu Amelie gewandt meinte er: „Ich wusste gar nicht, dass du so eine reizende Schwester hast. Die hast du mir aber lange vorenthalten, viel zu lange! – Prosit, schöne junge Frau!" Alfred machte ihr schamlos den Hof und Ida waren seine Annäherungsversuche mehr als angenehm. Dabei schien es ihr vollkommen gleichgültig zu sein, wie das auf die anderen, besonders aber auf Alfreds Frau, wirken würde. Marlene meinte dann gegen zehn Uhr, sie müsse jetzt zurück aufs Schiff gehen, sie sei todmüde. Der wahre Grund war, dass sie zutiefst gekränkt war. Gegen Mitternacht verabschiedete sich schließlich auch Alfred. Als er Idas Hand ergriff, beließ er es nicht beim Händedruck, nein, er führte ihre Hand zu seinen Lippen: „Es war mir eine Ehre, schöne Frau. Ich hoffe, wir sehen uns bald wieder!"

Als er gegangen war, nahm Amelie ihre Schwester zur Seite. „Sag mal, hast du noch alle Tassen im Schrank, war das notwendig?", fragte sie vorwurfsvoll.

„Was denn?" Ida stellte sich wie immer ahnungslos und schon damals musste Amelie feststellen, dass ihre kleine Schwester keinerlei Mitgefühl anderen gegenüber besaß. Auch wenn sie Ida und Alfred nie in flagranti erwischt hatten, so waren sich Amelie und Carlo unabhängig voneinander sicher, dass sich zwischen den beiden über mehrere Wochen etwas abgespielt hatte. Als Beweis werteten sie die Tatsache, dass Alfred die fünfhundert Mark, welche die Kröners von Ida zurückforderten, für sie bezahlte und ihr so eine Anzeige bei der Polizei ersparte. Idas Rücksichtslosigkeit führte schließlich sogar dazu, dass ihretwegen ein Streit zwischen Amelie und Carlo eskalierte. Carlo hatte seine Vermutung Ida und Alfred betreffend seiner Frau gegenüber geäußert. Amelie hatte versucht, alles herunterzuspielen und ihre Schwester in Schutz genommen, was wiederum Carlo so wütend machte, dass er sich zu der heftigen Äußerung hinreißen ließ: „Ich kann dir nur eines sagen, Amelie, wenn die Ehe von Marlene wegen Ida auseinander geht, dann kannst du mit deiner Schwester zusammen den Koffer packen!"

Das Problem löste sich jedoch von selbst. Dadurch, dass Ida die Stelle bei den Kröners verloren und keine neue Arbeit mehr in Mannheim gefunden hatte, beschloss sie, Deutschland zu verlassen. Der militärische Ton, der seit 1933 in Deutschland herrschte, und die Tatsache, dass nach und nach alles reglementiert wurde, passte ihr überhaupt nicht. Sie hatte in den Heimen lange genug gehorchen müssen. All die Tugenden, die man ihr über Jahrzehnte vergeblich versucht hatte einzutrichten, waren unter dem neuen Regime wieder angesagt. Ida wollte nichts mehr von Treue, Pflichterfüllung, Disziplin oder Gehorsam hören.

„Ich werde nach Holland gehen und dort ein neues Leben anfangen, leb wohl, Schwester", mit diesen Worten hatte sie sich im Frühsommer 1935 von Amelie verabschiedet. Was sie jedoch niemandem gesagt hatte, war, dass sie den Weg nach Rotterdam auf dem Schiff zurücklegen würde. Über die Form der Bezahlung würde sie sich mit Alfred schon einigen …

*

Als Amelie ihre Schwester losließ, betrachtete sie Ida von oben bis unten. „Du siehst wirklich gut aus. Und elegant bist du! Chic bis ins Genick und wieder zurück!"

Ida lachte: „Du hast noch immer dieselben Sprüche drauf wie früher, Schwesterherz."

„Fast acht Jahre haben wir uns nicht gesehen. Mein Gott, was inzwischen alles passiert ist!" Und nach einer Pause fügte Amelie hinzu: „Wer hätte damals gedacht, dass es Krieg gibt?"

„Mein Mann hat es immer gewusst!" Ida versuchte die Aussage so emotionslos wie möglich zu formulieren.

„Du bist verheiratet?" Amelies Gesicht hellte sich auf.

„Ich war verheiratet."

„Du warst verheiratet. Entschuldige, das tut mir leid. Dein Mann ist gestorben?", fragte Amelie mitfühlend.

„Nein, da ist nichts, was dir leid tun müsste. Mein Mann ist nicht gestorben, wir haben uns vor zwei Jahren scheiden lassen." Und bitter fügte sie hinzu: „Und dabei hat alles so wunderbar angefangen. Ich habe ihn 1935 eine Woche nach meiner Ankunft in Rotterdam kennen gelernt", begann Ida zu erzählen, „mir war nie zuvor ein Mann wie Daniel begegnet. Gutaussehend, gebildet, er war Anwalt, im Staatsdienst in gehobener Position. Seine Familie war gut situiert. Fast alles stimmte. Der einzige Wermutstropfen war, dass Daniel Jude war. Aber das war mir egal. Wir waren verrückt nacheinander und schon acht Wochen später im August haben wir geheiratet. Ich glaube, es waren die wunderbarsten Wochen meines Lebens. Aber nach drei Monaten war alles vorbei. Ich kann dir sogar den Tag sagen: es war der 15. September – da hat es ‚puff' gemacht und unsere Pläne platzten wie eine Seifenblase!"

Amelie legte die Stirn in Falten und dachte nach.

„Na, meine kluge Schwester, was war denn am 15. September 1935? – Kommst du nicht drauf, du bist doch sonst so aufgeweckt?", meinte Ida provozierend.

Amelie grübelte. Und plötzlich musste sie an ihre alte Freundin Judith denken und es fiel ihr wieder ein: „Wurden da nicht die Nürnberger Gesetze erlassen?"

„Du hast deine Hausaufgaben wirklich gut gemacht, Amelie. Der 15. September 1935 war die Geburtsstunde des Blutschutzgesetzes, des Gesetzes zum ‚Schutze des deutschen Blutes und der deutschen Ehre‘", den letzten Teil des Satzes betonte Ida überspitzt. „Und plötzlich war ich der arische Teil einer ‚nicht privilegierten Mischehe‘ – aus der Traum, alles futsch!"

Amelie war erschüttert. „Dein armer Mann!"

„Was heißt hier ‚dein armer Mann‘? Was meinst du, was ich durchgemacht habe? Weißt du, wie das ist, neben einem Mann auf der Straße gehen zu müssen, der einen Judenstern am Revers trägt? Was glaubst du, wie oft ich angespuckt wurde und sie mir ‚Judenhure‘ hinterhergerufen haben? Mit den Jahren wurde es immer schlimmer. Daniel musste den Zusatznamen ‚Israel‘ führen und 1941 haben sie meinen ‚jüdisch versippten Ehegatten‘, wie sie ihn bezeichneten, aus dem Staatsdienst entfernt. Und das war der Augenblick, wo mir Daniel die Scheidung vorgeschlagen hat. Er meinte damals, bevor sie uns alles wegnehmen, müssen wir versuchen zu retten, was zu retten ist."

„Aber, Ida, eure Ehe war sein einziger Schutz, du hättest das niemals annehmen dürfen!" Amelie überzeugte das alles nicht.

„Ich habe dir doch gesagt, er wollte es so. Wir haben alles bis ins Detail geplant. Besondere Zeiten bedürfen besonderer Maßnahmen. Daniel hat mir unser gesamtes Vermögen überschrieben, damit ich es verwahre, bis sich alles beruhigt hat und der Spuk vorbei ist."

„Ja, und wo ist dein Mann jetzt?"

Ida zuckte mit den Achseln. „Er ist im Sommer 1941 untergetaucht, er wollte versuchen, sich nach England abzusetzen, bis der Krieg vorbei ist." Sie hatte ihre langen Beine übereinander geschlagen und wippte nervös mit dem einen Fuß.

„Ja, und hat er es nach England geschafft?" Amelie bohrte weiter.

„Ende 1941 habe ich noch zwei Briefe von ihm bekommen, einmal aus Holland und einmal aus Belgien. Er hat mir damals geschrieben, dass er in den nächsten Tagen auf einem Schiffskutter nach Südengland übersetzen würde."

„Und dann?" Amelie blickte Ida gespannt an.

„Danach habe ich nichts mehr von Daniel gehört. – Aber ich bin mir sicher, dass er es geschafft hat und wenn das alles rum ist, wird er sich schon melden ..."

„Aber das glaubst du doch selbst nicht! Seit eineinhalb Jahren gibt es kein einziges Lebenszeichen von deinem Mann. Du musst ..."

Ida fiel ihr ins Wort: „Hör jetzt auf Amelie, das geht dich überhaupt nichts an. Ich brauche deine guten Ratschläge nicht. Ich musste mich mein Leben lang allein durchschlagen. Jetzt lass mich zufrieden. Ich will mich nicht mehr dazu äußern."

Amelie schluckte und schwieg, obwohl ihr das schwer fiel. Aber sie wusste, dass es sinnlos war, weiter mit Ida zu diskutieren.

„Lass uns von erfreulicheren Dingen reden!" Damit brach Ida das Thema endgültig ab.

Amelie konnte es kaum fassen, wie verstandesmäßig, fast schon gefühlskalt ihre Schwester über das Schicksal ihres Mannes sprach. Sicher hatte Ida auch viel mitmachen müssen, aber was war das im Vergleich zu dem, was ihr Mann erdulden musste? Wie hatte sie ihn in so einer Situation allein lassen können? Sie selbst hätte Carlo niemals im Stich gelassen. Und wieder fiel Amelie das einsame kleine Mädchen von damals ein, mit den großen traurigen Augen, das von aller Welt verlassen für siebzehn Jahre ins Heim ging. Damals hatte Ida aufgehört zu fühlen, sonst hätte sie all die Jahre wahrscheinlich nicht überstanden.

Draußen wurde die Tür aufgeschlossen. Helena trat ein.

„Tante Ida!" Im Gegensatz zu ihrer Mutter erkannte Helena sie sofort. Sie streckte ihr die Hand entgegen.

Die Beziehung zu ihrer Tante war, besonders in der Zeit, als das Thema ihrer Adoption zur Debatte stand, sehr vertraut gewesen. Das kleine Mädchen hatte die schöne junge Frau geliebt und Ida hatte so getan, als würde sie diese Liebe erwidern. Als dann aber aus dem „Geschäft" mit den Kröners nichts geworden war, hatte Ida schnell das Interesse an Helena verloren und begonnen, das kleine Mädchen ständig zu rügen. Helena konnte ihr nichts mehr recht machen. Und so kühlten sich die innigen

Gefühle zu ihrer Tante schnell ab. Dementsprechend war die Begrüßung von Helenas Seite auch eher distanziert.

Ida betrachtete sie prüfend. „Du bist ja eine richtige junge Dame geworden. Und hübsch bist du! – Kommst wohl mehr auf deinen Vater raus!"

Helena konnte sich über dieses zweifelhafte Kompliment nicht freuen und erwiderte darum: „Ich finde, dass ich auch viel von Mama habe."

„Sag mal, wo hast du denn die Eier und die Kartoffeln?" wechselte Amelie das Thema.

„Stell dir vor, Mama, die ganzen Kartoffeln sind von den Ratten angefressen und von den Eiern ist nichts mehr übrig. Da liegen nur noch ein paar Schalen rum."

„Satz mit x, war wohl nix! Seit alle Keller in der Straße miteinander verbunden sind, haben wir eine richtige Rattenplage. Obwohl … vor drei Tagen haben uns genau diese Durchbrüche das Leben gerettet. Da nimmt man doch die possierlichen Tierchen gerne in Kauf." Amelie lächelte bitter. „Aber jetzt lasst uns erst einmal Kaffee trinken. Irgendwo habe ich noch meine Notration für besondere Anlässe."

Kurz darauf saßen die drei Frauen zusammen und begannen über alles Mögliche zu reden, was sich in den Jahren seit 1935 ereignet hatte. Amelie verkniff es sich, Daniel noch einmal zu erwähnen.

„Ich habe schon seit Jahren nichts mehr von Klara gehört. Weißt du, wo sie ist?" Amelie hatte, nachdem ihre zweitjüngste Schwester von Berlin weggegangen war, weder eine Adresse noch sonst ein Lebenszeichen von ihr erhalten.

„Mir hat sie immer mal wieder geschrieben und wir haben uns auch ein paar Mal getroffen", antwortete Ida.

„Weißt du eigentlich, warum sie von Berlin weg ist?", hakte Amelie nach.

„Mir hat sie einmal gesagt, dass sie sich mit dem Direktor des Varietés überworfen habe. Er hätte sich in alles eingemischt. Sie ist dann zu einer Wanderbühne gegangen, die ständig irgendwo anders ein Gastspiel hatte. Klara ist ganz schön in der Weltgeschichte rumgekommen. In Köln hat sie einen Mann kennen gelernt und im September 1939, kurz nach Kriegsbeginn, haben sie geheiratet. Aber leider war das nicht von langer Dauer. Der Jupp wurde bereits drei Tage später als einer der Ersten eingezogen. – Er kam nicht mehr zurück. Stell dir das vor, sie war gerade mal zweiundsiebzig Stunden verheiratet! – Ein halbes Jahr später wurde er dann offiziell für tot erklärt und sie war mit 28 Jahren Witwe. Aber sie schlägt sich ganz gut durch. Klara hat ja vorher auch immer für sich selbst gesorgt. Sie ist aus demselben Holz wie ich!", bemerkte Ida nicht ohne Stolz.

Nachdenklich meinte Amelie: „Dann haben wir ja jetzt schon zwei Witwen in der Familie."

„Fang nicht schon wieder damit an, Amelie!" Idas Stimme klang wütend. „Ich habe dir schon vorhin gesagt, dass ich davon ausgehe, dass Daniel noch lebt!"

„Jetzt braus' doch nicht gleich so auf. Ich rede doch gar nicht von dir. Aber das weißt du wahrscheinlich nicht: Doras Mann ist auch schon vor dem Krieg gestorben."

„Mit Dora hatte ich nie Kontakt. Wir waren schon immer viel zu verschieden." Ida nahm einen großen Schluck aus ihrer Tasse.

„Ich weiß. Manchmal kann ich gar nicht glauben, dass wir alle Schwestern sein sollen, so verschieden wie wir sind", sagte Amelie. „Vor zwei Jahren hat mir Dora geschrieben, dass sie nach Kiel umgezogen ist und dass es wieder einen Mann in ihrem Leben gibt: einen gewissen Thanner. Sie wollte mich schon ewig mal besuchen kommen, aber es hat nie geklappt. Ist ja auch nicht so einfach, jetzt, wo Krieg ist."

„Was ist schon einfach, Amelie, in diesem verkorksten Leben!" Idas Kommentar sprach Bände. „Und darum ist meine Devise: Nichts anbrennen lassen und jeden Augenblick genießen und vor allem nie vergessen: Jeder ist sich selbst der Nächste!"

Amelie konnte mit dieser Lebensweisheit nichts anfangen und in ihrem tiefsten Innern bedauerte sie Ida. Wie einsam musste sie doch sein!

*

Ob es nun reiner Zufall war oder von langer Hand geplant, sei dahingestellt. Wahrscheinlich ist jedoch, dass die schweren Bombenangriffe auf Kiel und Köln nicht unerheblichen Einfluss auf die Entscheidungen von Dora und Klara hatten, sich bei ihrer Schwester Amelie in Mannheim zu melden.

„Jetzt kommt die ganze Sippschaft noch früher hierher, als es dir lieb ist", hatte Ida mit einem ironischen Lachen gemeint, „Zeit, dass ich abreise, Schwesterherz!"

Und am Tag darauf hatte sie sich eine Fahrkarte nach Berchtesgaden gekauft.

„Ich werde ein paar Wochen in den Alpen verbringen. Ich bin die ständigen Bombenangriffe leid. Ich melde mich dann."

Amelie überflog noch einmal Doras Brief, in dem sie ihr mitteilte, dass in der Nacht vom 14. Mai Kiel fürchterlich bombardiert worden sei. „... deshalb, aber auch anderer Gründe wegen, habe ich mich entschlossen, endlich meinen längst geplanten Besuch bei dir in die Tat umzusetzen. Wir werden am nächsten Wochenende nach Mannheim kommen. Außerdem, liebe Schwester, ist es doch eine gute Gelegenheit, dir den neuen Mann an meiner Seite vorzustellen. Du wirst Augen machen! Alles andere dann persönlich. Liebe Grüße, deine Dora."

„Gefragt werde ich wohl gar nicht mehr, ob mir das recht ist. Und außerdem, was denkt sich Dora? Dass wir hier in Mannheim ein ruhiges Leben führen? Die wird sich wundern, wenn sie die ganzen Bombenkrater sieht." Amelie sah dem Besuch mit gemischten Gefühlen entgegen.

Volker Thanner sah in der Tat nicht schlecht aus. Er war mittelgroß und schlank und hatte schwarzes Haar, das er mit viel Pomade glatt nach hinten gekämmt hatte. Er war auf den ersten Blick sicher ein Beau, allerdings verlor er sehr, wenn er den Mund aufmachte, denn er hatte ein unschönes Gebiss, was sicherlich auch damit zu tun hatte, dass er Kettenraucher war. Insofern machte Amelie nicht die von Dora erwarteten Augen, als sie ihr Volker vorstellte. Im Gegenteil, Amelie konnte nicht so recht verstehen, was ihre Schwester an diesem Mann fand. Volker Thanner hatte etwas an sich, was ihr überhaupt nicht gefiel, was sie aber mit Worten nicht auszudrücken vermochte. Sie empfand ihn als ziemlich gewöhnlich und in gewisser Weise auch aufdringlich. Schon seine Begrüßung, „Na, Schwägerin, endlich haben wir es mal in deine Bude geschafft. Ich hoffe, du hast was Gutes gekocht", fand sie recht anmaßend. Aber Dora zuliebe hatte sie es überhört. Auch wie er Helena angeschaut hatte, missfiel Amelie sehr. Was für einen Mann hatte sich Dora da nur angelacht? Aber letztendlich musste sie ja mit dem um einige Jahre jüngeren Volker leben. Und anscheinend fühlte sich ihre Schwester auch wohl bei ihm. Ihr verstorbener Mann hatte Dora eine ansehnliche Witwenrente hinterlassen, von der sie beide gut leben konnten. Und das war auch sicher nötig, denn Volker Thanner machte nicht den Eindruck, dass er „von Schaffhausen" war. Nicht nur, dass er keine Arbeit hatte und von Doras Geld lebte, es war ihm auch gelungen, bei der Musterung wegen eines Hörschadens als untauglich eingestuft zu werden.

Da Amelies Wohnung für zwei Besucher gleichzeitig nicht taugte, mussten sie eng zusammenrücken. Die drei Frauen teilten sich das Ehebett, während Volker auf dem Sofa in der Wohnstube schlief. Als sie am nächsten Morgen beim Frühstück saßen – Helena hatte ein paar Milchbrötchen beim Bäcker Wagner gegenüber in der Böckstraße geholt –, gab es viel zu erzählen. Dabei stellte sich auch heraus, dass Dora und Volker am Tag zuvor Halt in Köln gemacht und sich kurz mit Klara getroffen hatten. Köln habe grauenhaft ausgesehen, denn auch hier hätten die Engländer in der Nacht vom 17. auf den 18. Mai wie die Wilden gehaust. In der Stadtmitte sei kein Stein mehr auf dem anderen.

„Und wie geht es Klara?", fragte Amelie besorgt.

„Nicht besonders! Sie ist ausgebombt. Sie hat alles verloren", antwortete Dora betroffen und fuhr fort: „und deshalb dachte ich, ob sie nicht auch erst einmal hierher zu dir kommen könnte. – Wir können sie jetzt doch nicht einfach hängen lassen, sie ist doch unsere Schwester."

„Wie stellst du dir das vor? Ich kann euch kaum unterbringen, hier ist kein Platz für noch eine Person. So leid es mir tut." Amelie schüttelte den Kopf.

„Mach dir keine Sorgen, Schwester, das habe ich schon alles geregelt. Weißt du, ich kann sowieso nicht bleiben, denn ich muss für zehn Tage nach Bad Wildbad in eine Klinik. Nichts Schlimmes, ein altes Leiden, das ich nie auskuriert habe. Und da könnte doch Klara meinen Platz hier einnehmen." Sie machte eine Pause. Aber bevor Amelie etwas sagen konnte, fuhr sie fort: „Und dann hätte ich noch eine große Bitte, könnte Volker nicht so lange hier in Mannheim bleiben, bis ich zurück bin? Auf dem Sofa stört er doch niemanden. Und vielleicht ist es ja gar nicht so schlecht, einen Mann im Hause zu haben ..."

„Das war es also, was sie mit mir persönlich besprechen wollte. Das haben die drei ja wunderbar eingefädelt. Die denken wohl, ich habe hier eine Pension. – Auf der anderen Seite: Wir haben ja trotz allem bisher Glück gehabt, unser Haus wurde bisher verschont und wir haben noch unsere Wohnung." Wenn Amelie an die vielen Menschen dachte, die in Mannheim nach den Bombenangriffen obdachlos durch die Straßen irrten, war sie unendlich dankbar dafür, dass das Schicksal bisher gnädig mit ihnen umgegangen war. Auch im Jungbusch hatten viele kein Dach mehr über dem Kopf und die Anzahl derer, die in ihrer Verzweiflung in den Konfirmanden- und Kindergartensaal in der Jungbuschstraße 9 flüchteten, wurde immer größer. Hier fanden sie vorübergehend Trost und Schutz und die Schwestern versuchten die körperlichen und seelischen Nöte der Beklagenswerten zu lindern. Als allergrößtes Geschenk empfand Amelie es jedoch, dass Carlo nicht an die Front, sondern in die Militärschule in Wiener Neustadt abkommandiert worden war. Dort hatte es bis jetzt keine Luftangriffe gegeben.

Und so willigte sie ein, obwohl sich ihre Begeisterung in Grenzen hielt. Was ihr am allerwenigsten passte, war, dass sie Thanner, wie sie und Helena ihn bald nur noch nannten, beherbergen sollte.

Amelies Schwestern gaben sich die Klinke in die Hand, denn kaum reiste Dora ab, stand bereits Klara vor der Tür. Nach all den Jahren war es eine herzliche Begrüßung und es gab auch viel zu erzählen. Die temperamentvolle Klara sprudelte geradezu und man merkte ihr nicht an, dass sie erst Tage zuvor ausgebombt worden war. Entweder verdrängte sie es gekonnt oder es ging ihr tatsächlich nicht so nahe. Jedenfalls zeigte sich, dass sie sich in ihrem Leben zu einem richtigen Stehaufmännchen entwickelt hatte und man hätte meinen können, dass sie durch jeden Schicksalsschlag stärker geworden war. Mit ihrem Schwager schien sie sich gut zu verstehen und Thanner zeigte sich von seiner besten Seite. So gestaltete sich die Zeit mit ihm angenehmer als Amelie es erwartet hatte. Schon am zweiten Abend saßen sie zusammen im Wohnzimmer, lachten und machten Witze. Durch ihr Engagement bei der Wanderbühne hatte Klara natürlich jede Menge seltsamer Geschichten auf Lager und ein großes Repertoire an Liedern und Gedichten. Aber vor allem besaß sie einen ganz besonderen Humor.

„Tante Klara kann so komisch sein", bemerkte Helena ihrer Mutter gegenüber.

„Das stimmt. Aber Helena, erzähl' bloß keinem, was deine Tante so alles von sich gibt, hörst du! Das darf niemand wissen!" Amelie war wie so oft besorgt, weil sie wusste, dass man überall damit rechnen musste, ausspioniert oder denunziert zu werden.

„Aber Mama, wofür hältst du mich denn? Erstens bin ich keine dreizehn mehr und zweitens mag ich den Hitler genauso wenig wie du! Ich fand die Gedichte, die Tante Klara gestern vorgetragen hat, zum Schießen!"

So unterschiedlich die vier waren, so einig waren sie sich doch in Bezug auf die Politik. Was niemand wusste, war, dass Volker Thanner sich, bevor er Dora begegnete, mit allerhand zwielichtigen Geschäften über Wasser gehalten hatte und 1935 wegen Kleinkriminalität für ein halbes Jahr hinter schwedische Gardinen gewandert war. Dort wurde er alles andere als mit Samthandschuhen angefasst. Als er schließlich die Strafanstalt verließ, ging er allem, was mit dem Staat zu tun hatte, geflissentlich aus dem Weg.

Klara wiederum war durch das Berlin am Ende der 20er- und zu Beginn der 30er-Jahre geprägt. Die Theater und Varietés „Unter den Linden", die Musikrevuen und die politischen Kabaretts, für die sogar Tucholsky oder Erika und Klaus Mann geschrieben hatten, das war eine Zeit lang ihre Welt gewesen. Sie hatte es geliebt, wenn sie selbst keinen Auftritt hatte, in die „Katakombe" zu gehen und Werner Finck zuzuhören, auch wenn sie eingestehen musste, dass sie das Meiste nicht verstand. Aber die Menschen dort faszinierten sie, die Offenheit und Freizügigkeit, die dort herrschte, die unverblümte Sprache voll bissiger Ironie gegen alles und jeden, aber vor allem der vorurteilsfreie Umgang miteinander. Niemand kümmerte sich darum, welche Hautfarbe oder Religion jemand hatte, woher jemand kam oder wohin er ging oder ob ein Mann einen Mann liebte oder eine Frau eine Frau oder alles beide zusammen. „Leben und leben lassen", war die Devise. Aber vor allem: „leben"!

Den Nationalsozialisten war der „Berliner Broadway", wie die Theater und Kleinkunstbühnen „Unter den Linden" oft genannt wurden, von Anfang an ein Dorn im Auge. Er passte nicht in ihre Ideologie. Sie beobachteten ihn argwöhnisch. Für sie waren die meisten dieser „Etablissements" Brutstätten der Dekadenz, und das, was dort aufgeführt wurde, bezeichneten sie als „entartete Kunst". Und als sie dann 1933 an die Macht kamen, schlossen sie die meisten dieser Bühnen nach und nach.

Klara, Amelie, Helena und Thanner hatten sich an einem der folgenden Abende wieder um den Wohnzimmertisch herum versammelt. Klara hatte gerade einen Schwank aus ihrem Leben zum Besten gegeben und trank einen Schluck Pfälzer Wein.

„Ich habe selten so gelacht, tut das gut". Amelie wischte sich eine Träne aus dem Augenwinkel. „Wenn es nur immer so wäre und dieser Krieg endlich vorbei wäre!"

„Ah, ich weiß noch was, das wird besonders dir und Helena gefallen." Und dann begann sie.

„Und nun hören Sie auf vielfachen Wunsch innerhalb unserer Sendung ‚Wunschkonzert aus dem Jungbusch' die ‚Monnemer Nationalhymne'."

Die anderen lachten lauthals.

Klara begann zu singen:

Deitschland, Deitschland schwer im Dalles,
schwer im Dalles uf de Welt,
wenn die Marmelad nit alles
briederlich zusammehelt,
Eier, Budda, Worscht un Schinke
Sin nur fier die Reische da,
nur mir arme, arme Schlucka
gucke zu un schrein Hurra!

Thanner klatschte Beifall: „Du bist ja eine richtige Soubrette!“ Mit breitem Grinsen betrachtete er Klara und sie strahlte zurück.

„Der zieht sie ja mit seinen Blicken fast aus“, dachte Amelie, verwarf aber alle weiteren argwöhnischen Gedanken. „Ist ja auf der anderen Seite auch gut, dass sie sich mögen ...“ Laut fragte sie: „Wo hast du denn das gelernt? Ich wusste gar nicht, dass du Mannheimerisch kannst!“

„Unsere Truppe war international, meine Künstlerkollegen kamen aus aller Herren Länder. Das Lied hat mir, glaube ich, der Schorsch beigebracht. Der war aus Mannheim, und zwar aus einem Stadtteil hier ganz in der Nähe. Warte mal ... Sulzbach oder Salzbach ...“

„Du meinst sicherlich die Filsbach?“, korrigierte Amelie.

„Ja, richtig, aus der Filsbach war der. Irgend so ein Quadrat. Aber das kann sich ja kein Mensch merken. Wer wohnt schon in G3 oder J7?“ Klara konnte mit den Quadraten nichts anfangen.

„Bitte noch ein Lied oder ein Gedicht, Tante Klara!“, bettelte Helena. „Bitte, bitte!“

„Also gut: Zum Schluss, verblödetes – oh, Entschuldigung, ich meinte natürlich verehrtes deutsches Publikum“, Klara sprach mit tiefer theatralischer Stimme, „hören Sie noch ein Gedicht, vorgetragen von der zauberhaften Künstlerin Doña Klara:

„Verzeh Penning koschtets Ei“,
sagt uns stets de Dr. Ley.
„Dreissig Penning koschte die Äppel“,
sagt korz druf de Dr. Goebbels.

„Un verzig Penning die Hering",
meent dann noch de dicke Göring.
„Es werd jo alles imma dürrer",
meent schließlich dann noch unsern Führer.
„Und wenn es schließlisch richdisch kracht?"
froogt am Schluss de Dr. Schacht.
„Dann hänge ma uns uff, ame lange Strick",
erklärt em ausfihrlich dann de Frick.
„Oh, des wär gud!",
ruft froh de Jud.

Thanner brüllte laut heraus, während Amelie meinte: „Da bleibt einem das Lachen fast im Halse stecken. Wenn ich mir vorstelle, dass wir von diesen ganzen Herren regiert werden, da ist doch einer schlimmer als der andere!"

„Nimms nicht so schwer, Amelie!", warf Klara ein. „Du kannst es doch sowieso nicht ändern. Komm, hör zu, für dich habe ich zum Schluss noch einen Vierzeiler auf Hochdeutsch:

Der Hitler, der hat keine Frau,
der Bauer, der hat keine Sau,
der Metzger hat überhaupt kein Fleisch,
das nennt man bei uns dann Drittes Reich!

Wieder klatschten alle. Und Klara gelang es tatsächlich, Amelie noch einmal zum Lachen zu bringen. Trotzdem war deren Bedarf auf Kabarett nach diesem Abend erst einmal gedeckt.

Während Amelie am nächsten Morgen in die Felina ging und Helena sich im Schlafzimmer an ihre Singer-Nähmaschine setzte, wo sie Kleider nähte und reparierte, um sich ein bisschen Geld zu verdienen, saßen Thanner und Klara im Wohnzimmer. Sie hatten Carlos Plattensammlung entdeckt und das alte Grammophon angekurbelt, auf dem sie nun eine Schellackplatte nach der anderen abspielten. Manchmal standen sie auf und tanzten miteinander. Helena, die öfter mal an der Wohnzimmertür vorbeiging und ins Zimmer schaute, fand es ziemlich verwunderlich, wie eng sich die beiden dabei umschlungen hatten.

Als Amelie am folgenden Abend heimkam, hatten Klara und Thanner den „Hakenkreuzbanner" aufgeschlagen. Helena saß auf dem Sofa und häkelte. „Lasst uns doch heute Abend mal ins Kino gehen! Die meisten scheinen zurzeit ja wieder geöffnet zu sein", verkündete Thanner.

„Was gibt es denn?", fragte Helena.

„Also ...", Klara begann vorzulesen, „in der ‚Schauburg' in K1 zeigen sie ‚Karneval der Liebe' mit Johannes Heesters."

„Hör mir bloß auf mit diesem Schmalzdackel!" Amelie konnte Heesters nicht leiden. Als sie das sagte, fuhr Thanner sich unwillkürlich durchs Haar.

„Ich finde den gar nicht so übel", meinte Klara. „Aber lass mich mal weiter schauen. In der ‚Kurbel' in K2 läuft ‚Wunschkonzert' mit der Ilse Werner und dem Carl Raddatz. Das wäre doch was! Der Carl Raddatz ist doch Mannheimer, oder?"

„Natürlich ist der von hier, der war ja auch jahrelang am Nationaltheater engagiert. Das waren noch Zeiten! Der wäre gescheiter beim Theater geblieben, als diese bekloppten Filme zu drehen. Ich würde so gerne mal wieder ins Theater gehen. Aber das Nationaltheater ist wegen Renovierungsarbeiten mal wieder geschlossen. Es hat beim Bombenangriff im letzten Monat wieder einiges abbekommen. Und das schöne ‚Apollo-Theater' in G6 gibt es ja nicht mehr. Das haben die Nazis 1935 einfach abgerissen, diese Kulturbanausen! Das ist eine richtige Schande! Dort war ich früher öfter mal mit Carlo. Wir haben dort wunderbare Abende verlebt, auch wenn wir uns immer nur einen Stehplatz leisten konnten."

„Das Apollo-Theater kenne ich auch noch. Da habe ich mal gastiert", entgegnete nun Klara, „es galt damals als das eleganteste Varietétheater Süddeutschlands und es war ja riesig! Da passten tausend Leute rein, hast du das gewusst?"

Amelie nickte zustimmend.

„Ich habe selten so ein schönes Theater gesehen; die neobarocke Innenausstattung war einfach einzigartig!"

„Mädels, wir reden jetzt nicht vom Theater. Also auf, wir wollen doch ins Kino gehen", mischte sich nun Thanner ein.

„Was wird denn im ‚Pali‘ gespielt?“, fragte Helena.

Klara fuhr mit dem Zeigefinger auf der Zeitung entlang. „Ah, hier habe ich es: ‚Palast‘ in J1 ... Mensch, da läuft der neue Film mit der Zarah Leander und dem Viktor Staal: ‚Die große Liebe‘ – da möchte ich unbedingt rein.“

„Na, dann wäre das ja Gott sei Dank geklärt“, meinte Thanner.

„Ich komme nicht mit“, sagte Amelie in bestimmtem Ton.

„Aber wieso denn?“, fragte Klara.

„Ich habe den ganzen Tag gearbeitet. Ich bin hundemüde. Also wenn überhaupt, dann schaffe ich es höchstens noch bis ins ‚Odeon‘. Alle anderen Kinos sind mir zu weit.“

Wieder glitt Klaras Finger auf der Zeitung entlang.

„Hier ‚Odeon‘ in G7. Geschlossen wegen Renovierung. Wie schade!“

So blieb Amelie zu Hause und sie gingen zu dritt ins „Pali“ in der Breiten Straße. Auch wenn es ein Liebesfilm war, in dem die betörend schöne Zarah Leander mit schmachtendem Blick und tiefer Stimme von Liebe und Sehnsucht sang, gefiel Helena der Film überhaupt nicht. Es wühlte sie auf, wenn der gutaussehende blonde, blauäugige Viktor Staal in seinem Jagdflugzeug Einsätze über Afrika flog, denn sie musste unwillkürlich an Kurt, den Stiefbruder von Betty, ihren Halbcousin, denken. Auch die Szene im Luftschutzbunker, in dem Viktor Staal die hinreißende Zarah Leander zum ersten Mal küsst, erinnerte sie an die vielen schrecklichen Stunden, die sie während der letzten Jahre bei Bombenangriffen im Keller verbracht hatten. Und als Viktor Staal dann schließlich nach Russland an die Ostfront geschickt und dort schwer verletzt wird, kamen ihr die Tränen und sie trauerte um ihren verschollenen Onkel Erich und betete, dass Onkel Gustav wieder nach Hause zurückkommen möge. Sie war jedoch nicht die Einzige, die während des Filmes weinte, denn immer wieder konnte man im Dunkeln das Rascheln von Taschentüchern hören oder unterdrücktes Schluchzen.

Als Helena in ihrer Nähe ein Geräusch vernahm, schaute sie unwillkürlich zu ihrer Tante und zu Thanner hinüber. Die hell erleuchtete Szene, in der Zarah Leander gerade ein Wehrmachtskonzert in Paris gibt und singt „Ich weiß, es wird einmal ein Wunder geschehen und dann werden alle Märchen wahr ...", reflektierte für einen Augenblick Licht von der Leinwand und erhellte den Kinosaal ein wenig. Und da sah Helena im Halbdunkel etwas, das sie lieber nicht gesehen hätte. Tante Klaras Rock war so weit hochgeschoben, dass die Strapse ihres Strumpfhalters herausschauten. Und auf der nackten Haut zwischen den eleganten Strümpfen und ihrer Spitzenunterhose lag Thanners Hand, dessen Finger sich spielerisch weiter in die Mitte ihrer Schenkel bewegten.

Helena erstarrte. Das junge Mädchen hatte so etwas noch nie gesehen. Sie schaute schnell weg: „Ich habe nichts gesehen, gar nichts! Das ist alles nur Einbildung." Ihr Blick war starr auf die Leinwand gerichtet. Aber von der Handlung, den Original-Wochenschau-Einspielungen, die man für den Film verwendet hatte, und von den anderen Liedern, die Zarah Leander sang, bekam Helena nicht mehr viel mit. Als dann Viktor Staal und Zarah Leander am Schluss zukunftsfroh gen Himmel blickten, wo ein siegreiches deutsches Bombengeschwader vorüberzog, und gleich darauf das Licht im Saal anging und alle klatschten, war Helena heilfroh, dass die Vorführung zu Ende war.

Draußen hakte Thanner sich bei Klara und Helena ein. Er fühlte sich in Begleitung dieser beiden schönen Frauen wie der Hahn im Korb. Helena wagte nicht, sich dagegen zu wehren. Sie ging schweigend neben den beiden her. Plötzlich begann Klara zu singen:

Davon geht die Welt nicht unter,
sieht man sie manchmal auch grau,
einmal wird sie wieder bunter,
einmal wird sie wieder himmelblau,
geht's mal drüber und mal drunter,
wenn uns der Schädel auch graut,
davon geht die Welt nicht unter,
sie wird ja noch gebraucht.

Als sie am Luisenring an einem Haus vorbeikamen, das bis auf die Grundmauern niedergebrannt und von dem nur noch die Kellerwände zu sehen waren, hörte Klara auf zu singen und stellte nachdenklich fest: „Die Zarah Leander hat gut singen! Wenn ich mir vorstelle, wie schön die deutschen Städte früher waren und wie sie jetzt aussehen, überall Trümmer ... und dann so ein Lied!"

„Das sind doch alles Ablenkungsmanöver", meinte Thanner, „ist doch eh alles am Arsch! Wer das noch nicht begriffen hat, dem ist nicht mehr zu helfen."

Helena hörte ihnen nicht zu. Sie hatte sich zwar eingeredet, dass alles, was sie im Kino beobachtet hatte, nur Einbildung gewesen war, aber sie wusste in ihrem tiefsten Innern natürlich ganz genau, was sie gesehen hatte. Es passte nur zu gut zu dem, was ihr schon in den letzten Tagen immer wieder im Wohnzimmer aufgefallen war. Aber was sollte sie tun? Sollte sie es ihrer Mutter erzählen? Sie war unsicher. Und so beschloss sie, ihre Beobachtungen erst einmal für sich zu behalten.

*

Am darauffolgenden Sonntag saß Amelie allein am Tisch in ihrer Küche. Sie genoss das Alleinsein. Sie schaltete das Radio ein und sang mit Marika Rökk:

Ich brauche keine Millionen,
mir fehlt kein Pfennig zum Glück,
ich brauche weiter nichts als nur Musik, Musik, Musik.
Ich brauch kein Schloss um zu wohnen,
kein Auto funkelnd und chic,
ich brauche weiter nichts als nur Musik, Musik, Musik.
Doch eine ganze Kleinigkeit, die brauch ich noch dazu
und diese große Kleinigkeit, bist du, ja du, ja du, du, du, du.

Amelie seufzte: „Carlo, du fehlst mir so!" Seit fast fünf Monaten hatte sie ihn nicht mehr gesehen. Den letzten Brief hatte sie Mitte Februar bekommen und dann hatte er noch einmal eine

Ansichtskarte zu Ostern geschickt. Aber sie sollte dem nicht so große Bedeutung beimessen. Er war dort sicher rund um die Uhr eingespannt, da konnte er sich nicht einfach hinsetzen und lange Briefe schreiben.

Sie brühte sich zur Ablenkung eine Tasse Kaffee auf und nahm genüsslich einen Schluck.

Amelie hatte sich nie viel gegönnt und immer ihre eigenen Bedürfnisse zurückgestellt. Es gab jedoch eine Sache, die sie sich immer geleistet hatte, und das war ihr geliebter Kaffee. Sie galt in der ganzen Familie als „Kaffeetante", und wenn ihr jemand eine Freude machen wollte, dann schenkte er ihr die braunen Bohnen. Und so sah man sie oft auf dem Hocker sitzen, die Kaffeemühle zwischen die Beine geklemmt, und ihren geliebten Kaffee mahlen. Aber es durfte nur so viel sein, wie sie in dem Augenblick brauchte, denn für einen guten Kaffee mussten die Bohnen frisch gemahlen werden. Auch die Zubereitung des Kaffees hatte Amelie mit der Zeit perfektioniert. Nachdem sie das Kaffeepulver in die braun gemusterte Kanne gegeben und es mit sprudelndem Wasser übergossen hatte, war sofort der Deckel auf die Kanne gekommen und zwei vorbereitete Papierröllchen wurden in die Tülle und in das kleine runde Loch im Deckel gesteckt, so dass sich auch nicht ein Hauch des feinen Aromas verflüchtigen konnte.

Ich werde Carlo jetzt einfach ein paar Zeilen schreiben, beschloss sie spontan. Sie holte sich ein liniertes Blatt und einen Kopierstift aus der Schublade.

Liebster Carlo,
schon lange habe ich nichts von Dir gehört, aber ich hoffe, dass Du wohlauf bist ...

Im Folgenden schrieb sie ihm nun die neuesten Nachrichten aus der Familie, unter anderem auch, dass es bei dem letzten Bombenangriff Probleme in der Hafenstraße mit seinen Eltern gegeben hatte und man hier langfristig eine Lösung finden müsse. Sie schrieb von der Nachbarschaft, von dem Bombenangriff im

April und dem fürchterlichen Einschlag in der Böckstraße, aber vor allem berichtete sie ihm von den Besuchen ihrer Schwestern und dem Schwager.

... Doras neuer Mann ist ein seltsamer Vogel. Helena und mir ist er nicht geheuer. Aber vielleicht wirst Du ihn ja mal kennen lernen, dann kannst Du Dir selbst eine Meinung bilden. Jedenfalls sind wir froh, wenn wir in ein paar Tagen wieder allein sind. Und mach Dir keine Sorgen, an Pfingsten, wenn Du da bist, werden sie alle schon abgereist sein. Wir hoffen nur, dass Du es auch wirklich schaffst, über die zwei Feiertage nach Hause zu kommen. Wir sehnen uns sehr nach Dir. Du fehlst uns so.
Lass es Dir gut gehen und pass auf Dich auf.
In Liebe Deine Amelie
P.S. Viele Küsse von Helena

Amelie blickte auf die Uhr. Es war halb vier. Helena hatte sich nach dem Mittagessen mit ihrer Cousine Irma verabredet. Im Gegensatz zu früher unternahmen die beiden in letzter Zeit häufiger etwas zusammen. Ganz glücklich war Amelie nicht darüber, denn die Tochter von Pauline und Gustav war von den vier Cousinen die frühreifste – „Das ist eine richtige ‚Buwerollsern‘, ein ganz schöner ‚Deifelsbrode‘, wenn du mich fragst. Die ist nicht so ohne! Bei der muss man schwer aufpassen!", hatte ihre Schwägerin Marie einmal gegenüber Amelie gemeint. „Meine Betty lass ich nicht allein mit der fortgehen!"

Aber Amelie hatte Vertrauen zu Helena und vielleicht würde sich ja Irma eine Scheibe von ihr abschneiden. „Ich könnte eigentlich das Wohn- und Schlafzimmer nass aufziehen", kam es Amelie plötzlich in den Sinn. „Jetzt ist es günstig. Klara und Thanner kommen sicher nicht vor fünf aus dem Garten zurück."

Amelie war den beiden sehr dankbar. Sie hatten sich nun schon zum dritten Mal bereit erklärt, in den Garten zu gehen und die Beete zu gießen. Seit Carlo eingerückt war, war diese Arbeit an Helena und Amelie hängen geblieben. Sie machten sie beide nicht gerne. Es war so mühsam, auf die Friesenheimer Insel zu radeln oder dorthin zu Fuß zu gehen, dann das Wasser hochzupumpen, die schweren Kannen herumzuschleppen, die vielen Pflanzen zu wässern und dann wieder den Rückweg anzutreten. Aber sie brauchten den Garten. Besonders seit der Krieg angefangen hatte, gab es immer mal wieder Engpässe in der Versorgung und so waren sie froh, dass sie ihre Parzelle hatten, die sie mit Gelben und Roten Rüben, mit Kartoffeln, Blumenkohl, Weiß- und Rotkohl, Salat, Stangenbohnen, Zwiebeln, Tomaten und vielem mehr versorgte. Trotzdem war diese Arbeit für sie eine Qual, und so hatte sich Amelie umso mehr über das Angebot ihrer Schwester und ihres Schwagers gefreut. Sie nahmen sich Zeit und gossen anscheinend sehr ausgiebig, denn sie waren jedes Mal erst nach Stunden zurückgekommen.

Nachdem Amelie das Wohnzimmer geputzt hatte, räumte sie zunächst die Stühle aus dem Schlafzimmer. Klaras Koffer stand in einer Ecke auf dem Boden. Als sie ihn hochheben wollte, klappte er auf und der gesamte Inhalt fiel heraus.

„Das hat mir gerade noch gefehlt“, stöhnte Amelie, während sie die ganzen Habseligkeiten ihrer Schwester aufsammelte. „Was die so alles mit sich rumschleppt!“ Unter den Sachen, die herausgefallen waren, befand sich auch ein Brief. Gerade wollte Amelie ihn in den Koffer zurücklegen, da fiel ihr Blick auf den Absender. Da stand ‚Volker Thanner‘. Sie drehte den Brief um. Er war an Klara adressiert. Amelie schaute auf den Poststempel: Den Tag konnte sie nicht entziffern, aber er war in diesem Monat abgeschickt worden. Ein Brief von Thanner an Klara? Amelie überlegte einen Augenblick. Dann zog sie ihn kurzentschlossen aus dem Kuvert.

Meine liebste Klara,
noch immer denke ich an Deine heißen Küsse und spüre Deine feuchte Haut auf der meinen. Die Nächte mit Dir in Kiel sind mir unvergesslich. Allein der Gedanke an deine Brüste, deine Hüften und deinen lebendigen Schoß erregen mich. Ich werde verrückt, wenn ich es mir vorstelle. Bald werden wir wieder zusammen sein

und können unsere Leidenschaft leben. Es war eine gute Idee von Dir, mir ein Treffen in Mannheim vorzuschlagen. Dora hat gleich angebissen, als ich ihr sagte, ich wolle unbedingt ihre Schwester in Mannheim kennenlernen. Die ist mir zwar piepegal, aber was soll's! Dora ist ja so ein Einfaltspinsel! Sie wird von Mannheim aus ein paar Tage in den Schwarzwald in eine Klinik gehen. Da sind wir sie erst mal los. Und diese Amelie geht ja tagsüber in ihren Rüstungsbetrieb und die Kleine können wir sicher auch irgendwie abschütteln. Dann haben wir sturmfreie Bude – zehn Tage lang. Ich werde Dich nicht enttäuschen, mein kleines wildes Raubkätzchen. Sind das keine guten Nachrichten? Übrigens, mit Dora läuft kaum noch was. Sie ist so was von langweilig. Sie hat nicht halb so viel Pfeffer im Hintern wie Du, mein Honigtöpfchen.

Bis bald, ich kann es kaum erwarten.

Dein hungriger Tiger

Amelie musste sich erst einmal setzen. Sie konnte nicht glauben, was sie gerade gelesen hatte. Der Besuch von Klara war ein abgekartetes Spiel gewesen. Die beiden hatten schon seit längerer Zeit ein Verhältnis, das ging eindeutig aus dem Brief hervor. Was hatte sie bloß für Schwestern! Erst die ganze Geschichte mit Ida damals, das Drama mit Alfred. Und jetzt empfand wohl auch Klara keinerlei Skrupel dabei, sich an den Mann der eigenen Schwester heranzumachen. Und in Thanner hatte sie ein bereitwilliges Opfer gefunden. Gut, vielleicht war es auch umgekehrt gewesen und Thanner hatte sich an Klara rangemacht. Aber das war überhaupt nicht wichtig. Was dieser Kerl da alles schrieb!

Bei dem Gedanken, dass die beiden allein hier in der Wohnung gewesen waren und es womöglich in ihrem Schlafzimmer getrieben hatten, wurde Amelie übel. Sie ging auf das Bett zu, zog die Decke zurück und suchte auf den Laken nach Spuren. Aber sie konnte nichts entdecken. Trotzdem ekelte sie sich und zog das ganze Bett ab. „Da kommst du mir nicht mehr rein, dich schmeiß ich nachher raus!", murmelte sie. Während Amelie bei Ida noch mildernde Umstände hatte walten lassen, war sie bei Klara nicht mehr dazu bereit. Am meisten ärgerte sie, dass die Idee mit dem

Treffen in Mannheim auf Klaras Mist gewachsen war. Das war Amelie nun doch zu viel. Irgendwann war Schluss. Und diesen Thanner, den würde sie ebenfalls vor die Tür setzen. – Aber was würde sie Dora sagen, wenn sie übermorgen zurückkäme und ihr Mann nicht mehr da wäre? Würde sie damit nicht Dora mehr treffen als diesen Thanner? Oder sollte sie Dora reinen Wein einschenken? War das nicht ihre Pflicht? Oder sollte sie sich nicht doch besser raushalten?

Amelie war hin- und hergerissen. Eines war ihr klar, sie würde dieser Schmierenkomödie auf jeden Fall umgehend ein Ende bereiten. Aber was ging sie das Liebesleben Thanners an? Das war letztendlich eine Angelegenheit zwischen ihm und seiner Frau. Mit Klara war das etwas anderes. Sie hatte Amelies Vertrauen und ihre Gastfreundschaft aufs Übelste missbraucht. Das Absurde war, dass der Bombenangriff auf Köln mit Klaras Kommen überhaupt nichts zu tun gehabt hatte, denn es war ja vorher schon alles geplant gewesen. Er hatte sich nur zur rechten Zeit ereignet und wunderbar in ihr Konzept gepasst. Auf diese Weise hatten sie Dora noch für ihre Pläne einspannen können. „Klara hat uns beide benutzt und betrogen.“ Amelies Entscheidung stand fest: Noch heute würde Klara ihre Wohnung verlassen.

Als Klara und Thanner gut gelaunt vom Garten zurückkamen, stand Klaras Koffer gepackt vor der Abschlusstür. Als Amelie ihnen öffnete, blickte Klara ihre Schwester fragend an: „Warum steht mein Koffer vor der Tür?“

„Weil du hier nicht mehr hereinkommst“, antwortete Amelie in nüchternem Ton.

„Aber ...“ Klara kam nicht weiter, denn wortlos reichte Amelie ihr den Brief.

Amelie, lass dir doch erklären, das ist nicht so, wie du denkst.“

„Da gibt es nichts zu erklären.“

„Mädels, jetzt macht doch nicht so einen Aufstand wegen so eines lächerlichen Briefes“, mischte sich auch noch Thanner ein.

„Ich rate dir dringend die Klappe zu halten, sonst kannst du auch gleich mitgehen!“ Die Schärfe in Amelies Ton ließ ihn verstummen.

„Du kannst bleiben, bis Dora morgen oder übermorgen kommt. Und dann will ich auch dich nicht mehr sehen. Und glaub' bloß nicht, dass ich das wegen dir tue. Ich mache es nur für Dora, weil sie mir leid tut."

Mit eingezogenem Genick wie ein geprügelter Hund ging Thanner ins Wohnzimmer und schloss die Tür hinter sich.

Klara schaute Amelie hilflos an. „Amelie, das habe ich doch nicht gewollt."

„Ich auch nicht, ich hätte mir unser Wiedersehen anders gewünscht. Leb wohl!"

Mit diesen Worten schloss Amelie die Wohnungstür. Aber kurz darauf öffnete sie noch einmal. Klara lächelte. Aber sie hatte sich zu früh gefreut.

„Im Übrigen hoffe ich, ihr hattet einen schönen Nachmittag im Gartenhäuschen!" Damit schloss sie endgültig die Tür.

Als Helena nach Hause kam, erklärte Amelie ihrer Tochter in einfachen Worten, was geschehen war. Sie vermied es, in Einzelheiten zu gehen, trotzdem nahm Helena es zum Anlass, ihrer Mutter nun von ihren Beobachtungen im Lichtspielhaus zu berichten. Amelie war in gewisser Weise froh über das, was ihre Tochter ihr erzählte, denn der kleine Zweifel, ob sie nicht Klara gegenüber zu hart reagiert hatte, war nun endgültig beseitigt. Amelie wollte jedoch auf jeden Fall versuchen, ihre gute Beziehung zu Dora aufrechtzuerhalten.

Aber das würde ihr nicht gelingen.

Thanner war verstört, aber er musste sich zusammennehmen, denn er wusste, dass Amelie ihn in der Hand hatte. Er war sich nicht sicher, wie Dora reagieren würde, wenn Amelie ihr alles erzählte. Und was sollte er ohne Dora machen? Er brauchte sie. Wovon sollte er leben? Er musste diese beiden Tage noch irgendwie herumkriegen und unter allen Umständen musste er vermeiden, dass es zu einer Aussprache zwischen Amelie und Dora kam. Aber bei seiner Veranlagung war das gar nicht so einfach, denn er war in jeder Beziehung unbeherrscht. Es fiel ihm schwer, seine Triebe zu kontrollieren. Er wusste nicht, dass Amelies Reaktion ausschließlich auf den Brief zurückzuführen war. Er vermutete viel mehr, dass Helena ihrer Mutter ihre Beobachtungen im Lichtspielhaus berichtet hatte. Thanner war sehr wohl aufgefallen, dass Helena seine Hand unter Klaras Rock bemerkt hatte. Dieses unschuldige Ding hatte so erschrocken und verschämt reagiert. Er fand das überaus betörend. Es war bis jetzt von keinem Mann berührt worden, das kleine Püppchen. Das wäre doch zur Abwechslung mal etwas anderes ...

Amelie brach wie jeden Morgen schon früh in die Felina auf und Helena blieb allein zu Hause und nähte. Schon seit Stunden benötigte sie dringend aus dem Wohnzimmer ein Röllchen Nähseide und hoffte, Thanner würde endlich aufstehen. Aber er kam und kam nicht heraus. Gegen Mittag schließlich öffnete sie leise die Tür und schlich an die Kommode unter dem Fenster. Sie kramte in der Schublade.

„Guten Morgen, Helena!" Thanners Stimme klang freundlich wie selten zuvor.

Sie drehte sich um. „Guten Morgen, Onkel Volker!"

„Komm mal her, hier, setz dich mal neben mich auf den Stuhl!"

„Ich habe keine Zeit, ich muss wieder an meine Nähmaschine", sagte Helena zurückhaltend.

„Jetzt hab dich nicht so! Oder hast du Angst vor mir?"

„Ich hab keine Angst", antwortete Helena stolz und setzte sich auf den Stuhl neben dem Bett.

„Du bist wirklich ein hübsches Mädchen", begann er.

Helena wurde rot.

„Ach, wie süß! Du musst doch nicht gleich rot werden!" Er lächelte süffisant. „Hast du eigentlich schon einen Freund?"

Helena schüttelte den Kopf.

„Dann weißt du ja gar nicht, wie ein Mann aussieht, oder?" Er grinste.

„Ich muss jetzt gehen." Als Helena aufstehen wollte, packte er sie am Arm und riss mit der anderen Hand die Steppdecke zur Seite.

„Siehst du, so sieht ein Mann aus!" Splitternackt lag er vor ihr. Helena wandte den Blick ab, während sie versuchte, seine Hand abzuschütteln.

„Schau dir doch mal meine Zuckerstange richtig an, so ein Prachtstück siehst du nicht alle Tage. Und wenn du zu mir ins Bett kommst, dann bekommst du noch eine Portion süße Schlagsahne!" Er lachte laut auf und ließ sie los, während Helena schluchzend und am ganzen Leibe zitternd zur Tür hinausrannte.

Sie verließ Hals über Kopf die Wohnung und lief den Luisenring entlang über die Friedrichsbrücke und in die Lange Rötterstraße, wo sie den ganzen Mittag vor dem Werkstor der Felina auf das Schichtende ihrer Mutter wartete. Als Amelie endlich kam, erzählte Helena ihr in Tränen aufgelöst, was passiert war.

Amelie war empört. „Den zeige ich an! So ein Schwein!"

Als die beiden nach Hause kamen, hatte Thanner sich bereits aus dem Staub gemacht.

Amelie schäumte noch immer: „Wenn ich den noch einmal zu greifen bekomme, dann gnade ihm Gott!"

Auf eine Anzeige verzichtete sie aber, weil sie ihrem Kind eine peinliche Befragung ersparen wollte. Und das war sicher auch gut so, denn Thanner war Dora entgegengereist und hatte ihr alle möglichen Lügengeschichten aufgetischt.

Kurze Zeit später bekam Amelie einen mehr als unverschämten Brief von Dora, in dem sie alle Schuld auf Helena schob und sich verbat, dass das Mädchen weiterhin Lügengeschichten über ihren Mann verbreite. Es sei eine Frechheit, Volker eine Liebelei mit Klara zu unterstellen. Sie habe mittlerweile mit Klara gesprochen und auch diese sei empört und wolle nichts mehr mit Amelie zu tun haben. Sie solle gefälligst ihre Tochter zur Räson bringen, anstatt deren Hirngespinsten Glauben zu schenken. Jedenfalls sei sie tief enttäuscht und habe niemals von Amelie erwartet, dass sie ihr das Glück mit ihrem zweiten Mann neide. Aber so könne man sich in der eigenen Schwester täuschen.

Amelie antwortete ihr nicht.

Es sollte lange dauern, bis Dora erkennen musste, dass sie sich nicht in Amelie, sondern in ihrem Mann getäuscht hatte. Aber bis dahin würde sie noch so manche schmerzliche Erfahrung mit ihm machen.

8

Die Allee, die das Paar entlangspazierte, war eingesäumt von riesigen alten Kastanienbäumen, die teilweise im 16. Jahrhundert angepflanzt worden waren. Die Sonnenstrahlen, die durch das noch lichte, hellgrüne Meer von Blättern fiel, und die leichte Brise, die durch sie hindurchwehte, ließ die feinen filigranen Schattenrisse auf dem sandigen Boden hin- und hertänzeln.

„Ich fühle mich so leicht, so beschwingt, ich könnte die ganze Welt umarmen", schwärmte sie, als würde das heitere Erwachen der Natur auf ihren Seelenzustand abfärben.

„Mir tut die Ruhe gut", antwortete er. „Wie friedlich es hier ist, man könnte fast vergessen, dass wir in Kriegszeiten leben."

„Lass uns nicht über den Krieg sprechen, lieber über uns." Sie lächelte ihn mit ihren strahlenden blauen Augen an, während sie sich noch enger an ihn schmiegte. „Seit Jahren bin ich nicht mehr so glücklich gewesen, wie in den wenigen Monaten mit dir."

Er gab ihr einen Kuss auf die Schläfe und schwieg. Sein Blick war melancholisch.

„Woran denkst du gerade?" Sie blieb stehen und schaute ihn tiefgründig an. Er zauderte, dann antwortete er: „An nichts Besonderes, ich genieße einfach nur den schönen Frühlingstag mit euch beiden. Man muss nicht immer an etwas denken, mein naseweises Mädchen." Er gab ihr einen Stups auf die Nase und hatte erreicht, dass sie aufhörte, weiter in ihn zu dringen.

Schweigend setzten sie ihren Spaziergang fort. Natürlich genoss er diesen ersten warmen Frühlingstag nach dem langen kalten Winter, der hinter ihnen lag. Aber sie hatte schon richtig gemutmaßt, er war gedankenversunken gewesen. Und nicht nur in diesem Augenblick, sondern schon seit geraumer Zeit. So vieles ging ihm durch den Kopf. Seit Tagen grübelte er nach, wälzte sich nachts in seinem Bett und hoffte, im Traum würde ihm die Lösung einfallen, die er im Wachzustand noch nicht gefunden hatte. Die Situation war so verfahren! Er konnte es drehen und wenden, wie er wollte. Wochenlang war es ihm gelungen, alles zu verdrängen. Er hatte geglaubt, die Zeit würde das für ihn regeln, aber der Brief, den er seit drei Tagen in seiner Jackentasche trug, hatte ihn in die Wirklichkeit zurückgeholt.

„Onkel Carlo, Onkel Carlo, kaufst du mir Zuckerwatte?" Harald kam freudestrahlend auf ihn zugerannt.

„Natürlich, mein Großer", Carlo streichelte ihm liebevoll über das dunkle Haar, „wo gibt es denn welche?" Er konnte dem Jungen keine Bitte abschlagen. In der kurzen Zeit hatte er ihn liebgewonnen wie einen eigenen Sohn.

„Da drüben am Eingang zum Prater ist ein Stand. – Und fahren wir nachher auch noch mit dem Riesenrad?"

Stellvertretend für Carlo antwortete Erika: „Aber natürlich, Harald, deshalb sind wir doch hierher gekommen, damit Onkel Carlo endlich einmal Wien von oben sieht."

Harald jubelte. Seit Carlo zu ihnen kam, war er der glücklichste Junge der Welt. Endlich hatte er wieder einen väterlichen Freund. Und auch Mama war wie ausgewechselt. Früher hatte er sie oft in der Nacht weinen hören und jetzt war sie wieder fröhlich und lachte. Anscheinend hatte sie Onkel Carlo sehr lieb und er sie wohl auch, denn er war schon oft bei ihnen geblieben. Und dann hatten sie am nächsten Morgen alle zusammen Kaffee getrunken und Semmeln gegessen, so wie damals, als Papa noch gelebt hatte. Jetzt würde alles wieder gut werden.

Carlo spürte, wie sehr der Junge sich in den letzten drei Monaten an ihn gewöhnt hatte. Seit Erika von Auersperg, eine Woche nachdem sie sich kennengelernt hatten, in der Kaserne aufgetaucht war, hatte er jede freie Minute mit den beiden verbracht. Wenn er jetzt darüber nachdachte, wusste er selbst nicht so recht, wie es überhaupt zu alledem hatte kommen können.

Erika hatte damals darauf bestanden, dass er die Einladung sozusagen als Dankeschön für Haralds Rettung annahm. Als er dann in ihre gemütliche Wohnung gekommen war, hatte er sich wohlgefühlt wie schon lange nicht mehr. Man spürte sofort, dass hier jemand wohnte, der mit viel Liebe und Geschmack ein kleines Nest geschaffen hatte, einen Ort der Geborgenheit, an dem man die Mühen des Alltags hinter sich lassen konnte. Das Essen, das Erika zubereitet hatte, war vorzüglich gewesen und der liebevoll gedeckte Tisch mit den Blumen und Kerzen zeigte, dass die Gastgeberin viel Lebensart besaß. Aber letztendlich wurde das alles überstrahlt von Erika selbst. Es war nicht allein ihre Attraktivität, die Carlo betörte. Es war vielmehr ihre innere Schönheit, es war die Art, wie sie ihn anschaute, wie sie sich benahm und wie sie sprach, die ihn gefangen nahm. Er war von ihr verzaubert, auch wenn er es zunächst gar nicht wahrhaben wollte, dass sich diese fast fünfzehn Jahre jüngere, bildschöne Frau in ihn verliebt hatte. Zweifellos schmeichelte es ihm, trotzdem ging er an diesem Abend zurück in seine Kaserne.

Das alles durfte nicht sein! Er hatte zu Hause Frau und Tochter, die auf ihn warteten, die ihn liebten und die er liebte. Er durfte die Gefühle für Erika überhaupt nicht hochkommen lassen!

Anfang März lud Erika ihn zu Haralds Geburtstag ein. „Du musst unbedingt kommen, Carlo. Du bist schließlich sein Lebensretter. Der Junge hat dich von Anfang an verehrt. Du darfst ihn nicht enttäuschen." Mit diesen Worten war es ihr gelungen, ihn zum Kommen zu bewegen. An diesem Abend war Carlo geblieben. Und am nächsten Morgen in ihren Armen aufgewacht. So hatte alles begonnen.

Am Karfreitag hatte Harald sich einen Ausflug zu dritt gewünscht und so waren sie in Wiener Neustadt zunächst in die traditionelle „Schneebergbahn" gestiegen und in Puchberg dann in die Zahnradbahn übergewechselt, die sie hinauf auf den Hochschneeberg gebracht hatte. Carlo hatte die unberührte Bergwelt genossen und das einzigartige Panorama bewundert. Am Ostermontag war er dann allein mit Erika nach Grinzing gefahren. Bei

Schrammelmusik hatte sie ihm gezeigt, was man in Österreich unter dem Heurigen versteht. Die Menschen dort waren fröhlich und ausgelassen, sangen und schunkelten und es herrschte eine weinselige Stimmung. Von Krieg und Bomben keine Spur.

Lange Zeit galt Österreich und insbesondere die Gegend um Wien und Wiener Neustadt als Luftschutzkeller des Deutschen Reiches, denn sie lag außerhalb der Reichweite der britischen Langstreckenbomber. Während Deutschland bereits unter massiven Bombenangriffen erbebte, war in Österreich noch alles ruhig. Aber es sollte nur die Ruhe vor dem Sturm sein.

Ende Mai hatte Erika ihm mitgeteilt, dass sie bald ihren 30. Geburtstag feierte. „Carlo, ich wünsche mir, dass wir zwei Tage in Wien verbringen und du mich zu einer Fahrt im Fiaker einlädst. Das war schon immer mein Traum. Erfüllst du ihn mir?"

„Aber natürlich, mein Engel, wir werden nach Wien fahren und dort deinen Ehrentag feiern. Wann hast du Geburtstag?"

„Am 14. Juni, am Pfingstmontag", antwortete sie freudestrahlend. Als er hörte, dass ihr Geburtstag auf Pfingsten fiel, erschrak er. Wie hatte er nur so schnell „ja" sagen können? Er hätte sie unbedingt vorher nach dem Datum fragen müssen! Bereits vor einem halben Jahr hatte er Amelie und Helena versprochen, dass er an Pfingsten auf jeden Fall versuchen würde, Heimaturlaub zu bekommen. Notfalls würde er Magenprobleme vorschieben.

„Du glaubst gar nicht, wie glücklich du mich machst", fuhr Erika fort. Dabei hatte sie ihn so verliebt angeschaut, dass es ihm das Herz gebrochen hätte, wenn er nun einen Rückzieher gemacht hätte. „Es wird der schönste Geburtstag meines Lebens werden." Danach war sie ihm in die Arme gesunken.

Und gestern hatte er nun Amelies Brief erhalten, in dem sie ihm noch einmal mitteilte, wie sehr Helena und sie sich auf sein Kommen an Pfingsten freuten und wie sehr sie ihn vermissten. Als er las, was sie in der Bombennacht im April alles hatten durchmachen müssen, waren ihm Tränen in die Augen gestiegen. Seine beiden Frauen daheim mussten mehr erdulden als er, der in den Krieg gezogen war. Darüber hinaus hatte er ein furchtbar schlechtes Gewissen, weil er ihnen in den letzten Monaten kaum geschrieben hatte. Aber er war wie blockiert gewesen. Er hatte es einfach nicht geschafft, Amelie einen Brief zu schreiben und so zu tun, als wäre alles in Ordnung. Als würde es Erika nicht geben. Er wollte weder heucheln noch lügen und so hatte er zu Ostern nur eine Ansichtskarte mit ein paar Zeilen geschrieben. Aber jetzt stand Pfingsten vor der Tür und er musste sich entscheiden. Doch ganz gleich, was er beschließen würde, immer würde er jemandem wehtun und immer würde eine Seite ihm berechtigte Vorwürfe machen können. Er saß in der Falle. Einer Falle, in die er sich selbst hineinmanövriert hatte.

Die Fahrt mit dem Riesenrad war umwerfend. Von hier oben sah man ganz Wien: den Stephansdom, die Hofburg, die Staatsoper und den Donaukanal.

„Jetzt liegt uns ganz Wien zu Füßen. Findest du nicht auch, dass es eine traumhaft schöne Stadt ist", schwärmte Erika.

„Einmalig, sie kommt mir vor wie ein Freilichtmuseum. Ich hoffe bloß, dass weder die Engländer noch die Amerikaner oder gar die Russen den Weg hierher finden", meinte Carlo besorgt.

Aber diese Hoffnung würde sich nicht erfüllen, denn die „Schonzeit", in der sich Österreich zu dieser Zeit noch befand, näherte sich langsam dem Ende.

*

Und als hätte Carlo nicht schon genug Sorgen, meldete man ihm ein paar Tage später Besuch, eine Verwandte aus Deutschland erwarte ihn an der Pforte. Carlo konnte sich überhaupt keinen Reim darauf machen, wer ihn in Österreich besuchen wollte. Als er auf das große Eisentor zuging, erschrak er, denn über diesen Besuch freute er sich nun ganz und gar nicht.

Die auffällige Frau, die in ihrem hübschen, schwarzen, mit roter und grüner Wolle eingesäumten Berchtesgadener-Jäckchen vor ihm stand, war seine Schwägerin Ida.

„Was tust du denn hier?" Er betrachtete das kleine Tirolerhütchen, das sie pfiffig in ihre blonden Haare drapiert hatte. „Aufgetakelt wie eine Haubitze!", dachte er.

„Da staunst du nicht schlecht, liebster Schwager. Aber ich war zuerst ein paar Wochen in Berchtesgaden und als es mir dort langweilig wurde, habe ich mir noch Salzburg angeschaut. Und da dachte ich mir, jetzt mache ich doch einfach noch einen kleinen Abstecher nach Wien und schau mal bei dir in Wiener Neustadt vorbei. Ist ja nur eine knappe halbe Zugstunde von Wien bis hierher. Ich kann doch nicht in deiner Nähe sein und dann nicht einmal vorbeischauen."

Ida tat so, als hätten sie die allerbeste Beziehung zueinander. Dabei war es alles andere als das, zumindest von Carlos Seite aus. Er hatte ihretwegen unzählige Male mit Amelie Streit gehabt. Er konnte dieses Weib nicht ausstehen. Für ihn war sie eine falsche Schlange. Er hatte Amelie niemals erzählt, dass sie damals unzählige Annäherungsversuche gemacht und er sie stets abgewiesen hatte. Ihr attraktives Aussehen konnte ihn nicht blenden, er durchschaute sie von Anfang an.

Ida wiederum war, als sie den damals 36-jährigen Carlo zum ersten Mal sah, von diesem stattlichen Mann hingerissen. Wie hatte sich ihre unscheinbare Schwester nur dieses Bild von einem Mann angeln können? An Amelie war doch nun wahrlich nichts dran. Ida setzte fortan alle ihre Verführungskünste ein, aber ohne Erfolg. Selbst ihr Gepläkel mit Alfred sollte zunächst nur dazu dienen, Carlo eifersüchtig zu machen. Aber sie erreichte damit genau das Gegenteil und vergrößerte nur die Ablehnung auf Carlos Seite. So hatte sie sich ihn erst einmal aus dem Kopf geschlagen und sich letztendlich gefragt: „Was will ich eigentlich von dem armen Schlucker? Ein Friedhofsarbeiter, und dazu noch aus diesem Jungbusch? Der hat ja sowieso nichts drauf!"

Als Carlo jetzt in seiner Uniform vor ihr stand, flammten ihre alten Gefühle wieder auf. „Ich habe mir hier im Ort ein in einer hübschen Pension am Baumkirchnerring ein Zimmer genommen, in der Nähe der Doppelvolksschule. Wir könnten uns, wenn du frei hast, auf ein Gläschen Wein – vielleicht auch zwei – treffen. Ich habe gehört, der österreichische Wein soll sehr gut sein."

Carlo wollte gerade abwehren, als sie hinzufügte: „Ich habe dir so viel von Amelie und Helena zu erzählen."

Und so saß er am Abend darauf in der Gaststube am Markt mit ihr zusammen. Das, was sie ihm letztendlich von Zuhause erzählte, war belanglos und so bereute er es schnell, dass er sich mit ihr getroffen hatte.

„Prösterchen, Schwager!" Ida hatte sich bereits zum zweiten Mal nachschenken lassen. Wie bekannt ihm das vorkam. Aber er war nicht Alfred und fiel auf derartig subtile Annäherungsversuche nicht rein. Als er zurückprostete, fiel ihr Blick auf seine rechte Hand und sie fragte ihn: „Wo hast du denn deinen Ehering?" Carlo war auf diese Frage nicht gefasst und so ließ er sich für einen winzigen Augenblick verunsichern, fasste sich jedoch schnell wieder. „Ach, den habe ich anscheinend beim Händewaschen in der Kaserne liegen lassen." Natürlich stimmte das nicht. Er hatte ihn schon vor Monaten abgestreift, weil Erika ihn darum gebeten hatte. Sie wollte nicht immer daran erinnert werden, dass der Mann, den sie liebte, eigentlich nicht frei war.

Ida grinste: „Schade, ich hatte schon gedacht, du bist wieder zu haben." Der Alkohol löste der ohnehin schon nicht auf den Mund gefallenen Ida nun noch mehr die Zunge. „Du bist wirklich ein Verlust für die Frauenwelt, Carlo! Ein Mannsbild wie du und dann seit zwanzig Jahren mit so einem langweiligen Frauchen wie meiner Schwester verheiratet, wo du doch eigentlich nur zuzugreifen brauchst!" Sie lachte ihn vielversprechend an.

Carlo antwortete ihr nicht. Er hatte keine Lust, sich auf dieses Gespräch einzulassen und so meinte er: „Ich bringe dich jetzt in deine Pension. Ich denke, du hast genug getrunken und ich muss morgen früh zeitig raus." Als er sich vor der Pension von ihr verabschiedete, machte sie einen letzten Versuch. „Magst du nicht noch ein bisschen mit raufkommen? Wäre doch schade um den angebrochenen Abend, Carlo ..."

Aber er lehnte ab und verabschiedete sich. „Bekomme ich denn nicht einmal einen Kuss, Schwager?" Sie streckte ihm die Wange hin. Und als er ihr einen Kuss darauf geben wollte, wandte sie blitzschnell ihren Kopf herum und ihre Lippen suchten seinen Mund. Ihre Arme wollten ihn umschlingen. Doch Carlo stieß sie weg. „Du bist wirklich das Letzte, Ida! Geh hin, wo der

Pfeffer wächst, aber lass dich bei mir bloß nicht mehr blicken!"
Und damit wandte er sich um und ohne sie eines weiteren Blickes
zu würdigen, machte er sich auf den Weg zurück in seine Kaserne.

Ida kochte vor Wut. Sie fühlte sich gedemütigt.

In diesem Augenblick hatte sich Carlo eine Feindin gemacht,
die nur darauf lauerte, ihm eins auszuwischen. Diese Gelegenheit
sollte sich schon bald ergeben. Denn Ida hatte seine Verunsiche-
rung seinen Ehering betreffend, sehr wohl zur Kenntnis genommen. Und da ihr Erfahrungsschatz mit Männern nicht unerheb-
lich war, hatte sie auch schnell eins und eins zusammengezählt.
Ein gutaussehender Mann, der fast jede Frau haben konnte, war
seit Monaten hier allein in der Fremde. Er war doch ein gefun-
denes Fressen für die vielen einsamen Frauen, deren Männer in
irgendeine Ecke Europas geschickt worden waren, um das Großdeutsche Reich zu verteidigen. Und Carlo wäre doch ein Idiot,
wenn er sich diese Gelegenheit entgehen lassen würde. Und dass
er sie abgewiesen hatte, war für Ida letztendlich der Beweis gewesen, dass er Amelie mit einer anderen Frau betrog.

Da Ida genügend Geld und keine Eile hatte, mietete sie das
Zimmer ein paar Tage länger an und legte sich auf die Lauer. Sie
musste auch nicht lange warten, denn bereits am darauffolgenden
Sonntag hatte Carlo einen freien Nachmittag. Sie folgte ihm,
und als sie ihn dann mit Erika am Arm und dem Jungen an der
Hand am Kanal, der Wien mit Wiener Neustadt verband und auf
dem zahlreiche Lastkähne und Passagierschiffe verkehrten, ent-
langspazieren sah, legte sich ein boshaftes Lächeln auf ihren
Mund. „Hab ich es mir doch gedacht! Jetzt hab ich dich!", murmelte sie triumphierend vor sich hin. Beim Betrachten von
Erika meinte sie: „Er hat ja doch Geschmack, mein lieber Schwager. Die ist wirklich nicht von schlechten Eltern! Amelie wird
sich bestimmt über diese ‚gute' Nachricht freuen."

9

Sie irrte schon seit einiger Zeit in ihrer geblümten Kittelschürze und in alten Hausschuhen am Ufer zwischen der Spatzen- und Teufelsbrücke entlang. Die Filzschuhe waren bereits ganz durchnässt und die meisten ihrer Haare hatten sich aus dem Knoten gelöst. Die Strähnen hingen ihr wirr um den Kopf herum, und ihr Gesichtsausdruck war verstört. Es war nur eine Frage der Zeit, wann sie auf einem der glitschigen Steine, die das Ufer befestigten, ausrutschen und in den Verbindungskanal stürzen würde. Zum Glück beobachtete die Frau eines Schiffers, die an Deck ihres Kahnes gerade Wäsche aufhängte, sie schon seit geraumer Zeit. Und so war sie gerade noch rechtzeitig über die Teufelsbrücke gerannt um die alte Frau im letzten Augenblick an ihrer Kittelschürze zu packen.

„Halt Oma, schön hier geblieben!" Die Schifferfrau hatte beinahe selbst das Gleichgewicht verloren, denn das Mütterchen hatte sich mit aller Kraft an sie geklammert. Schließlich saßen sie beide auf den Steinen.

„Na, das ist ja gerade noch einmal gut gegangen. Du machst ja Sachen, Oma. Wo wohnst du denn?"

Die alte Frau blickte sie verwirrt an. Sie stammelte etwas Unverständliches und begann, mit ihrem Finger in der Gegend herumzufuchteln. Die Schifferfrau verstand sie nicht. Während sie ratlos um sich blickte, vernahm sie plötzlich von der Hafenstraße her lautes Rufen.

„Mutter, Mutter, wo bist du? Hörst du mich?" Annerose hatte das Fenster in der Wohnung der Großeltern im vierten Stock der

Hafenstraße 60, wo die alten Legrands seit Dezember 1918 wohnten, geöffnet. Ihr Blick wanderte die Straße und am anderen Ufer entlang. Schließlich entdeckte Annerose ihre Großmutter und gleichzeitig winkte ihr die Schifferin zu. Schnell eilte sie zu den beiden hinunter.

„Ihr ist nichts passiert", beruhigte die Frau das aufgelöste junge Mädchen, „nur eine kleine Schramme am Knie, aber trotzdem müssen sie besser auf ihre Mutter aufpassen."

„Meine Großmutter", verbesserte Annerose die Frau, „sie ist eigentlich meine Großmutter, aber ich nenne sie Mutter, weil sie mich großgezogen hat." Annerose nahm Luise Legrand in den Arm. „Ich bin so froh, dass dir nichts passiert ist. Großvater und ich haben uns schon Sorgen um dich gemacht."

„Ist das schon öfters vorgekommen, dass sie weggelaufen ist?"

Annerose nickte. „Sie ist ziemlich verkalkt und in der letzten Zeit geht es ihr gar nicht gut. Beim letzten Bombenangriff konnten wir sie nicht finden. Wir wissen bis jetzt nicht, wo sie war. Aber wir waren heilfroh, dass sie noch lebte. Sie hat keinen Kratzer abbekommen, aber sie war völlig verwirrt und hat sich davon bis heute nicht erholt. Wissen Sie, ich gehe arbeiten und kann mich nicht immer um sie kümmern, und mein Großvater ist ja auch schon alt. Er kommt mit der Situation gar nicht mehr klar."

„Ja, und haben Sie denn sonst keine Verwandten, die auf die beiden aufpassen könnten?" Die Schifferin spürte ihre Ratlosigkeit und wollte ihr helfen.

„Schon, aber die haben alle mit sich selbst zu tun", meinte Annerose resigniert.

„Ich denke, da müssen Sie sich einfach mal auf die Hinterbeine stellen und Ihren Verwandten klarmachen, dass sie auch einen Teil der Verantwortung übernehmen müssen. Sie können nicht alles an Ihnen hängen lassen."

Bevor sie auf ihren Kahn zurückging, half sie Annerose, Luise Legrand nach Hause zu bringen.

„Also Mädchen, tun Sie was!" Mit diesen Worten verabschiedete sie sich.

Annerose hatte sich die Worte der Frau zu Herzen genommen und wandte sich in den folgenden Tagen an ihre Tanten und Onkels. Tante Auguste konnte sie nicht fragen und sie hätte es auch nicht gewollt. Denn Auguste war im März, drei Monate nach Marlenes Tod, hochoffiziell mit ihrem kleinen Sohn auf den Kahn ihres Schwagers Alfred gezogen. Niemand wusste, wo sie hingeschippert waren. Was die Familie schon seit längerem vermutet hatte, war damit bestätigt worden. Außer Pauline hatte es niemand gebilligt und alle hatten sie die Beziehung zu diesem „Luder" abgebrochen.

Als Annerose ihre Tante Marie in der Beilstraße aufsuchte, lehnte die es sofort ab, ihre Eltern bei sich aufzunehmen. „Ich kann das nicht mehr. Ich bin selbst nicht gesund. Du vergisst ganz, dass ich auch schon auf die fünfzig zugehe. Ich habe mein Leben lang immer bloß andere gepflegt: erst meine zwei Männer und dann meine Kleine. Jetzt sollen mal andere was tun."

Darauf machte sich Annerose auf in die Filsbach. Aber ihre Tante Pauline in K2 dachte überhaupt nicht daran, die beiden Alten aufzunehmen und machte Annerose dies in einem ausgiebigen Redeschwall deutlich: „Die alt Schreckschraub hot misch fria, wo se bloß gekennt hot, drongsaliert. Un jetzt, wo se nimma ganz discht is, soll isch se nemme. Des kummt jo iwwerhaupt net in Frog. Soll se doch gucke, wo se jetzt bleibt. Mir kummt se hier net roi! Isch bin hier allä mit drei Kinna, de Gustav is in Russland wahrscheinlich in de Gfangeschaft, keen Mensch weeß, ob der jemols widda zu ma heem kummt. Mir hot a nie enna gholfe!"

Irma hatte Annerose schließlich zur Tür begleitet und achselzuckend gemeint: „Nimm's nicht so schwer, Mutter meint das nicht so. Wenn du willst, kann ich ja ab und zu mal rüberkommen und die Großeltern hüten." Aber das half Annerose in diesem Moment auch nicht viel weiter.

Tante Amelie und Helena schüttelten ebenfalls mit dem Kopf. „Ich arbeite den ganzen Tag in der Felina und Helena macht Näharbeiten und versorgt unseren Garten. So leid es mir tut, Annerose, aber ich kann sie nicht nehmen. Aber frage doch mal Tante Rosemarie, die wohnt doch jetzt auf dem Lindenhof. Onkel

Albert haben sie im letzten Monat eingezogen und sie wohnt dort ganz allein mit Iris. Vielleicht ist sie ja sogar froh, ihren Vater und ihre Mutter bei sich zu haben?"

Tante Rosemaries Begeisterung hielt sich allerdings in Grenzen. Aber schließlich ließ sie sich von Annerose überreden, die alten Legrands wenigstens vorübergehend bei sich unterzubringen. Und so verfrachtete man die Großeltern noch kurz vor Pfingsten auf den Lindenhof.

Am selben Tag flatterte Amelie ein fliederfarbener Umschlag aus dem Briefkasten entgegen. Sie blickte auf den Absender: Ida Ritter. Amelie freute sich: „Schön, dass sie uns Pfingstgrüße schickt." Sie steckte das Kuvert in die Tasche und stieg die Treppen hinauf. Wenigstens eine gute Nachricht heute! Amelie war noch ganz aufgewühlt von dem, was ihr kurz zuvor auf der Straße die schwangere Mathilde Traub, die augenscheinlich auf das Silberne Mutterkreuz hinarbeitete, erzählt hatte, nämlich dass man am Morgen den alten Herrn Gramwitz aus dem Nachbarhaus tot aufgefunden hatte.

„Aber so alt war der doch nun auch wieder nicht. Woran ist er denn gestorben?", hatte Amelie verstört gefragt.

„Ich sage dir jetzt etwas im Vertrauen, was ich von Fritz weiß, aber du darfst es niemandem weitersagen. Hörst du?", begann Mathilde zu wispern. „Stell dir vor, der hat sich auf dem Dachboden erhängt!"

„Was? – Aber warum denn? Das ist ja furchtbar!" Amelie war ehrlich erschüttert. Sie kannte die Gramwitzens nicht sonderlich gut. Sie wohnten schon ewig im Nachbarhaus in den Gauben und durften etwa sechzig Jahre alt sein. Ein kinderloses Ehepaar, das im Großen und Ganzen sehr zurückgezogen lebte. Die Frau grüßte immer nur kurz, verzog nie eine Miene und wirkte verbittert und abweisend. Herr Gramwitz schien etwas freundlicher zu sein, insbesondere zu Kindern. Amelie hatte oft beobachtet, dass er ihnen Gutsel oder Lutscher geschenkt hatte. Kurz nachdem sie hier eingezogen waren, hatte er auch einmal zu Helena gesagt, dass er Schokolade von der Schokinag habe und sie sich gerne ein Stückchen abholen könne. Sie solle ruhig zu ihnen hochkommen. Aber Amelie hatte das damals nicht gewollt, weil sie keine Veranlassung dafür sah, dass die Gramwitzens ihrem Kind Geschenke machten. Und im Nachhinein war die Entscheidung richtig gewesen. Denn als Amelie sich ein paar Tage später auf der Straße bei Frau Gramwitz hatte bedanken wollen, hatte diese sie bitterböse angeschaut und sie kommentarlos stehen lassen.

Mathilde beugte sich nach vorne und flüsterte Amelie ins Ohr: „Stell dir vor, dieser alte Sack hat sich jahrelang an Kindern vergangen. In den letzten zehn Jahren gab es immer wieder Anzeigen, aber man konnte ihm nie etwas nachweisen. Und jetzt hat ihn seine eigene Frau ans Messer geliefert. Er wusste genau, dass sie ihn gestern Mittag holen wollten und da hat er sich einen Strick genommen."

Während sie nun weiter die Stufen hinauf stieg, wusste Amelie nicht, was überwog: das Mitleid, dass ein Mensch sich das Leben genommen hatte oder die Wut darauf, dass er sich an kleinen Kindern vergriffen hatte. Durch das, was sie von Mathilde erfahren hatte, wurde ihr einiges klar. Wie Schuppen fiel es ihr von den Augen und sie begriff plötzlich das Verhalten von Frau Gramwitz. Ihre Unzugänglichkeit, ihr unwirsches Verhalten, als sie sich damals hatte bedanken wollen. Gott sei Dank war Helena damals nicht zu ihm hochgegangen. Wer weiß, was da passiert wäre. Und trotz allem – den eigenen Mann anzeigen?

Manchmal verstand sie die Welt nicht mehr. Was waren das alles für Männer, Alfred, der sich an jede Frau ranmachte, Thanner, der seine Frau schamlos mit ihrer eigenen Schwester betrog und auf abstoßende Weise versucht hatte, Helena zu verführen und jetzt noch der alte Gramwitz, der sich seit Jahren an Kindern vergangen hatte. Was hatte sie doch für ein Glück mit ihrem Carlo. Er war stets ein treuer Ehemann und liebevoller Vater gewesen. Aber jetzt wollte sie sich nicht weiter mit all diesen Geschichten belasten. Schließlich betraf es sie nicht. Glücklicherweise hatte sie ein intaktes Familienleben.

Sie schloss die Wohnungstür auf. Drei Tage frei. Einerseits freute sie sich über das bevorstehende Pfingstfest und darüber, dass sie erst wieder am nächsten Dienstag in die Felina gehen würde, andererseits war sie traurig. Carlo hatte ihr vor zehn Tagen geschrieben, dass er und seine Kameraden an Pfingsten in der Kaserne bleiben müssten. Keiner bekäme Heimaturlaub und so fände er es auch den anderen gegenüber ungerecht, seinen angeschlagenen Magen als Vorwand anzugeben. Aber er wünsche ihr und Helena schöne, vor allem aber friedliche Pfingsttage, sie sollten die Zeit nutzen, sich mal richtig auszuruhen. Er würde alles daran setzen, im Sommer für ein paar Tage zu kommen.

Amelie hatte sich so sehr auf ihn gefreut. Abgesehen von den ersten Kriegsmonaten waren sie noch nie so lange voneinander getrennt gewesen. Was dieser verdammte Krieg ihnen alles abverlangte. Und was würde noch kommen?

Sie setzte sich ins Wohnzimmer an den Tisch und öffnete das Fenster. Es war schon Abend und die Strahlen der über dem Hafen untergehenden Sonne hüllten den Raum in ein anheimelndes, warmes Licht. Amelie schlug die letzte Seite des Hakenkreuzbanners auf und begann darin zu lesen. Sie interessierte sich nicht für den vorderen politischen Teil, das war ja doch alles nur gelogen. Sie hatte sich angewöhnt, die Zeitung immer von hinten zu lesen. Auf der vorletzten Seite waren private Anzeigen, Verkäufe, Kaufgesuche und Hinweise auf öffentliche Versteigerungen abgedruckt. Meistens ging es dabei um das Inventar aus jüdischen Wohnungen. Daneben gab es Werbung für die unterschiedlichsten Produkte. Amelie überflog eine Spalte, in der Werbung für Hygieneartikel gemacht wurde:

Die deutsche Frau tut ihre Pflicht, ganz gleich, wo man sie hinstellt. Sie weiß, dass ihre Arbeitskraft unentbehrlich ist im Schicksalskampf des deutschen Volkes, und aus diesem Bewusstsein heraus verzichtet sie gerne auf frühere Gewohnheiten und kleine Annehmlichkeiten.

Modische Körperpflege ist eine private Angelegenheit, die bei dem Ernst der heutigen Zeit kein besonderes öffentliches Interesse in Anspruch nehmen darf. Anders dagegen ist es bei der Körperpflege, welche die Gesundheit und die Arbeitskraft fördert. Hygiene ist kein entbehrlicher Luxus, sondern heute geradezu eine nationale Pflicht, denn nur die gesunde Frau ist voll einsatzfähig. Die millionenfach bewährte Camelia-

Hygiene bietet guten Schutz. Bei maßvoller Einteilung wird Camelia auch stets zu haben sein.

„Die haben sie doch nicht mehr alle! Ich lass' mir doch von denen nicht meine Körperpflege vorschreiben! Das geht die einen feuchten Kehricht an!" Amelie schüttelte empört den Kopf.

Sie blätterte um. Aber es sollte nicht besser werden. Neben Pfingstgrüßen, die Soldaten von der Front an ihre Familien sandten, wurde von den großen Erfolgen der deutschen Wehrmacht berichtet. „Das ist doch der blanke Hohn!" entfuhr es Amelie, als ihr Blick auf die direkt daneben stehenden Familienanzeigen fiel, in denen Angehörige den Tod eines gefallenen Familienmitglieds kundtaten. „Es sterben doch täglich mehr und mehr, und da wollen die uns weismachen, wir könnten diesen Krieg gewinnen." Sie überflog die Namen. Einer sprang ihr ins Auge und sie begann die Anzeige laut zu lesen:

Hart ist das Schicksal, unfassbar für uns die so schmerzliche Nachricht, dass mein lieber Gatte, mein herzensguter Papi, mein lieber Sohn, Bruder, Schwager und Schwiegersohn, Onkel und Vetter

Parteigenosse Oskar Brandstetter
Gefreiter in einem Grenadier-Regiment,
Inhaber des Verwundeten-Abzeichens und des
Bronzenen Parteiabzeichens
im Alter von 39 Jahren im Osten sein Leben opferte,
getreu seinen Idealen, im Glauben an unseren Führer Adolf Hitler
und an Deutschlands Zukunft.
So wie er lebte, tapfer und treu, starb er den Heldentod.

Mannheim, 11. Juni 1943
In tiefer Trauer: Martha und Wilhelm Brandstetter
Marianne Brandstetter mit Ulrich, Adolf, Hermann,
Berta und Gertrud
Franz Brandstetter (z. Z. Wehrmacht) und Elisabeth Brandstetter,
geb. Urban, mit Heinz, Wilhelm, Rüdiger und Martha

„Hat es doch tatsächlich den kleinen Brandstetter erwischt!"
Amelie schüttelte nachdenklich den Kopf, „Armer Kerl! Aber
die strammen Nazis bleiben eben auch nicht verschont."

Was sie an der Anzeige neben all dem Heldengeschwafel jedoch am meisten interessiert hatte, waren die Informationen, die
sie über Franz Brandstetter, den älteren Bruder des Gefallenen
erhielt. Denn dieser Franz Brandstetter war zweifelsohne der
Mann, der damals Marlene geschwängert und sie dann sitzen
gelassen hatte. Er war der leibliche Vater von Annerose. Also
hatte er mit dieser Elisabeth noch vier weitere, eheliche Kinder
gezeugt. Das bedeutete aber auch, dass Annerose vier Halbge-
schwister hatte. Amelie überlegte kurz, ob sie es ihr sagen sollte,
denn das Mädchen hatte ja keine Ahnung davon. Sie hatte nie
nach ihrem leiblichen Vater gefragt. Aber dann verwarf Amelie
den Gedanken erst einmal und beschloss, es mit Carlo zu besprechen, wenn er auf Heimaturlaub kam.

Amelie faltete die Zeitung zusammen. „Dämliches Käseblatt!
Eigentlich sollte ich den ganzen Mist überhaupt nicht lesen. Ich
ärgere mich ja doch bloß!"

Sie ging zurück zum Tisch und öffnete ihre Tasche, um die
Einkäufe zu verstauen, da fiel ihr Idas Brief wieder in die Hände.
Mit jeder Zeile, die sie las, veränderte sich ihr Gesichtsausdruck.
Wenn sie mit allem gerechnet hatte, aber nicht damit!

Sie las die letzten Zeilen.

... *Liebe Amelie, ich bedaure sehr, dass ich Dir das mitteilen
musste, aber ich denke, als Deine Schwester bin ich dazu verpflich-
tet, Dir reinen Wein einzuschenken. Gräme Dich nicht zu sehr,
Carlo ist eben auch nur ein Mann.*
In herzlicher und inniger Umarmung
Deine Schwester Ida

*P.S. Dein Mann hat übrigens keinen schlechten Geschmack, auch
wenn ich denke, dass die Kleine viel zu jung für ihn ist.*

Für Amelie brach eine Welt zusammen.

10

Selten in ihrem Leben hatte sich Amelie so alleine gefühlt. Der Kontakt zu ihren Schwestern war abgebrochen, ihre Schwägerin Marlene, zu der sie immer ein vertrauensvolles Verhältnis gehabt hatte, war tot und mit allen anderen Legrands verband sie wenig. Es gab niemanden, dem sie ihren Kummer anvertrauen konnte. Dabei hätte sie sich so sehr einen Rat gewünscht oder zumindest ein wenig Trost. Sie überlegte lange, ob sie Helena alles erzählen sollte, kam dann aber zu dem Entschluss, ihre Tochter nicht damit zu belasten. Helena hatte eine empfindsame Seele und liebte ihren Vater über alles. Für sie war er ein Held, ein Vorbild an Rechtschaffenheit, Zuverlässigkeit und Anstand. Amelie wollte ihrem Kind dieses Bild nicht zerstören und darum beschloss sie, Helena gegenüber erst einmal zu schweigen.

Und außerdem, vielleicht hatte Ida ja auch übertrieben, vielleicht war ja alles ganz anders ... Aber in ihrem tiefsten Innern wusste sie, dass Ida die Wahrheit geschrieben hatte. Das Verhalten, das Carlo in den letzten Monaten an den Tag gelegt hatte, passte so gar nicht zu ihm. In den zwanzig Jahren ihrer Ehe hatte er sich niemals so benommen. Und wenn auch ihr Verstand es nicht wahrhaben wollte, so fühlte sie doch, dass Carlo sich nicht nur räumlich von ihr entfernt hatte.

Aber was sollte sie nur tun? Sie konnte hier nicht weg und ihn zur Rede stellen. Sollte sie ihm schreiben? Ein Briefwechsel würde sich über Wochen hinziehen und vielleicht würde sie damit nur noch mehr kaputt machen. Und so beschloss sie, erst einmal abzuwarten. Irgendwann würde Carlo Heimaturlaub bekommen und dann würden sie sich aussprechen. Doch wann würde das sein? Der Gedanke, ihre Sorgen möglicherweise monatelang mit sich herumtragen zu müssen, zerriss ihr fast das Herz.

Aber Amelie Legrand war Preußin und so versteckte sie den Brief im Küchenschrank, im Hohlraum hinter den Schütten. Dann setzte sie den Wasserkessel auf, ging an ihre Notreserven und brühte sich einen starken Kaffee auf, um ihren Kummer darin zu ertränken. Das Leben musste weitergehen und schließlich musste sie nicht nur für sich sorgen, sondern auch für ihre Tochter. Die Neunzehnjährige brauchte sie, besonders jetzt, in diesen schweren Zeiten. Und so ging Amelie, nachdem sie den letzten Schluck genommen hatte, zur Tagesordnung über.

Es war sicher nicht allein auf Amelies Selbstbeherrschung zurückzuführen, dass Helena nichts auffiel. Sie wurde nicht einmal hellhörig, als ihr Vater Mitte August seinen geplanten Heimaturlaub kurzfristig absagte. „Gestern schwerer Bombenangriff auf Wiener Neustadt. Kann nicht kommen. Carlo" stand in dem Telegramm vom 14. August 1943.

Und es war nicht einmal gelogen. Denn das Schicksal war Carlo in grausamer Weise zu Hilfe gekommen und hatte den von ihm seit Wochen mit bangen Gefühlen erwarteten Heimaturlaub verhindert. Von Tunesien aus hatten am Tag zuvor 61 Bomber der neunten US-Flotte einen Luftangriff gegen die Messerschmidt-Flugzeugwerke in Wiener Neustadt und die Dörfer bis hin zum Neufelder See geflogen. Dabei waren beinahe 200 Menschen ums Leben gekommen und fast 1.000 verletzt worden. Es war der erste alliierte Bombenangriff auf österreichischem Territorium, der nicht nur das Ende der Schonzeit für die Kleinstadt bedeutete, sondern vielmehr der Beginn ihres Untergangs werden sollte.

Während Carlo zusammen mit seinen Kameraden in Wiener Neustadt rund um die Uhr die schlimmsten Verwüstungen beseitigte und die Not und das Elend der obdachlos gewordenen Menschen, unter denen sich auch Erika und Harald befanden, zu lindern versuchte, war seine Tochter in Mannheim mit ganz anderen Dingen beschäftigt.

Auch wenn Helena keine Geschwister hatte, war sie selten allein gewesen. Ihre ganze Kindheit hatte sie mit ihren Cousinen Annerose und Betty verbracht. In jeder freien Minute waren die drei zusammengehangen. Doch in den letzten Monaten hatte sich das geändert. Ihre beiden um drei Jahre älteren Cousinen hatten andere Bedürfnisse entwickelt.

Annerose arbeitete von Montag bis Samstag in der Papierfabrik und Betty in der Schokinag. Die beiden waren die ganze Woche unter Menschen, und wenn sie schließlich zu Hause waren, hatten sie oft keine große Lust mehr, irgendwohin zu gehen, schon gar nicht in den Garten auf der Friesenheimer Insel.

So genoss es Annerose, am Sonntagnachmittag vor dem Radio zu sitzen und „Das deutsche Volkskonzert" anzuhören. Da ihre Großeltern seit Pfingsten bei Tante Rosemarie auf dem Lindenhof untergebracht waren, hatte sie sturmfreie Bude. Und so drehte sie den Volksempfänger auf und sang aus Leibeskräften mit Heinz Rühmann und Hertha Feiler: „Mir geht's gut, ich bin froh und ich sag dir auch wieso, weil wir uns gut versteh'n ..." Dabei marschierte sie im Rhythmus durch die Wohnung. Oder sie pfiff mit Ilse Werner auf die Melodie von „Wir machen Musik, da geht euch der Hut hoch, wir machen Musik, da geht euch der Bart ab ..."

Da in den Sommermonaten alle Fenster offen standen, kam es nicht selten vor, dass jemand von draußen schrie: „Zum Dunnwedda noch a mol, jetzt hör endlisch amol uff mit dem Radau un mit derre grauehafte Pfeiferei, do falle em jo bal die Ohre ab!" oder „Do mach doch wenigschtens es Fenschta zu, wenn de schun net singe kannscht! Die Kraagelerei geht ma so was vun uff die Nerve!"

Aber Annerose ließ sich davon wenig beeindrucken. Nur wenn der Sprecher des Großdeutschen Rundfunks für alle Mütter, deren Söhne an der Front kämpften, Wilhelm Strienz mit „Gute Nacht, Mutter" ansagte, schaltete sie den Apparat für fünf Minuten ab. Auch Rosl Seegers' „Mamatschi, schenk mir ein Pferdchen" wollte sie nicht hören. Sie ertrug keine Lieder, in denen es um treusorgende Mütter und um Mutterliebe ging.

Die Nachbarn genossen dann die Stille. Aber sie hatten sich zu früh gefreut. Denn da das sonntägliche Repertoire fast immer dasselbe war, wartete Annerose nur auf den Augenblick, in dem die Stimme von Rudi Schuricke ertönen würde, um mit ihm aus vollem Halse „Wenn bei Capri die rote Sonne im Meer versinkt ..." zu singen. Sie sah dann das weite Meer vor sich und dachte. „Wenn das hier einmal alles vorbei sein wird, dann werde ich als Erstes für eine Reise nach Italien sparen."

Und als Rudi Schuricke dann noch mit seiner weichen, einschmeichelnden Stimme „Man kann sein Herz nur einmal verschenken" sang, war ihr Herz voller Sehnsucht und sie träumte nicht nur von Italien, sondern auch von Hans, dem jungen Mann, der im Frühjahr in der Verwaltung der Papierfabrik eine Buchhalterlehre begonnen hatte. Hans Jäckels Vater war selbst Fabrikbesitzer. Ihm gehörte eine kleine Druckerei in den E-Quadraten, und so hatte er seinen Geschäftsfreund gebeten, seinen Sohn in die Lehre zu nehmen. Da Wilhelm Jäckel ein hohes Tier in der NSDAP war, hatte er immer wieder über Beziehungen verhindern können, dass sein Sohn einrücken musste. Als Annerose dem ernsten jungen Mann zum ersten Mal begegnet war, hatte er sie freundlich gegrüßt und sie angelächelt. Beim zweiten Mal hatten sie ein paar unbedeutende Worte gewechselt, aber sie hatte an seinem ganzen Verhalten gespürt, dass er sie sehr mochte. Ab diesem Augenblick hatte ihr Herz jedes Mal wild zu schlagen begonnen, wenn sie ihn sah und die Röte war ihr ins Gesicht geschossen. Und als sie in den folgenden Tagen weder essen noch schlafen konnte, hatte sie sich besorgt Betty anvertraut.

Ihrer Cousine waren diese Symptome nicht unbekannt. Sie hatte Annerose mit gespielter Nachdenklichkeit besorgt angeschaut und gemeint: „Du bist wirklich sehr, sehr krank. Damit ist nicht zu spaßen!" Als sie daraufhin Anneroses erschrockenes Gesicht gesehen hatte, konnte sie sich nicht mehr beherrschen und hatte herausgeprustet: „Du bist liebeskrank!"

„Dumme Kuh!" Annerose hatte sie lachend in den Arm gezwickt. „Und ich habe wirklich gedacht, ich hätte etwas Ernstes!"

„Das ist was Ernstes, damit ist nicht zu spaßen! Ich weiß, wovon ich rede."

Damit hatte sie Anneroses Neugierde geweckt und die hatte so lange gebohrt, bis Betty ihr schließlich ihr Geheimnis anvertraute.

„Du darfst aber auf gar keinen Fall etwas zu meiner Mutter oder zu Valentin sagen, hörst du? – Versprochen? Die ahnen sowieso schon etwas."

Annerose versprach ihr, dass kein Sterbenswörtchen über ihre Lippen kommen würde. Und so vertraute Betty Annerose nun auch ihr Geheimnis an: „Du erinnerst dich doch an das letzte Weihnachtsfest, als ich dir und Helena erzählt habe, dass ich in meinen Stiefbruder Kurt verliebt bin?"

Annerose nickte gespannt. „Natürlich erinnere ich mich ..."

„Wir schreiben uns heimlich. Ich habe schon zwei Briefe mit der Feldpost aus Afrika bekommen, einen gleich, als er eingezogen wurde, und den zweiten Anfang des Jahres. Obwohl er so weit weg ist, hat er an mich gedacht. Und in seinem letzten Brief meinte er, dass er mich vermisst und er froh wäre, wenn er wieder zu Hause bei uns wäre. – Ist das nicht wunderbar? – Er vermisst mich und er sehnt sich nach mir!" Bettys Augen glänzten.

Annerose betrachtete ihre Cousine nachdenklich. „Hat er denn geschrieben, dass er sich nach dir sehnt?"

Betty zögerte. „Nein, natürlich nicht so wörtlich, dazu ist er viel zu schüchtern. Aber ich bin mir ganz sicher, dass er mich liebt."

Betty schwelgte im Glück und Annerose hatte nicht den Mut, ihrer Cousine zu widersprechen. Aber insgeheim zweifelte sie noch immer daran, dass ein gutaussehender junger Mann wie Kurt tatsächlich über Bettys unübersehbare und entstellende Körperbehinderung hinwegsehen würde.

Je mehr Annerose nach diesem Gespräch über Bettys Worte nachgedacht hatte, desto mehr musste sie sich eingestehen, dass ihre Cousine mit ihrer Diagnose recht hatte: Sie war zum ersten Mal in ihrem Leben verliebt. Was für ein wunderbares Gefühl war das! So leicht, so beschwingt. Am liebsten hätte sie die ganze

Welt umarmt. – Doch wie würde es weitergehen? Liebte Hans sie denn auch? Und wenn ja, was konnte sie ihm bieten, außer dass sie hübsch und fleißig war. Er kam aus einem gutbürgerlichen, vermögenden Haushalt und hatte die Höhere Schule besucht. Würde er sich überhaupt mit einer kleinen Fabrikarbeiterin, dazu noch mit einer aus dem Jungbusch, abgeben wollen? Mit einer, die zwei Jahre älter war als er? – All diese Fragen stimmten sie traurig.

Aber Anneroses Befürchtungen waren unnötig, denn trotz seiner bedingungslosen Regierungstreue gelang es Wilhelm Jäckel nicht, seinem Sohn den Kriegsdienst zu ersparen. Hans wurde Ende Juli eingezogen und an die deutsch-dänische Grenze geschickt.

Und so waren die beiden Cousinen vereint in dem Trennungsschmerz um die beiden jungen Männer, in die sie sich verliebt hatten. Die Aussicht, die beiden bald wiederzusehen, war zunächst einmal in weite Ferne gerückt.

Was Betty zu diesem Zeitpunkt nicht wusste, war, dass sich Kurt bereits seit vier Monaten in einem britischen Kriegsgefangenenlager in Ägypten befand. Nachdem bereits im März Feldmarschall Rommel nach Deutschland zurückgekehrt und vom Führer „in Kur geschickt" worden war, hatte am 13. Mai 1943 das deutsche Afrikakorps schließlich vor den anrückenden Truppen von General Montgomery kapitulieren müssen. Derselbe Montgomery würde übrigens zwei Jahre später die deutsche Wehrmacht auch in Dänemark zu Fall bringen.

Betty und Annerose verbrachten fortan die Sonntagnachmittage zusammen in der Hafenstraße, wo sie zu den Klängen des aus 38 Mann bestehenden „Deutschen Tanz- und Unterhaltungsorchesters" unter der Leitung von Franz Grothe durch die Wohnung schwebten. Sie stellten sich vor, Lilian Harvey und Willy Fritsch zu sein. Mit geschlossenen Augen tanzten sie durch die Räume, sahen sich in den Armen von Hans und Kurt liegen und wurden nur ab und zu unsanft aus diesen Träumen geweckt, wenn sie am Tisch anstießen oder ein Stuhl umfiel, was wiederum zur Folge hatte, dass die Burkhards unter ihnen mit dem Besenstiel an die

Decke klopften. In dem alten Haus mit seinen knarrenden Dielen wurde nämlich Bettys und Anneroses „Schweben" von den darunter wohnenden Nachbarn eher als Getrampel und Gepolter wahrgenommen.

Helena indessen konnte nicht verstehen, warum ihre Cousinen plötzlich keine Zeit mehr für sie hatten. Aber die beiden fühlten sich wie zwei verlassene Soldatenbräute, die ihre Sehnsüchte am besten stillen konnten, indem sie über ihre Wunschträume und ihren Liebeskummer miteinander sprachen. Und dabei würde sie Helena nur stören. Sie hatten ihre kleine Cousine gern, aber sie war ja erst 19 Jahre alt, ein halbes Kind im Vergleich zu ihnen, die sie ja jetzt schon volljährig waren. Der Altersunterschied der Cousinen hatte zuvor nie eine Rolle gespielt, aber jetzt wurden die drei Jahre plötzlich zu einem unüberwindbaren Hindernis.

Und so verbrachte Helena immer mehr Zeit mit der fast gleichaltrigen Irma. Ihre Cousine verstand sich nicht besonders gut mit ihrer Mutter Pauline, die sich im Laufe der Jahre sehr verändert hatte. Paulines Leben mit Gustav Legrand war von Anfang an alles andere als ein Zuckerlecken gewesen. Nicht nur, dass er sie damals erst nach der Geburt ihres zweiten gemeinsamen Kindes geheiratet hatte, er hatte auch nie einen Hehl daraus gemacht, dass ihm seine politischen Aktivitäten in der Kommunistischen Partei immer wichtiger sein würden als seine Frau und seine Kinder. Und auch nach der Geburt von Guntram hatte sich daran nichts geändert. Im Gegenteil, während Gustav sich früher damit begnügt hatte, keine Straßenschlacht auszulassen und alle möglichen Hauswände, Brückenpfeiler oder Telefonbücher mit Anti-Hitler-Schmierereien zu versehen, war er in der Zeit unmittelbar vor Kriegsbeginn in den Untergrund gegangen. Er hatte den Kontakt zu Widerstandsgruppen gesucht und auch Georg Lechleiter kennengelernt. Bis kurz vor seiner Einberufung hatte er im Keller seiner Wohnung in der Holzstraße Flugblätter gegen Hitler gedruckt und sie heimlich verteilt. Und so war es vielleicht letztendlich sein Glück gewesen, dass er sofort nach Kriegsbeginn seinen Stellungsbefehl erhalten hatte. Denn nachdem die „Lechleiter-Gruppe" aufgeflogen war, hatte der Volksgerichtshof vierzehn Mitglieder, darunter auch eine Frau, wegen Hochverrats zum Tode verurteilt und sie am 15. September 1942 in Stuttgart hingerichtet. Zu diesem Zeitpunkt war Gustav bereits seit drei Jahren in Russland.

Pauline hatte sich in all den Jahren ihrer Ehe daran gewöhnt, dass ihr Mann immer wieder in Schutzhaft genommen wurde und sie ihre Familie allein versorgen musste. Und so hatte sie sich schon seit Mitte der 30er-Jahre immer wieder Arbeit gesucht. Zuerst putzte sie in der „Libelle", einem Tanzcabaret auf den Planken, in dem auch Schönheitstänzerinnen auftraten; später arbeitete sie als Küchenhilfe in verschiedenen Wirtschaften. Zum Teil waren es fürchterliche Kneipen, um die jede anständige Frau einen großen Bogen gemacht hätte. Aber Pauline konnte nicht wählerisch sein, denn sie hatte nichts gelernt und musste froh sein, wenn man sie überhaupt einstellte. Je länger sie dort beschäftigt war, desto mehr passte sie sich in ihrem Verhalten und in ihrem Ton ihrer Umgebung an. Aus dem kleinen schüchternen Mädchen war über die Jahre hinweg eine herrische, mitunter zum Jähzorn neigende Frau geworden, die immer weniger Skrupel hatte und meist nur den eigenen Vorteil suchte. Nachdem sie erfahren hatte, dass Gustav in russische Kriegsgefangenschaft gekommen war, rechnete sie sowieso nicht mehr mit seiner Rückkehr. Um ihre Kinder und sich selbst durchzubringen, war ihr jedes Mittel recht. Und darum hatte sich auch der größte Teil der Familie von ihr abgewendet. – „Die Pauline hat eine Gosch wie ein Schwert. Mit der will ich nix zu schaffen haben! Die taugt keinen Pfifferling!", hatte Marie kategorisch festgestellt.

Amelie war zwar mit vielem, was Pauline tat, nicht einverstanden, aber sie wollte nicht so hart über sie urteilen: „Mir tut sie leid. Sie hat es nie leicht gehabt!" Und darum verbot sie Helena den Umgang mit Irma auch nicht.

*

Es war ein heißer Sonntagnachmittag Mitte August. Irma hatte Helena nach dem Mittagessen abgeholt und sie waren miteinander die Neckarvorlandstraße entlanggegangen, vorbei am Schifferkinderheim und an der Schokinag. Auf der Höhe der Holzstraße schlug Irma der Cousine vor, ein Stückchen den Luisenring entlangzugehen. Helena wunderte sich, denn hier unten nahe am Wasser wehte eine leichte Brise und es war viel angenehmer, hier zu spazieren. Außerdem hätte sie gerne die Enten und Schwäne gefüttert. Aber schließlich willigte sie ein. In Höhe der K-Quadrate machte Irma plötzlich Anstalten, die Straße zu überqueren.

„Warte doch, Irma, ich möchte da nicht hinübergehen. In der K5-Schule sind doch die ganzen Zwangsarbeiter untergebracht. Die schauen einen immer so an und pfeifen einem hinterher. Ich mag das nicht! Lass uns hier auf dieser Seite bleiben."

„Hab dich doch nicht so! Wir sind schließlich keine kleinen Mädchen mehr. Jetzt komm schon, Helena!" Mit diesen Worten zog Irma ihre Cousine über die Straße und steuerte auf den Schulhof zu. Sie wurden von einem lauten Pfeifkonzert empfangen.

Irma genoss sichtlich das Aufsehen, das sie mit ihrer Gegenwart erregte, während Helena am liebsten weggelaufen wäre.

„Wenn meine Mutter das erfährt, dann bekomme ich zu Hause Ärger", meinte Helena ängstlich.

„Ach, deine Mutter, die ist doch im Garten auf der Friesenheimer Insel, die kriegt das doch gar nicht mit!"

Obwohl sich Helena zu Beginn des Pfeifkonzerts zunächst vom Schulhof abgewandt hatte, war ihr trotzdem der schwarzhaarige junge Mann, der still auf der Treppe zum Schulhof saß, nicht entgangen. Für einen Sekundenbruchteil hatten sich ihre Blicke gekreuzt und aus den Augenwinkeln heraus konnte sie erkennen, dass er noch immer zu ihr herüberschaute. Irma hatte sich indessen einer Stelle am Zaun genähert, zu der nun ein Mann mit einer dunklen Kappe herübergelaufen kam. Er sah armselig aus, hatte aber eine sympathische Ausstrahlung. „Allo, Irma, que bien, du kommen. Isch warte ganze Tag auf disch." Der Mann sprach unverkennbar mit französischem Akzent.

Helena war sprachlos. Woher kannte der Mann Irmas Namen? Aber das war noch nicht alles. Denn nun streckte Irma ihre

Hände durch den Zaun. Er ergriff sie sogleich und führte sie zu seinem Mund.

„Mon amour, wir uns 'eute sehen? Isch in die Wirtshaus an Brücke kommen. Du da?" Er blickte sie erwartungsvoll an.

„Natürlich, Chéri, ich warte dort auf dich!" Sie streichelte ihm über das Gesicht.

Helena wurde angst und bange. „Irma, lass uns gehen, wenn uns jemand sieht, hier am helllichten Tag mit den Zwangsarbeitern, du weißt, dass das verboten ist. Wir kommen in Teufels Küche!"

Irma ließ den Mann los und schickte ihm mit ihren Lippen einen Kuss. Dann drehte sie sich um.

„Jetzt hab doch nicht so die Hosen voll, Helena! Da ist doch nichts dabei. Ich kenne den Jean bereits eine ganze Weile. Wir haben uns schon öfter getroffen und es ist nichts passiert. Man muss nur ein bisschen aufpassen."

Irma hatte anscheinend die Furchtlosigkeit ihres Vaters geerbt. Sie dachte überhaupt nicht daran, sich den Auflagen der Regierung zu beugen.

Obwohl Helena bei der Geschichte unwohl war, musste sie sich insgeheim eingestehen, dass ihr Irmas Mut imponierte. Und da sie nicht immer als ängstlich und unbedarft gelten wollte, willigte sie ein, mit Irma in die Wirtschaft in K1 zu gehen, wo Pauline in der Küche arbeitete.

„Ich habe einen Riesendurst, Helena. Lass uns dort eine Limo trinken, da ist doch wirklich nichts dabei! Und außerdem kostet es uns nichts, meine Mutter kriegt das schon irgendwie hin."

Bevor sie jedoch weitergingen, blickte Helena noch einmal verstohlen zu dem Mann auf der Treppe hinüber, der ihr sogleich ein kleines Lächeln schenkte. Verlegen wandte sie sich ab.

Kurz darauf saßen sie in einer Ecke des Lokals, direkt neben der Tür zur Küche. Pauline war schwitzend herausgekommen, ohne eine Miene zu verziehen. Sie hatte Irma ein großes Glas Limonade eingeschenkt, Helena ein kleines, und hatte zu ihrer Nichte gemeint: „Des neckschte Mol zahlscht awwer gfällligscht dei Gedrenk. Isch bin jo schließlich net vun de Wohlfahrt!"

Dann war sie eilig in der Küche verschwunden. Helena hätte ihr am liebsten das Glas zurückgegeben. Aber Irma meinte zu ihr: „Mach dir nichts draus! Die meint das nicht so."

Das Lokal war laut und verraucht. Die meisten Besucher waren Männer und fast alle waren sie leicht angetrunken.

„Wenn das meine Eltern wüssten, dass ich in so einer Kneipe bin! Oh Gott, ich darf gar nicht daran denken ..."

Aber Helenas Gedanken wurden unterbrochen, als plötzlich der Mann mit der Kappe vor ihrem Tisch stand. Er hatte einen Kameraden mitgebracht. „Isch bin Jean und das ist meine ami Gino. Gino aus Italia. Wir können setzen avec vous?", fragte er, während er Helena seine Hand entgegenstreckte.

Jetzt erkannte Helena auch, dass dieser Gino der Mann war, den sie zuvor auf der Treppe gesehen hatte. Sie erwiderte den Gruß der beiden und nickte schüchtern.

„Klar. Setzt euch!", antwortete Irma und strahlte. „Heute hast du es aber schnell geschafft, an den Wachen vorbeizukommen."

„Mit Zeit isch gut in rausgehe aus Schule, Soldate nix luggi luggi." Jean lachte, während er mit dem Finger auf sein Auge deutete. Er hatte sich mittlerweile neben Irma auf die Bank gesetzt und seinen Arm um sie gelegt. Gino hatte auf dem Stuhl gegenüber von Helena Platz genommen und konnte seine Augen nicht von ihr lassen. „Du nixe aussehe wie deutsche Mädchen. Du Italiana?", begann er schließlich das Gespräch.

Helena lächelte schüchtern. „Doch, ich bin Deutsche, aber wir haben französische Vorfahren."

„Du habe sehr schöne Auge. Du sehr schöne Signorina, molto bella." Seine Augen funkelten. Zweifellos gefiel ihm Helena sehr.

Obwohl sie erneut verlegen wurde, freute sich Helena über das Kompliment. So etwas Nettes hatte noch nie ein Mann zu ihr gesagt.

„Wie du heiße, ische gar nichte deine Name kenne?"

„Helena. Helena Legrand!"

„Das sein schöne Name! ‚La bella Helena' – Du kenne ‚la bella Helena'? Junge Paris sie fortnehme, dann komme Krieg. Du kenne storia di ‚Troia'?"

„Ja, meine Mutter hat mir einmal davon erzählt." Helena nickte.

„Deine Mutter kluge Frau", stellte Gino fest.

„Ja, meine Mutter ist sehr belesen ..." Nach einer Weile fügte sie hinzu: „Aber wo haben Sie denn so gut Deutsch gelernt?"

„Ach, nixe so gut, nur eine klein wenige. Wir viele Arbeiter aus Deutschland habe. Meine Vater habe viele Berge mit Vino in Napoli. Dort zusamme arbeite und parlare und so ische eine bische Deutsche lerne. Und das gut, sonst ische jetzt nixe mit dir spreche." Beide mussten lachen.

Als alle ein Getränk hatten, stießen sie miteinander an.

„Auf Freundschafte, ische misch freue, diche kennenlerne."

„Ich mich auch!" Helena fühlte sich tatsächlich sehr wohl in seiner Gegenwart. Er war sehr höflich und es ging sehr viel Herzenswärme von ihm aus. Sie hatte sich Zwangsarbeiter immer ganz anders vorgestellt. Wilde, ungehobelte Burschen, vor denen sich eine anständige Frau in Acht nehmen musste. Und nun saß ihr ein höflicher, netter junger Mann gegenüber, der trotz seiner schäbigen Kleider sehr kultiviert wirkte.

Gino war Mitte zwanzig, stammte aus einer alten napolitanischen Gutsbesitzerfamilie und sehr wohlhabend. Seit Jahrhunderten hatte seine Familie Weinberge und er als einziger Sohn würde das Gut einmal übernehmen. Gino war Anfang 1943 in Italien zu Zwangsarbeit in Deutschland verurteilt worden. Er hatte im Untergrund an der Seite der Badoglio-Truppen gegen Mussolini gekämpft. Aber nachdem Pietro Badoglio Ende Juli ein Staatsstreich gegen Mussolini gelungen war und der italienische König Viktor Emanuel III. Badoglio zum neuen Ministerpräsidenten ernannt hatte, würde Gino sicher bald freikommen.

Helena wollte gerade etwas sagen, als am anderen Ende der Wirtschaft ein Lied angestimmt wurde. An dem Tisch saßen zwei Kriegsgefangene, ein Mädchen in Helenas Alter und ein junger deutscher Soldat, der versuchte, den anderen das Lied „Schwarzbraun ist die Haselnuss ..." beizubringen. Sie hatten gerade die zweite Strophe angestimmt, zu deren Beginn einer der Kriegsgefangenen dem Mädchen sein Käppi aufgesetzt hatte, da wurde plötzlich die Tür aufgestoßen und drei Feldgendarmen der Ordnungspolizei stürmten herein.

„Oh Gott die ‚Kettenhunde'! Nichts wie weg!", flüsterte Irma Jean zu. „Lauf schnell mit Gino in die Küche zu meiner Mutter, du kennst sie ja, sie wird euch verstecken!"

Helena und Irma blieben sitzen und beobachteten, was sich gegenüber von ihnen abspielte.

„Warum nennst du die denn ‚Kettenhunde'?", flüsterte Helena, „das sind doch Polizisten?"

„Ja, eigentlich sind es Feldgendarme. Aber die sind nicht so ohne. Mit denen ist nicht gut Kirschen essen! Die sind zweihundertprozentige Nazis und scharf wie der Teufel. Und schau doch mal auf ihren Hals. Siehst du das Blechschild? Da ist das Hoheitsabzeichen drauf. Alle tragen es an einer Kette. Sieht doch aus wie ein Hundehalsband, oder?" Sie kicherte leise. „Darum nennen wir sie heimlich ‚Kettenhunde'."

Helena nickte. Das hatte sie noch nie zuvor gehört.

Nun sicherte ein „Kettenhund" die Tür, während der zweite durch das Lokal ging und sich die Kennkarten der Anwesenden zeigen ließ. Als er vor Helena und Irma stand, meinte er: „Was treibt ihr denn hier? Ein anständiges deutsches Mädchen hat in so einem Saustall nichts zu suchen. Ihr solltet machen, dass ihr nach Hause kommt oder wollt ihr so enden wie das Franzosen-Flittchen da drüben?"

Die Cousinen blickten ängstlich zu dem Mädchen hinüber. Der dritte der Kettenhunde hatte sie unsanft aus der Bank herausgezogen und legte ihr Handschellen an. Die beiden Kriegsgefangenen standen bereits breitbeinig mit dem Gesicht zur Wand neben der Bank. Der deutsche Soldat stand verängstigt daneben.

„Ja, jetzt geht euch zwei wohl der Arsch auf Grundeis, was?"

„Was passiert denn mit ihr?", fragte Irma.

„Was mit der passiert? Die nehmen wir jetzt erst einmal mit und dann werden wir sie ins Frauengefängnis nach Preungesheim bei Frankfurt überweisen. Da hat sie dann genügend Zeit darüber nachzudenken, wie sich eine anständige deutsche Frau zu benehmen hat."

„Aber sie hat doch nichts getan?", meinte Irma mit gespielter Ahnungslosigkeit.

„Nichts getan! Wir werden sie wegen ,Umgang mit Kriegsgefangenen' anklagen. Das müsste sich doch langsam herumgesprochen haben, dass das verboten ist. Und ihr wisst das doch auch ganz genau! Und jetzt will ich keine weiteren Fragen mehr hören. Packt euer Zeug zusammen und schert euch nach Hause, aber ein bisschen dalli."

„Mensch, haben wir Glück gehabt!", meinte Helena, als sie draußen auf der Straße standen. „Das wäre beinahe ins Auge gegangen."

„Ja, wir schon, aber die Anna, die tut mir leid." Irma war bedrückt.

„Was für eine Anna denn?"

„Na, das Mädchen, das sie verhaftet haben. Die ist mit mir in die K5-Schule gegangen. Hoffentlich lassen die sie wieder laufen. Dass die Kettenhunde auch gerade in dem Augenblick auftauchen mussten! Das war das erste Mal seit Monaten!", seufzte Irma.

„Irma! Willst du damit etwa sagen, dass du diesen Jean schon länger triffst?" Helena konnte es kaum glauben.

„Wir sind schon seit einem halben Jahr ein Paar. Er liebt mich und ich liebe ihn, und nach dem Krieg werde ich mit ihm nach Marseille gehen. Du glaubst doch nicht, dass ich mich von diesen Idioten einschüchtern lasse? Ich werde meinen Jean trotzdem am nächsten Sonntag wieder treffen. – Und was ist mit dir? – Willst du nicht mitkommen? Dir gefällt doch der Gino auch, oder?"

Helena schwieg. Und wie er ihr gefiel! Er hatte Manieren und war intelligent. Er sah gut aus und machte etwas her, doch vor allem seine Augen ... Aber sie wollte jetzt nicht weiter darüber nachdenken.

An der Ecke von K1 und K2 verabschiedeten sich die Cousinen. Irma bog ab in die Straße Richtung Filsbach, denn sie wohnte ja nur ein paar Meter weiter. Helena wechselte die Straßenseite und ging den Luisenring entlang.

Sie war hin- und hergerissen. Als sie hinter der Liebfrauenkirche in die Seilerstraße einbog, war sie sich ziemlich sicher, dass sie ihn nicht wiedersehen wollte. Das war alles viel zu gefährlich. Als sie bei Metzger Kunz die Dalbergstraße überquerte, wurde es ihr darüber hinaus auch noch klar, wie unmöglich es war, ihn noch einmal zu sehen. Ihre Mutter würde der Schlag treffen, wenn sie davon erführe. Als sie dann in die Beilstraße einbog, musste sie lächeln. Sie sah sein offenes, freundliches Gesicht und seine verliebten Augen vor sich, mit denen er sie noch einmal angeschaut hatte, bevor er hinter der Küchentür verschwunden war. Und als Helena schließlich die Treppe in der Beilstraße hinauf zur Wohnung stieg, war sie sich sicher: Sie wollte Gino wiedersehen.

Doch auch in den nächsten Tagen war sie von Zweifeln geplagt. Wäre Amelie nicht so sehr mit ihren eigenen Sorgen beschäftigt gewesen und damit, ihren Kummer vor ihrer Tochter zu verbergen, wäre ihr Helenas Unruhe sicher nicht entgangen.

Am Donnerstagmittag stand Irma ganz aufgeregt vor Helenas Tür. „Ist deine Mutter zu Hause? Ich muss dir nämlich unbedingt etwas erzählen. Es gibt ganz wichtige Neuigkeiten."

„Nein, meine Mutter ist noch in der Felina. Komm rein, aber ich habe nicht viel Zeit, ich bin gerade dabei, ein Kleid für eine Kundin zu ändern, das muss heute Abend fertig sein."

Irma lief ins Wohnzimmer und setzte sich aufs Sofa, während Helena sich wieder hinter ihrer Nähmaschine niederließ.

„Du kannst ruhig weiternähen, ich kann ja dabei erzählen. Also, stell dir vor, der Jean und der Gino arbeiten seit gestern in der Friesenheimer Straße bei ,Leonhard Schiffers Geldschrank und Tresorbau'. Ist das nicht wunderbar?"

Helena schaute Irma irritiert an. „Ich verstehe dich nicht, was soll denn daran so wunderbar sein?"

„Hast du nicht zugehört? Sie sind zum Arbeiten auf der Friesenheimer Insel eingeteilt."

„Ja, und?" Helena begriff noch immer nicht.

„Mensch, Helena, ist der Groschen noch nicht gefallen?" Irma wurde ungeduldig, aber ihre Cousine zuckte mit den Schultern:

„Tut mir leid, ich kann dir nicht folgen."

„Na, das ist doch ideal. Ihr habt da unten euren Garten. Dann können wir uns in Zukunft dort mit den beiden treffen. Der liegt doch ganz am Rand, unterhalb vom Damm. Das ist ideal, da sieht uns niemand und jetzt im Sommer ist es dort herrlich und so romantisch ..." Irma geriet ins Schwärmen.

„Du spinnst wohl! Wir können uns nicht in unserem Garten treffen. Das erlaubt meine Mutter niemals." Helena schüttelte den Kopf.

„Wie soll Tante Amelie etwas verbieten, von dem sie gar nichts weiß? Du musst deiner Mutter nicht alles auf die Nase binden. Du bist doch schließlich kein kleines Kind mehr."

„Aber ..." Helena war nicht begeistert von Irmas Vorschlag.

„Nichts ,aber'! Ich habe schon alles mit Jean besprochen. Sie erwarten uns am nächsten Sonntag um drei in eurem Garten." Und ehe Helena noch etwas sagen konnte, war Irma aufgesprungen und hatte ihre Cousine umarmt: „Also hör zu, ich hole dich am Sonntag um zwei Uhr ab, keine Widerrede. Ach, und steck etwas zu essen ein. Die beiden haben bestimmt ziemlichen Kohldampf! So, und jetzt mach's gut, Cousinchen, und arbeite nicht so viel!" Und schon war Irma verschwunden.

Helena legte das Kleid auf ihren Nähtisch. Irma hatte sie regelrecht überrumpelt. Ihr war ganz mulmig zumute und in ihrem Kopf ratterte es. Sie musste unbedingt verhindern, dass ihre Mutter am Sonntag in den Garten ging. Vor allem musste sie es ihr so beibringen, dass sie keinen Verdacht schöpfte. Und dann musste sie auch noch heimlich etwas zu essen besorgen. Wie sollte sie das nur alles bewerkstelligen?

Aber letztendlich war es viel einfacher, als sie gedacht hatte. Sie kaufte ein Kommissbrot und holte aus dem Keller zwei Gläser Pflaumenmarmelade. Und als sie ihrer Mutter den Vorschlag machte, mit Irma am Sonntag allein zum Gießen in den Garten zu gehen, ging diese nur zu gern darauf ein.

„Damit macht ihr mir wirklich eine große Freude. Dann kann ich nämlich endlich einmal meine Kollegin Agathe besuchen, sie hat mich schon so oft zum Kaffeetrinken eingeladen. Sie ist genauso eine Theaternärrin wie ich. Wir werden viel zu erzählen haben", meinte Amelie lächelnd.

„Ja, Mama, mach das nur, es wird dir gut tun!" Helena gab ihrer Mutter einen Kuss auf die Wange.

Insgeheim atmete sie auf. Wenigstens diese Probleme waren gelöst. Aber bei dem Gedanken, Gino im Garten wiederzusehen, wurde sie ganz unruhig. Sie hatte sich noch nie mit einem Mann getroffen. Und was würde sie machen, wenn er etwas von ihr wollte, wenn er zudringlich würde? – „Ach was, der ist so nett, der wird mir nichts tun!", beruhigte sie sich.

Als sie am Sonntag kurz vor drei im Garten ankamen, warteten die beiden Männer bereits hinter einem Gebüsch auf sie.

„Bonjour, Mesdemoiselles", Jean gab den beiden die Hand. Gino zog sein Käppi ab und begrüßte sie ebenfalls.

Nachdem Helena die Pforte und das Gartenhäuschen aufgeschlossen hatte, schob Irma Jean sogleich hinein und meinte zu Helena: „Du kannst Gino in aller Ruhe den Garten zeigen, wir bleiben erst einmal hier. Lasst euch Zeit." Sie zwinkerte ihr zu.

Etwas verlegen blickte Helena Gino an. Der nahm sie an der Hand. „Isch misch gerne von hübsche Fräulein lasse zeige Garten. Isch Natur liebe, nix nure Berge mit Vino", er lachte sie charmant an. Und sie lächelte zurück.

Schweigend gingen sie die kleinen Pfade zwischen den Rabatten entlang. Schließlich gelangten sie zu den Blumen.

Gino blieb plötzlich stehen und brach eine kleine Rose ab.

„Una rosa per mia bella rosa", meinte er strahlend und überreichte ihr die Blume. Sie bedankte sich mit einem Lächeln.

„Du habe so schöne Lachen, Helena. Du mische habe ...", er hielt einen Moment inne. „Wie man sage in tedesco?" Er dachte nach: „Ah, verzauberte, wann dische gesehe. Du haben meine Herze gestohle." Er beugte sich nach vorne und gab ihr einen kleinen, behutsamen Kuss auf die Lippen. Helena wagte nicht, sich zu rühren. Ein sanfter Schauer ließ ihren Körper erbeben. Gino bemerkte das leichte Zittern.

„Du nixe Angst habe, kleine Signorina, ische nix böse wolle." Sanft zog er sie an sich und nahm sie in die Arme. Sein Mund näherte sich ihren Lippen und sie schloss die Augen, so, wie es Zarah Leander immer in ihren Filmen gemacht hatte.

Helena hatte den Eindruck, dass der Boden unter ihren Füßen zu wanken begann und sie bekam weiche Knie. Gleichzeitig durchströmte sie jedoch ein wunderbares Gefühl von Wärme und Geborgenheit. Was für eine himmlische Erfahrung!

Und so bekam Helena Legrand den ersten Kuss ihres Lebens.

Die Geräusche, die aus dem Gartenhäuschen drangen, ließen keinen Zweifel daran, dass es dort nicht beim Küssen geblieben war. Helena war das sehr peinlich. Gino bemerkte es. Er legte seinen Arm um ihre Schulter und führte sie noch weiter vom Häuschen weg, an eine Stelle, wo sich eine kleine Holzbank befand. Dort ließen sie sich nieder und genossen die wärmende Spätsommersonne.

„Hier so friedelisch!" Ginos Stimme klang traurig. „Hier ische vergesse, dass ische Gefangener." Helena streichelte ihm durchs Haar. „Das tut mir sehr leid. Das muss schrecklich für dich sein. – Aber ich kann nichts dafür. In meiner Familie sind alle gegen den Hitler. Wenn ich dir nur helfen könnte!"

„Ische weiß, du könne nix dafür. Aber viel Deutsche denke Hitler gut, diese Bandit! Egal Diktator wie Duce in Italia, aber jetzt ise alles kaputt. Ultimo Attacke von Englande hier in Agosto – Flugzeuge viele Papiere abwerfe und da draufstehe, dass nix mehr Duce."

„Duce? – Wer ist das?" Helena kannte sich nicht besonders gut in der Politik aus.

„Mussolini ise Duce. Aber jetzte nix mehr. Jetzte Badoglio. Basta! Ische bald freikomme und dann gehe heime nach Italia."

Die Tür des Gartenhauses ging auf. Jean und Irma traten eng umschlungen ins Freie. Irmas Haare waren zerzaust und ihr Rock sah aus wie eine Ziehharmonika.

„Ich denke, wir sollten erst einmal etwas essen. Wir haben Bärenhunger. Und bevor wir nachher gehen, sollten wir zumindest die Beete gießen, wenn Tante Amelie uns schon großzügigerweise ihren Garten zur Verfügung stellt", meinte Irma lachend.

Als sie sich eine Stunde später verabschiedeten, beschlossen sie, sich am nächsten Sonntag wieder um dieselbe Zeit im Garten zu treffen.

143

Helena war glücklich und traurig zugleich. Sie hatte sich bis über beide Ohren in Gino verliebt. Was für ein berauschendes Gefühl! Der Nachmittag mit ihm war der schönste, den sie je erlebt hatte. Aber sie hatte auch seinen letzten Satz in den Ohren und der ließ sie auf den Boden der Tatsachen zurückkommen: Gino würde nach Italien zurückkehren.

Auch den nächsten Sonntag verbrachten die vier wieder im Garten. Irma und Jean zogen sich gleich zu Beginn wieder ins Gartenhaus zurück, während Helena und Gino eng umschlungen auf der Bank saßen, wo sie über Gott und die Welt kauderwelschten, scherzten und lachten, Zärtlichkeiten austauschten und sich immer wieder von neuem küssten. Der Nachmittag verging wie im Flug und als sie sich verabschiedeten, nahm Gino sie noch einmal in die Arme und sagte: „Ische werde Stunde zähle, bis zu nächste Sonntag, mio tesoro! Ti amo tanto. Ische liebe disch so!"

Helena blickte ihm tief in die Augen. „Ich liebe dich auch, Gino. Von ganzem Herzen."

*

Tage später saß Gino gedankenversunken auf seiner Pritsche. „Was du ’aben, mon ami?" Jean lehnte sich neben ihn an die Kellerwand und betrachtete seinen Kameraden. Gino schwieg. Nach einer Weile legte Jean seine Stirn in Falten und kratzte sich am Kopf.

„Isch verstehe, kleine Mademoiselle ’aben dir Kopf verdreht! – Nimm nix so schwer. Mache wie isch eine bisschen amour, eine bisschen tricki-tracki ..." Er lachte. „C’est tout! Macht Leben leichter."

Gino schüttelte den Kopf. „No, iste viel mehr. Ische nix könne vergesse mia piccola Helena."

„Gino, mon Gino, du ’ast disch verliebt, olàlà, c’est un problème!"

Jean hatte recht, denn Helena ging Gino nicht mehr aus dem Kopf. Sie war so ein zauberhaftes Mädchen, sie hatte so ein einnehmendes Wesen und war zweifellos das Beste, was ihm in den letzten Monaten widerfahren war.

Mit seiner Deportation aus Italien hatte eine Leidenszeit begonnen. Sechs Tage in der Woche musste er jeden Tag zwölf Stunden schuften. Man gab den Zwangsarbeitern die schwersten und dreckigsten Arbeiten, wie das Klopfen von Mauerdurchbrüchen in den Kellern zwischen den Häusern. Sie wurden im Straßen- und Bunkerbau eingesetzt oder als billige Arbeitskräfte an Fabriken „vermietet". Viel schlimmer war es jedoch, wenn sie sich nach einem Bombenangriff in die Trümmer eines einsturzgefährdeten Hauses begeben mussten, um nach Überlebenden zu suchen. Sie hatten Angst, selbst von herabfallenden Balken erschlagen zu werden oder in ein metertiefes Loch zu stürzen und dort mit gebrochenen Gliedmaßen liegengelassen zu werden und elendig zu verrecken. Aber am grauenvollsten waren die jämmerlichen Schreie der Verschütteten. Gino bekam dieses Wehklagen und Stöhnen nicht mehr aus den Ohren, besonders nicht das der Kinder, deren Stimmen mit der Zeit immer schwächer wurden, bis sie schließlich ganz verstummten. Es war ein Kampf mit der Zeit und oft wussten sie, dass sie ihn verlieren und nur noch Leichen unter dem Geröll ausgraben würden. Manchmal konnten sie die Toten erst nach Tagen bergen, wenn bereits die Verwesung eingesetzt hatte. Besonders jetzt in den warmen Monaten war der Gestank dann fast unerträglich.

Aber auch ihre Unterbringung in der Turnhalle und in den Kellerräumen des Mädchentraktes der K5-Schule war armselig. Man hatte die drei- bis vierhundert Gefangenen in enge Zellen zusammengepfercht. Die hygienischen Verhältnisse und die Verpflegung, die zumeist aus einer wässrigen Suppe und einem trockenen Kanten Brot bestand, waren katastrophal. Diejenigen, die an Fabriken „vermietet" wurden, hatten mitunter das Glück, dass man ihnen dort etwas zu essen zusteckte. Viele versuchten auch auf andere Weise, sich zusätzlich etwas zu essen zu beschaffen. So hatte Jean seinen Kameraden bereits am ersten Tag, als sie auf die Friesenheimer Insel marschierten, leicht angerempelt und gemeint: „Gino, du, lucki lucki, da gucke: pommes de terre, patate, wenn wir 'eute zurück, dann wir nehmen mit. Wir auf 'of von Schule kleine Feuer machen und patate braten." Jean war ein echter Überlebenskünstler. Er hielt von Anfang an seine schützende Hand über Gino. Er war ein Meister, wenn es darum ging, alles Mögliche auf geheimen Wegen in die Schule zu schaffen. Er hatte draußen gute Freunde. Sie ließen ihm immer etwas zukommen, damit er seine Bewacher bestechen konnte. Diese sahen dann mal kurz weg, wenn er sich für ein paar Stunden absetzte und ließen ihm und seinem Kameraden ein paar Vergünstigungen zukommen. Und so hatten Jean und Gino trotz allem immer noch eine bessere Behandlung erfahren als all die anderen, die unter der entwürdigenden Behandlung sehr zu leiden hatten. Sie wurden ständig angeschrieen und auch Schläge waren keine Seltenheit.

Gino hatte in der Woche zuvor erneut ein Flugblatt in die Hände bekommen und, nachdem er es gelesen hatte, sofort begriffen, dass er so schnell wie möglich aus Deutschland raus musste. Denn obwohl Pietro Badoglio jetzt italienischer Ministerpräsident war, durfte man dem Frieden nicht trauen. Die Amerikaner waren im Süden Italiens gelandet und auf dem Vormarsch zur Hauptstadt. Sollte Badoglio sich mit ihnen verbünden, so würde die deutsche Wehrmacht, die sich im Norden Italiens befand, sicherlich nicht tatenlos zusehen. Und wer konnte sagen, ob die Badoglio-Regierung dem innenpolitischen Druck dann würde standhalten können. Mussolini hatte noch immer viele Anhänger im Land und vor allem Hitler als starken Verbündeten. Gino musste so schnell wie möglich zurück nach Italien, bevor die Regierung kippen und Mussolini vielleicht wieder die Macht erlangen würde. Dutzende seiner Kameraden hatten sich schon in den letzten Wochen gefälschte Entlassungspapiere besorgt und sich abgesetzt. Die deutschen Behörden hatten aufgrund der verwirrenden politischen Verhältnisse in Italien keinen Verdacht geschöpft und sie ziehen lassen. Auch Gino hatte den Brief, der ihm seine Freilassung garantierte, bereits in seiner Tasche.

Aber er konnte sich nicht richtig darüber freuen, denn nachdem er Helena zum ersten Mal gesehen hatte, war alles anders geworden. Nie zuvor in seinem Leben hatte er sich so zu einem Mädchen hingezogen gefühlt. Er kannte sie gerade mal zweiein-

halb Wochen, er hatte sie nur drei Mal gesehen und doch glaubte er, schon jetzt zu wissen, dass sie die richtige Frau für ihn war.
Sie verkörperte all das, was er sich immer gewünscht hatte. Helena war nicht nur eine Schönheit, sondern auch bescheiden,
anmutig, liebreizend und sanftmütig. Aber vor allem war sie ein
anständiges Mädchen, ein Mädchen zum Heiraten. Er erschrak
über seine eigenen Gedanken. Das war doch verrückt, er wusste
doch kaum etwas von ihr. Gino zögerte. Oder war es doch nicht
so verrückt? Vielleicht war es ja Bestimmung, Schicksal? Warum
eigentlich nicht? Natürlich würden seine Eltern sehr überrascht
und sicher auch nicht begeistert sein, wenn er mit einer Deutschen nach Hause käme, dazu noch mit einer, die nicht einmal
katholisch war. Aber sie konnte ja konvertieren. Und sie würde
schnell mit ihrem angenehmen Wesen auch die Herzen seiner
Eltern erobern.

Je länger er darüber nachgrübelte, desto mehr gefiel ihm der
Gedanke. Auch wenn das alles jetzt sehr schnell gehen musste,
so war er sich doch seiner Sache sicher: Er würde Helena mit-
nehmen. Irgendwie würde es ihm schon gelingen, sie aus Deutschland rauszuschaffen. Und dann würde er sie in Italien heiraten.

Auch wenn es in der jetzigen politischen Situation unklug war,
auch nur eine Sekunde länger als notwendig in Deutschland zu
bleiben, so würde er doch bis nächsten Sonntag warten, um
Helena zu sagen, dass er sie zur Frau nehmen wolle.

11

Als Amelie um Viertel vor acht die Freitreppe des Nationaltheaters hinunterschritt, hatte sie ein Lächeln auf den Lippen.
Sie fühlte sich an alte Zeiten erinnert. Sie dachte an Frau Pück-
ler, für die sie damals gearbeitet hatte, an deren Großzügigkeit
und die unzähligen Theaterkarten, die sie ihr zugesteckt hatte.
Ihr fiel die „Faust"-Vorstellung ein, mit Willy Birgel als Mephis-
to, die sie damals mit Marlene besucht hatte. Als sie dann aber
daran dachte, wie der Abend damals mit Alfreds Angriff auf
Marlene im Hauseingang der Jungbuschstraße zu Ende gegangen
war, wurde sie ernst. Männer! – Nein, sie wollte sich die gute
Laune nicht verderben lassen. Sie war noch immer im Theater-
himmel. Das hätte sie sich nie im Leben träumen lassen, dass man
ihr eine Karte für die Eröffnungspremiere der neuen Spielzeit
1943/44 schenken würde. Es war eine traumhafte Inszenierung
gewesen. Sie hatte zwar Carl Maria von Webers „Freischütz"
schon einmal vor vielen Jahren gesehen, aber die Aufführung
damals war lange nicht so beeindruckend gewesen. An der Schil-
lerstatue blieb sie stehen und wartete auf Agathe und ihre Schwester Katharina.

„Agathe, du bist wirklich zu beneiden. Ich hätte auch gerne
eine Schwester, die Garderobiere im Nationaltheater ist und hin
und wieder Freikarten bekommt." Amelie lächelte. „Also noch
einmal ganz herzlichen Dank für den wunderbaren Abend, Katharina."

„Ganz meinerseits. Ich fand es wirklich schön, dass Sie mitge-
kommen sind", erwiderte Katharina, „das müssen wir unbedingt

wiederholen. Wenn ich wieder Karten bekomme, sagt Ihnen meine Schwester Bescheid."

„Ich würde mich sehr freuen. Hoffentlich werden wir dann nicht wieder von einem falschen Bombenalarm gestört", erwiderte Amelie.

„Gott sei Dank war es nur ein falscher Alarm, ich bin zunächst ganz schön erschrocken", meinte Agathe. „Mir reichen noch die Angriffe vom April und von letztem August."

Die drei Frauen verabschiedeten sich am Marktplatz, und während die beiden Schwestern in Richtung J-Quadrate, wo Agathe wohnte, entschwanden, ging Amelie die verlängerte Jungbuschstraße entlang. Auf der Höhe von G6 musste sie unwillkürlich dorthin schauen, wo einst das Apollo-Theater gestanden hatte, und sie dachte an den Abend, an dem Paul Linckes „Frau Luna" aufgeführt worden war und sie mit Carlo im Takt auf „Das macht die Berliner Luft" die verlängerte Jungbuschstraße entlangmarschiert war.

„Lang, lang ist's her", murmelte sie vor sich hin und es wurde ihr schwer ums Herz. „Jetzt haben wir schon den 5. September. Seit fast einem Dreivierteljahr habe ich Carlo nicht mehr gesehen. Seit neun langen Monaten! Es kommt mir wie eine Ewigkeit vor. Wie soll das bloß weitergehen? Vielleicht hat er mich ja schon vergessen? – Bloß gut, dass ich Helena habe."

Hätte Amelie gewusst, mit welchen Gedanken sich ihre Tochter schon seit dem Nachmittag beschäftigte, wäre ihr Weltbild wahrscheinlich noch mehr aus dem Gleichgewicht gekommen.

Gino hatte am Nachmittag um Helenas Hand angehalten. Der Heiratsantrag hatte das junge Mädchen wie ein Schlag getroffen, denn sie hatte nicht im Traum damit gerechnet. Sie hatte Gino fassungslos angeblickt und sich stumm aus seiner Umarmung gelöst.

„Aber was iste mit dir? Warum du weggehe von mir? Du misch nix liebe?" Gino wusste nicht, wie er dieses Verhalten deuten sollte.

„Doch, ich liebe dich, Gino, mehr als ich es mit Worten ausdrücken kann, aber wir kennen uns doch kaum!"

„Dasse nixe mache. Meine Herze fühle, ische disch kenne schon ganze Lebe."

„Es geht mir doch genauso", versicherte ihm Helena, „ich wünsche mir nichts sehnlicher, als immer mit dir zusammen zu sein und deine Frau zu werden."

„Dann du müsse komme mit mir nach Italia. Dort viele schöner als Deutschland." Er nahm sie in den Arm. „Wir in Italia viel gut lebe und viel glückliche seien. Hier nixe gut."

„Aber ich kann doch nicht Hals über Kopf von hier weggehen, alles liegen und stehen lassen und vor allem, ich kann doch meine Mutter nicht allein lassen. Und was wird mein Vater erst dazu sagen?" Helena schüttelte den Kopf.

„Du nix viel Sorge mache. Deine Mama und Papa verstehe. Auch wolle, das Tochter bessere Lebe habe. Und wenne Krieg vorbei, wir deine Papa und Mama besuche in Deutschland. Gino wie Sohn für deine Papa und Mama. Du mich glaube!"

„Meinst du wirklich?"

„Ische ganze sicher. Ische disch mache glücklich. Ische verspreche." Er nahm sie erneut in die Arme und küsste sie.

Helena aber zögerte noch immer: „Können wir denn nicht noch ein bisschen warten? Das geht alles so schnell."

Gino wurde ernst. „Ische nixe mehr könne warte, Helena. Ische nur wege dir noch ine Deutschland. Sonste ische schone weg. Wenn bleibe, ische nix freie Mann. Musse ganz schnelle nach Italia. Wenn Badoglio nix mehr Presidente, dann ische wieder Gefangene. Das nix ertrage."

Helena hatte Tränen in den Augen. Wie sehr musste Gino sie lieben, wenn er seine Freiheit aufs Spiel gesetzt hatte und nur wegen ihr noch geblieben war! Aber konnte sie denn einfach so mit ihm ziehen? Alle Menschen, die ihr etwas bedeuteten, zurücklassen? Auf der anderen Seite war ihre Mutter ja damals auch von Berlin aus aufgebrochen und auch die Schwestern von Mama hatten anderswo ein neues Leben begonnen. Oder Tante Marlene – auch sie war mit Onkel Alfred an Bord gegangen. Sie war zwar mit ihm nicht glücklich geworden – aber bei ihr selbst und Gino war das ja sowieso etwas ganz anderes. Vielleicht würde es

Mama ja sogar verstehen? Und Papa? – Er würde sie niemals gehen lassen. Aber Papa war weit weg und keiner wusste, wann er wieder heimkommen würde. Wenn sie jetzt mit Gino in Italien ein neues Leben beginnen würde, wäre das ja auch kein Abschied für immer. Der Krieg würde irgendwann zu Ende sein und dann würden sie zusammen ihre Eltern besuchen und ihnen viele schöne Dinge aus Italien mitbringen. Vielleicht würden ihre Eltern ja auch eines Tages mit nach Italien kommen? Hier in Deutschland war doch sowieso alles so trostlos und so kalt. Und der raue Ton, der hier herrschte, würde sich bestimmt auch nicht so schnell ändern ... und, und, und.

„Italia dir sicher gefalle. Komm, Helena, sage ja, dass du willste werden meine Frau", unterbrach Gino ihre Gedanken. Wieder zog er sie an sich und küsste sie leidenschaftlich.

„Ja, aber wie soll ich denn dort hinkommen? Wie hast du dir das vorgestellt?" Helena wusste, dass es schon seit Jahren schwierig war, aus Deutschland auszureisen, und noch schwieriger war es, über die Grenze zu flüchten.

„Mache disch nixe Sorge. Ische alles geplant. Du nehme Uniforme von Freund und wir dische nehme zwische uns. Dann Soldat denke du eine von uns und nixe sehe, dass du Frau. Capito?"

„Aber das klappt doch im Leben nicht!" Helena hatte Zweifel an dieser Aktion. Ihr kam das alles sehr abenteuerlich vor.

„Andere Fräulein, Fraue von amico, bekomme Kind, wir auch rausbringe aus Deutschland. Nix passiere. Nix Angst habe, Helena. No problema. Ische alles vorbereite. Aber musse schnelle gehe. Heute Nachte hier eine Uhre du komme und dann wir abhaue. Große Auto hinter Schleuse warte, mia bella ragazza!"

Helena wollte etwas erwidern, aber er verschloss ihr erneut den Mund mit Küssen und sie ließ es gerne zu. Noch nie in ihrem Leben hatte sie sich so beschützt und aufgehoben gefühlt wie in Ginos Armen.

Als Amelie gegen neun vom Theater nach Hause kam, lag Helena bereits auf dem Sofa im Wohnzimmer. „Schläfst du schon?", flüsterte Amelie. Keine Antwort. „Gute Nacht, mein Kind", sagte sie liebevoll und schloss leise die Tür hinter sich.

„Merkwürdig, normalerweise legt Helena sich doch nie so früh hin. – Na, ja", dachte sie, „Mädchen in diesem Alter sind eben so. Ich war ja auch nicht viel anders. Vielleicht ist sie ja verliebt?" Amelie musste schmunzeln: „Die erste Liebe! Schade, dass man dieses Gefühl nicht festhalten kann."

In Wirklichkeit war Helena hellwach und lag in voller Montur unter der Decke. Ihren kleinen, selbstgenähten Stoffrucksack hatte sie hinter dem Sofa versteckt. Anscheinend hatte Amelie nichts bemerkt. Helena war schon vor zwei Stunden nach Hause gekommen und hatte ein paar Habseligkeiten zusammengepackt und ihrer Mutter einen Brief geschrieben, den sie auf dem Wohnzimmertisch zurücklassen würde.

Mama, ich muss meinem Herzen folgen. Gino ist ein wunderbarer Mann. Wir haben uns so lieb! Gräme Dich nicht. Er wird gut für mich sorgen. Und wenn der Krieg vorbei ist, werden wir gleich nach Deutschland kommen, aber ich versuche mich schon vorher bei Dir zu melden. Sei mir bitte nicht böse und grüße Papa von mir. Ich liebe Euch beide sehr.
Eure Tochter Helena

Als sie nun allein im Dunkeln lag, stiegen wieder Zweifel in ihr hoch. Mama hatte gesagt: „Gute Nacht, mein Kind!" – Auch wenn Helena oft betrübt war, dass ihre Mutter ihr nicht die Zärtlichkeit zuteil werden ließ, die sie sich gewünscht hätte, so hatte in diesen wenigen Worten doch unendlich viel Liebe gesteckt. Helena dachte an den Nachmittag, als sie hatte sterben wollen und sie in den Armen ihrer Mutter am Boden gelegen hatte. Mama hatte letztendlich immer zu ihr gehalten. Insbesondere seit der Krieg ausgebrochen war, hatten sie viele schwere Stunden gemeinsam durchgestanden. Und jetzt, wo Papa so weit weg war, würde auch sie noch Mama im Stich lassen.

Helena blickte auf die Uhr. Halb zehn. In zwei Stunden würde der kleine Wecker unter ihrem Kopfkissen klingeln. Ihre Mutter würde dann tief schlafen und so würde sie sich leise hinausschleichen können, um zur Schleuse auf der Friesenheimer Insel zu laufen, wo Gino bereits auf sie warten würde. – Aber konnte sie das Mama wirklich antun? Einfach so heimlich verschwinden? Sollte sie doch hier bleiben? – Sie liebte Gino doch so sehr – aber Mama und Papa liebte sie auch ... Über all diesen Gedanken schlief sie ein.

Ein ohrenbetäubender Lärm ließ sie hochschrecken. Sie schaute auf ihren Wecker. 23.22 Uhr. Bevor sie richtig zu sich kam, stand schon Amelie im Nachthemd in der Tür.

„Helena, Helena, steh auf! Die Engländer sind im Anflug. Wir müssen machen, dass wir in den Bunker kommen!"

Nun erst vernahm Helena die Sirenen, deren Heulton erst eine Vorwarnung war. Amelie hatte sich in aller Schnelle angezogen. Sie nahm den Vogelkäfig und stellte ihn in den Kleiderschrank, hängte schnell ein Tuch darüber und ließ die Tür einen Spalt auf. Im Gegensatz zum Luftschutzkeller war es im Bunker untersagt, Tiere mitzubringen. Amelie öffnete in allen Räumen die Fenster, um im Falle einer Druckwelle zu verhindern, dass die Scheiben schon wieder zerbarsten.

Helena lief währenddessen ins Schlafzimmer und zog die beiden Koffer vom Kleiderschrank. Amelie wunderte sich, wie schnell sich ihre Tochter angezogen hatte. Aber sie dachte nicht weiter darüber nach. Wenige Minuten später rannten sie zusammen mit Hunderten von anderen den Luisenring entlang in Richtung Hochbunker in der Neckarvorlandstraße. Helena hatte beide Koffer genommen, damit ihre Mutter schneller laufen konnte, während Amelie sich die „Bunkertasche" auf den Rücken geschnallt hatte, in der sich neben zwei Gasmasken auch noch zwei aufklappbare „Bunkerstühlchen" befanden. Nicht selten kam es nämlich vor, dass man in dem über fünftausend Menschen fassenden Bunker keinen Sitzplatz mehr fand.

Mittlerweile heulten die Sirenen in ab- und aufschwellendem Ton. In dieses Getöse mischte sich das hysterische Schreien von Menschen, das Weinen von Kindern sowie das Gebrülle der Luftschutzpolizisten, die versuchten, die Menschen hierhin oder dorthin zu dirigieren. Immer wieder stürzte jemand zu Boden; ein älterer Mann kam ins Straucheln, seine Brille rutschte ihm von der Nase und fiel herunter. Ehe er danach greifen konnte, war schon eine Frau darauf getreten und sie war in unzählige kleine Splitter zerborsten.

Kurz darauf wurde der dunkle Nachthimmel durch die ersten „Christbäume" erhellt. Die Leuchtraketen an ihren kleinen Fallschirmchen standen bereits über ihnen und schon war das bedrohliche Dröhnen des immer näher kommenden Bombengeschwaders zu hören. Aus der Ferne vernahm man bereits das dumpfe Grollen der Flakabwehr.

„Mama, jetzt haben wir's gleich geschafft", rief Helena aufgeregt ihrer Mutter zu, die keuchend hinter ihrer Tochter herrannte, denn auf der Höhe von K5 tauchte endlich der turmartige graue Stahlbetonbau auf. Der quadratische Hochbunker mit seinen zwei Meter dicken Wänden ragte dreißig Meter in die Höhe. Auf seinem flachen Dach war, eingerahmt von einem mit Wasserspeiern verzierten Mauerkranz, eine Flakstation errichtet worden.

„Oh Gott, die sind ja noch alle draußen!", rief Amelie erschrocken aus, als sie die Menschenansammlung vor dem Eingang erblickte, die mit Drücken und Schieben versuchte, möglichst schnell ins Innere zu gelangen. Die Schlange wurde indessen länger und länger, denn noch immer strömten unzählige Menschen aus der Filsbach über den Luisenring in Richtung Bunker. Als in einiger Entfernung die ersten Bomben fielen, schrieen einige panisch auf. Mittlerweile fielen schon die ersten Leuchtraketen an ihren Fallschirmchen zu Boden. Eine landete in einem Kinderwagen, der sofort in Flammen stand. Nur dem beherzten Eingreifen eines Mannes war es zu verdanken, dass das darin befindliche kleine Mädchen keine schweren Brandverletzungen davontrug. Eine andere Leuchtrakete traf jedoch eine alte Frau so unglücklich am Kopf, dass sie leblos zu Boden sackte.

Mittlerweile waren Amelie und Helena von allen Seiten eingekeilt und nur noch wenige Meter vom Eingang entfernt. Die Menschenmenge schob sich nur langsam weiter in Richtung Eingang. Da jeder zuerst durch die Tür wollte und alle sperriges Gepäck dabei hatten, behinderten sie sich gegenseitig. Bei jedem Bombeneinschlag zogen sie ihre Köpfe ein. Helena schloss noch zusätzlich die Augen und hielt die Luft an, so wie sie es als kleines Mädchen getan hatte, wenn sie sich gefürchtet hatte.

Die Motorengeräusche der Bomber kamen immer näher. Das Schießen der Flak nahm zu, das Pfeifen der sechseckigen Stabbrandbomben versetzte sie in Angst und Schrecken. Plötzlich vernahmen sie ein ihnen bekanntes Zischen: eine Luftmine war ganz in ihrer Nähe. Sie erstarrten für einen Sekundenbruchteil, dann warfen sich Amelie, Helena und alle Umstehenden zu Boden. Sie öffneten ihren Mund, so weit sie konnten. Bei den Luftschutzübungen hatten sie gelernt, dass sie, für den Fall, dass die Mine in ihrer Nähe einschlagen würde, nur so das Platzen der Lunge verhindern konnten. Weit entfernt tat es einen markerschütternden Schlag. Sie atmeten auf. Sie hatten Glück gehabt.

Amelie und Helena standen auf und kurz darauf waren sie in der Schleuse und passierten die Sicherheitstür. Da sie kein Parteibuch vorweisen konnten, schickte sie der Luftschutzpolizist in einen der großen Räume im dritten Stock.

In allen 52 Bunkern, die der linientreue Oberbürgermeister Renninger zur vorbildlichen Erfüllung des Führerbefehls ab 1940 in Mannheim hatte errichten lassen, gab es kleine Zellen mit zwei bis vier Betten für Parteimitglieder. Die großen Räume, in die man alle anderen schickte, waren nur mit einigen dreistöckigen Liegen ausgestattet, die jedoch lange nicht für alle reichten. Wer spät kam, musste sehen, wo er einen Platz fand. Nachdem Amelie bei dem Angriff im August mehrere Stunden auf dem kalten Betonboden gesessen hatte, hatte sie sich gleich danach zwei Bunkerstühlchen besorgt.

Sie gingen den Gang entlang, vorbei an der kleinen Küche, in der man sich sein Essen aufwärmen konnte, und an den Notaborten, in denen große Kisten mit Chlorkalk zur Desinfektion aufgestellt waren. Auf der Suche nach dem richtigen Raum öffnete Amelie versehentlich die Tür zu einer Zelle für Parteimitglieder. Sie war erstaunt, als sie darin Marie, Valentin, Betty und Annerose sitzen sah. Während Betty und Annerose gleich aufsprangen und Amelie und Helena hereinholen wollten, wehrte Marie sofort ab.

155

„Hier könnt ihr aber nicht bleiben, die Betten reichen gerade mal für uns!" Dann erklärte Marie ihrer Schwägerin, dass sie einen ständigen Schlafplatz hier im Bunker hätten und schon bei dem Alarm um sechs Uhr hierher gekommen wären. „Eine Bekannte, die mit mir bei der NS-Frauenschaft war, hat sich für mich bei der Partei eingesetzt. Ja, in schweren Zeiten muss man eben die richtigen Freunde haben, die zu einem halten." Marie lächelte selbstgerecht.

Amelie wurde es beinahe übel. Sie verabschiedete sich schnell und ging. „Die ist so dumm, dass sie brummt", meinte sie zu Helena, „aber wenn es um ihren Vorteil geht, da hat sie die Nase immer ganz vorne."

Schließlich fanden die beiden den Raum, den man ihnen zugeteilt hatte. Gerade als sie ihn betreten wollten, wurde das Gebäude von einem heftigen Schlag erschüttert. Ein Aufschrei des Entsetzens war zu hören. Der Kalk rieselte von den Wänden, die Glühbirnen begannen zu flackern, der ganze Bunker wankte. Der Raum war überfüllt. Aber plötzlich sahen sie, wie ihnen jemand zuwinkte. Es waren Agathe und ihre Schwester Katharina. Sie hatten sich in einer Ecke auf dem Fußboden niedergelassen.

„So schnell sieht man sich wieder!", meinte Katharina und Agathe fügte hinzu: „Ja, das hätten wir uns auch nicht träumen lassen, dass unser wunderbarer Theaterabend so enden würde!"

Amelie und Helena klappten ihre Bunkerstühlchen auf, und während Amelie und die beiden Schwestern ein Gespräch über die Aufführung begannen, um sich ein wenig abzulenken, lehnte sich Helena mit dem Rücken gegen die Bunkerwand und schloss die Augen.

Die letzte Stunde über war sie so damit beschäftigt gewesen, sich in Sicherheit zu bringen, dass ihr keine Sekunde zum Nachdenken geblieben war. Sie spürte in ihrem Rücken das Vibrieren der Bunkerwand. Der Beton leitete die Erschütterungen der Bombeneinschläge weiter. Obwohl es draußen tobte wie nie zuvor, war die Atmosphäre im Bunker wesentlich entspannter als im Luftschutzkeller. Denn trotz allem fühlten sich die Menschen hier viel sicherer. Die massive Bauweise würde sie schützen und die Flakabwehr auf dem Dach würde sie verteidigen, auch wenn dort hauptsächlich unerfahrene Gymnasiasten und Mittelschüler eingesetzt waren. Man hatte die meist 16- bis 17-Jährigen nicht lange überreden müssen. Großgeworden im Geiste der Hitlerjugend, wo ihnen schon früh Werte wie Vaterlandstreue und Heldenmut eingetrichtert worden waren, hatten sie sich meist freiwillig und mit glühendem Eifer für die Aufgabe als Flakhelfer beworben.

Einer dieser jungen Männer, die sich in diesem Augenblick auf dem Dach befanden, war Adolf, der Sohn von Marlene und Alfred. Er war mit Abstand der Jüngste von allen. Er hatte mit Beendigung der Volksschule das Schifferkinderheim verlassen müssen. Zunächst wurde er zum Reichsarbeitsdienst eingezogen, wo man ihm eine Flakausbildung angedeihen ließ. Eigentlich hätte er aufgrund seines Alters noch gar nicht als Flakhelfer eingesetzt werden dürfen, aber wer kümmerte sich schon um den jungen Mann. Seine Mutter war tot, sein Vater irgendwo mit dem Schiff unterwegs, zu seiner Schwester hatte er nur wenig Kontakt und die restlichen Familienmitglieder hatte er auch schon seit Jahren nicht mehr gesehen. Manche kannte er nicht einmal. Und so hatte er kurz zuvor zusammen mit seinen Kameraden in der Flakkaserne folgendes Gelöbnis abgelegt:

Ich verspreche, als Luftwaffenhelfer allzeit meine Pflicht zu tun. Treu und gehorsam, tapfer und einsatzbereit, wie es sich für einen Hitlerjungen geziemt.

Helena blickte auf ihre Armbanduhr. Es war zwanzig Minuten nach Mitternacht. Bei dem Gedanken, dass Gino jetzt auf der Friesenheimer Insel auf sie wartete, stiegen ihr Tränen in die Augen. „Ich muss mich beherrschen," dachte sie, „sonst merkt Mama doch noch was." Aber vielleicht war Gino auch, nachdem der Bombenalarm losgegangen war, in der K5-Schule geblieben? – Ja, ganz bestimmt war es so. Dann war er jetzt ganz in ihrer Nähe. „Lieber Gott, lass bitte Gino nichts passieren und lass keine Bombe auf die K5-Schule fallen."

Helenas Gebet wurde erhört, wenn auch nur zum Teil. Da es Zwangsarbeitern, Kriegsgefangenen und den wenigen Juden, die sich 1943 im Deutschen Reich noch frei bewegen konnten, nicht erlaubt war, in die Luftschutzkeller oder auch in die Bunker zu gehen, mussten sie die Angriffe in den Häusern, ihren Unterkünften oder im Freien durchstehen.

Nachdem die Sirenen gegen Mitternacht ertönt waren, hatten sich die Wachen in der K5-Schule in Sicherheit gebracht. Zuvor hatten sie die Gefangenen im Keller und in der Turnhalle eingeschlossen. Jean war es jedoch gelungen, sich in einem Klassenzimmer zu verstecken. Als sich alle entfernt hatten, war er in das letzte Stockwerk gelaufen und hatte das Fenster geöffnet. Dort hatte er ein weißes Bettlaken hinausgehalten und immer damit gewedelt, wenn sich ein tieffliegender Bomber genähert hatte.

Vielleicht hatten die Piloten ja sein Zeichen verstanden, vielleicht hatten sie ja gewusst, wo die Zwangsarbeiter untergebracht waren und bereits im Vorfeld beschlossen, diese Gebäude nicht zu bombardieren. Vielleicht war es aber auch reiner Zufall, großes Glück oder die Kraft von Helenas Gebet gewesen, die dazu beitrugen, dass die K5-Schule in dieser Nacht verschont blieb.

Um 2.16 Uhr ertönten die Sirenen. Entwarnung. Langsam rührten sich alle, so als würden sie aus einem tiefen Schlaf erwachen. Der Alptraum war vorbei und sie hatten ihn überlebt. In die erstarrten Gesichter kam wieder Leben, manche lächelten, andere weinten leise, wieder andere umarmten sich stumm. Die Frage, die jedoch alle in ihrem Innern bewegte, war: Steht unser Haus noch oder haben wir alles verloren?

Langsam, beinahe automatisch, bewegte sich eine fast stumme Menschenmasse die Treppe des Hochbunkers hinunter und strömte dem Ausgang entgegen. An der Tür standen Luftschutzpolizisten. Sie reichten ihnen nasse Decken und sagten, sie sollten sich darin einhüllen. Ungläubig schauten sie einander an.

Als sie ins Freie traten, verstanden sie den Grund: Ganz Mannheim brannte!

Das Bild, das sich ihnen bot, erinnerte – sofern man es überhaupt mit etwas vergleichen konnte – an infernalische Szenen von Hieronymus Bosch. Der Himmel war blutrot. Die Fassaden, sofern sie nicht eingestürzt waren, hoben sich davor wie bizarre

Schattenrisse ab. Die ganze Innenstadt stand in Flammen. Mannheim glich einer Geisterstadt.

Plötzlich sahen sie einen schreienden Mann hinunter zum Neckar laufen. Er war in einen Funkenflug geraten und in Blitzeseile hatte seine Kleidung Feuer gefangen. Er brannte lichterloh. Nur der Sprung in den Fluss rettete sein Leben.

Wie in Trance setzten Amelie und Helena einen Fuß vor den anderen. Funken, Dreck, Asche und verbrannte Fetzen flogen durch die Luft. Ein heißer Wind wehte ihnen ins Gesicht, überall rauchte, schmauchte und rußte es. Ihre Augen brannten und begannen zu tränen. Der beißende Qualm kratzte im Hals und machte es ihnen unmöglich durchzuatmen.

Es wäre ein aussichtloses Unterfangen gewesen, sich in die Quadrate zu begeben. Der Feuersturm, der dort wütete, machte ein Vorankommen unmöglich. Nicht einmal den Feuerwehrleuten, die vergeblich versucht hatten, Wasser aus dem Neckar zu pumpen, war es gelungen, in die Filsbach vorzudringen.

Als sie auf den Luisenring zugingen, blieb Helena einen Moment stehen und blickte hinüber zur K5-Schule. Als sie sah, dass das Gebäude fast unversehrt war, fiel ihr ein Stein vom Herzen. Wie gerne wäre sie hinübergelaufen, um sich Gewissheit zu verschaffen, um Gino zu sehen und wenn es nur für ein paar Sekunden wäre.

„Helena, komm schon, du kannst hier nicht stehen bleiben! Das ist gefährlich!" Amelie schob ihre Tochter vor sich her. „Wir müssen weiter! Hier sieht es aus wie in Sodom und Gomorrha! Es ist ja fast kein Stein mehr auf dem anderen."

Amelie war fassungslos, während sie weiter an den zerbomten Häusern vorbeigingen, in denen ein paar Stunden zuvor noch Menschen gelebt hatten. Der Weg nach Hause war nicht ungefährlich, denn immer wieder stürzten ganze Fassadenteile, Trümmer oder Fensterscheiben herab oder es flogen ihnen Fetzen brennender Vorhänge entgegen. Sie gingen den Luisenring entlang und mussten genau aufpassen, wo sie hintraten.

Aber nicht nur von oben drohte Gefahr, denn an vielen Stellen war der Straßenbelag aufgebrochen und überall waren riesige

Bombentrichter zu sehen. So war nur ein mühsames Vorankommen möglich. Schon von der Liebfrauenkirche aus sahen sie, dass auf der anderen Seite des Rings in G7 der Dachstuhl des Eckhauses lichterloh brannte.

„Hoffentlich ist den Güths nichts passiert", meinte Amelie bekümmert. Sie kannte die Leute gut, denn sie kaufte immer mal wieder das ein oder andere in dem im Erdgeschoss befindlichen Lebensmittelladen ein.

Als sie an der Ecke Jungbuschstraße/Luisenring ankamen, zogen gerade zwei Feuerwehrmänner drei Leichen aus dem Eckhaus. Sie waren bis zur Unkenntlichkeit verkohlt. Das Haus war von einer Phosphorbombe getroffen worden und eingestürzt. Noch immer glommen kleine Flammen zwischen den Grundmauern auf.

Fast gelähmt vor Entsetzen taumelten sie in ihre grauen, staubigen Decken eingehüllt die Jungbuschstraße entlang. Über dem Verbindungskanal stiegen dicke Rauchschwaden auf und manchmal erhellten hochgeschleuderte feurige Funken den Nachthimmel. Das Rauschen zahlloser Wasserpumpen war zu hören. Ein Mann, der ihnen entgegenrannte, rief: „Die Holzhandlung Luschka & Wagemann brennt bis auf die Grundmauern ab! Da ist nichts mehr zu machen."

Amelie und Helena bogen in ihre Straße ein und plötzlich begannen sie zu laufen. In der Mitte blieben sie atemlos stehen. Mutter und Tochter schauten hinüber zu ihrem Haus. Dann nahmen sie sich in den Arm und begannen hemmungslos zu weinen. In diesem Augenblick fiel die ganze Anspannung der letzten drei Stunden von ihnen ab. Die Tränen, die ihnen über ihre rußverklebten Gesichter liefen, waren Tränen der Erleichterung, denn das Haus Beilstraße 22 stand noch. Bis auf ein paar kleinere Einschläge und die Tatsache, dass wieder keine einzige Fensterscheibe heil geblieben war, hatte ihr Zuhause den verheerenden Bombenangriff gut überstanden.

12

Am folgenden Tag war in der gemeinsamen Katastrophenausgabe der Neuen Mannheimer Zeitung und des Hakenkreuzbanners zu lesen:

Wieder einmal ist unsere Vaterstadt schwer getroffen worden. Die feindlichen Bomber haben ihre tödliche Last wahl- und gnadenlos ausgeschüttet. Eine schwere Nacht liegt hinter uns, schwere Tage liegen noch vor uns. Es hat zahlreiche Verwundete und Tote gegeben. Der Kern unserer schönen Stadt am Neckar und am Rhein ist von den blindwütigen Luftterroristen zerbombt und ausgebrannt worden. Mannheim hat in der vergangenen Nacht von vielen seiner kulturellen Bauwerke Abschied nehmen müssen. So wurde der massive Pfeiler des Wasserturms vom feindlichen Bombenwurf erreicht. Die mächtige Kuppel der Jesuitenkirche ist den frevlerischen Zerstörern nicht minder zum Opfer gefallen, wie das von den hassvollen Bomben schon früher heimgesuchte Schloss, das nun erneut den blindwütigen Terror an seinem steinernen Riesenleib zu spüren bekam. Der Zerstörungswahn der anglo-amerikanischen Kulturschänder machte auch nicht vor den Barockbauten der Trinitatis- und Konkordienkirche halt. Brand und Bomben haben jedoch in dieser Nacht auch eine andere ehrwürdige Kulturstätte zerstört, die im Namen Schillers zur Bühne nationaler und deutscher Geistigkeit wurde: Das Mannheimer Nationaltheater. Es liegt unter Schutt und Asche begraben.

Amelie schrie auf: „Nein, nicht auch noch das Theater! Nicht die Schillerbühne!" Der Gedanke, dass eine ihrer Lieblingsstätten

161

unwiederbringlich zerstört worden war, machte sie fassungslos. Tränen stiegen ihr in die Augen. Trotzdem las sie weiter:

Mit jeder Nacht muss unser Hass, aber auch unser Wille wachsen, alles an die Vergeltung zu setzen. Der Führer hat lange nicht mehr gesprochen. Einmal wird er sprechen! Dann aber sage niemand mehr: Gott gnade England!

„Das glaubt ihr doch wohl selber nicht. Das wird doch alles eher viel schlimmer. Das dicke Ende wird schon noch kommen, aber nicht für die Engländer, sondern für uns." Amelie knüllte die Zeitung zusammen und warf sie in den Mülleimer. „Die ist auch ihr Papier nicht wert."

Sie schaute auf die Uhr. Es war schon halb neun. Helena schien noch immer zu schlafen, denn sie hatte sie bis jetzt weder gesehen noch gehört.

Ihre Tochter war jedoch schon seit geraumer Zeit wach. Sie hatte in aller Frühe ihren Rucksack wieder ausgepackt und den Brief, den sie ihrer Mutter hatte zurücklassen wollen, zerrissen und im Klo hinuntergespült. Dann hatte sie sich wieder aufs Sofa gelegt. Aber sie konnte nicht mehr schlafen, denn ihre Gedanken kreisten nur um Gino. Sie würde am Vormittag zur K5-Schule gehen und versuchen, mit ihm zu sprechen. Der nächtliche Bombenangriff hatte ihre gemeinsamen Pläne zunächst einmal zunichte gemacht. Aber irgendwie würde es schon weitergehen.

Viele Menschen hatten nach den Erfahrungen der letzten Monate eine fatalistische Lebenseinstellung bekommen. Man konnte nichts planen, denn es kam ja sowieso anders. Diese Haltung spiegelte sich auch in der Art, wie sich Amelie an diesem Morgen bei Helena verabschiedete. Sie streckte ihren Kopf ins Wohnzimmer und meinte: „Ich gehe dann mal los, Helena. Ich werde versuchen, irgendwie zur Felina zu kommen, wenn es die überhaupt noch gibt."

Sobald Amelie das Haus verlassen hatte, eilte Helena zur K5-Schule.

Sie ging um das ganze Quadrat herum. Aber keine Menschenseele war zu sehen. Nach einer Weile verließ eine Frau das Gebäude. Helena fragte sie, ob sie denn nicht wisse, wo die ganzen Arbeiter aus Italien und Frankreich seien. Die Frau sah sie skeptisch an und so fügte Helena schnell hinzu, dass sie es nur wissen wolle, weil die Männer nicht zur Arbeit in der Werkstatt ihres Vaters erschienen seien. Die Frau nahm ihr die Notlüge augenscheinlich ab und erklärte, dass man alle Zwangsarbeiter zum Beseitigen der Trümmer in der Innenstadt, hauptsächlich jedoch hier in der Filsbach, eingesetzt habe. Helena überlegte kurz, was sie tun sollte und beschloss schließlich, Gino hier im Stadtviertel zu suchen.

Überall herrschte noch immer blankes Chaos. Die ganze Nacht über hatten Dachstühle in Flammen gestanden, waren ganze Stockwerke in sich zusammengefallen und Häuser bis auf die Grundmauern niedergebrannt. Aus fast allen Trümmern stiegen noch immer Rauchschwaden hoch. Und immer wieder flackerten neue Brände auf.

In der „Schiefen Gass" mit ihren alten Barockhäusern zwischen J5 und H5 war das kleine Eckhaus getroffen worden und hatte eine junge Frau verschüttet. Gerade als Helena daran vorbeikam, zogen einige Zwangsarbeiter sie heraus.

Viele andere Gebäude waren einsturzgefährdet und darüber hinaus hatte die Luftschutzpolizei einige Straßen abgesperrt, in denen sie Blindgänger oder Bomben mit Zeitzündern mutmaßte. In den Morgenstunden war eine solche in G2 hochgegangen und hatte eine Mutter mit ihren beiden Kindern in den Tod gerissen.

An allen Ecken und Enden sah man Menschen durch die Straßen irren, die alles verloren hatten. Viele waren verstört und orientierungslos. Manche hatten Holzschuhe an, mit denen sie auf den kochend heißen Trümmerresten balancierten und versuchten, einige ihrer Möbel aus den Ruinen zu bergen.

Die Trinitatiskirche in G4 war ein einziger Geröllhaufen. Noch immer glomm das hölzerne Chorgestühl und der eingestürzte Glockenstuhl ragte aus den Überresten der Barockkirche. Auch hier arbeiteten viele Männer, aber Gino war nicht unter ihnen.

Gegenüber in F5 standen seit mehr als zehn Stunden nicht nur vereinzelte Gebäude, sondern das gesamte Quadrat in Flammen.

Helena lenkte ihre Schritte in Richtung Marktplatz. Die Gebäude waren hier noch weitgehend unversehrt, nur das Haus, in dem sich die Schneiderei von Frau Heckert befand, hatte etwas abgekriegt. Der Balkon war heruntergebrochen und ein Teil der Fassade eingestürzt. Eine der Singer-Nähmaschinen stand bedrohlich nahe am Abgrund und wackelte bei jedem Windstoß hin und her. Es war nur eine Frage der Zeit, wann sie herunterfallen würde. Die Marktplatzkirche St. Sebastian und das Rathaus in F1 hatten kaum etwas abbekommen. Auch die Mauern, die ein Jahr zuvor um den Brunnen herum errichtet worden waren, hatten dem Angriff standgehalten. Mit dem metallbewehrten Spitzdach darüber, an dem die Bomben abgleiten sollten, sah er aus wie ein trutziger kleiner Turm.

Auf dem Marktplatz hatte die NS-Volkswohlfahrt eine Feldküche für alle, die ausgebombt waren, aufgeschlagen. Daneben verteilten Wehrmachtsangehörige Kathreiner und Kommissbrot an Bedürftige.

Als sie die Breite Straße in Richtung Paradeplatz entlangging, erschrak sie. Schon von weitem konnte sie erkennen, dass das ehemals jüdische Kaufhaus Schmoller, das seit Anfang des Jahres „Vollmer" hieß, getroffen und schwer beschädigt worden war. Aber viel schlimmer war, dass das Alte Kaufhaus mit seinen Arkaden und den vielen schönen Ladengeschäften völlig zerstört war. Nur der ausgebrannte Turm in der Mitte, an dem noch die Rokokofassade erkennbar war, ragte in den Himmel.

Helena bog in die Rheinstraße ein. Aus der Börse in E4 drang ein penetranter Gestank, ein Gemisch aus abgestandenem Urin und Kot. Zahlreiche Menschen, die es in der Nacht nicht mehr bis zum Paradeplatzbunker geschafft hatten, waren in den total überfüllten Luftschutzkeller geflüchtet, in dessen Toiletten während des Angriffs das Wasser ausgefallen war.

Helena hielt sich die Hand vor Mund und Nase und lief schnell vorbei. Kurz darauf stand sie in E6 vor dem Katholischen Bürgerhospital. Das Gebäude und auch die danebenstehende

Kirche waren völlig ausgebrannt. Zahlreiche Zwangsarbeiter standen in den Trümmern. Wieder suchten ihre Augen alles ab. Aber Gino war nicht unter ihnen. Langsam verlor sie den Mut. Sie war nun fast die ganze Filsbach abgelaufen.

Gerade als sie sich umdrehen wollte, stieg plötzlich ein Mann aus einem Geröllhaufen heraus. Sie stutzte einen Moment, dann lief sie hinüber und rief seinen Namen. Er drehte sich um und kam auf sie zu.

„'elena, was du machen 'ier?" Jean schaute sie fragend an.

„Jean, ich suche Gino, weißt du, wo er ist?"

„Aber isch denke, du mit Gino nach Italia?"

„Nein, du siehst doch, dass ich hier bin. Aber wo ist Gino?"

„Gino nix 'ier. Gestern Abend schon gehe in deine Garten auf Friesen'eimer Insel. Und nachts dann komme zu Schleuse zu treffe mit dir."

„Aber wo ist er denn jetzt? Ist er nicht zurückgekommen?", fragte sie Jean verzweifelt.

„Nein, Gino nix mer da. Muss schnell weg, zurück nach Italia ..." Jean wollte noch mehr sagen, aber da kam schon einer der Bewacher herüber, schnauzte ihn an und meinte zu Helena: „Mach, dass du weiterkommst! Du würdest dich besser nützlich machen, als die Männer hier von der Arbeit abzuhalten. Du weißt wohl nicht, dass der Umgang mit Zwangsarbeitern verboten ist!"

Ohne zu widersprechen machte sich Helena auf den Heimweg. Sie war so in Gedanken versunken, dass sie nicht mehr viel von dem, was um sie herum passierte, mitbekam. Erst als sie in der Kirchenstraße an einem schwer beschädigten Haus vorbeikam, an dessen Wände die ehemaligen Bewohner Botschaften geschrieben hatten, blieb sie einen Moment lang stehen und las:

„Alles lebt! – Metzger und Schultze bei Werner, Dalbergstr. 2, Post zu Werner – Geier wohnt H7,19 a bei Grönert".

Sie kannte die Leute nicht, aber sie freute sich, wenn sie solche Kreidenachrichten an den Häuserwänden las, denn es bedeutete, dass die Menschen hier überlebt hatten.

Je mehr sie über das, was Jean ihr gesagt hatte, nachdachte, desto klarer wurde ihr, dass sie sofort in den Garten musste. Vielleicht war Gino ja noch dort. Und so setzte sie ihren Weg auf die Friesenheimer Insel fort. Nachdem sie die Hindenburgbrücke überquert hatte, ging sie am Neckarufer entlang. Die Wiese war übersät mit Flugblättern, welche die Engländer abgeworfen hatten. Unten am Wasser hatten eine Gruppe von BDM-Mädchen und einige Hitlerjungen damit begonnen, sie einzusammeln. Sie bückte sich und hob einen Zettel auf.

Deutsche kapituliert, ehe es zu spät ist!
Es ist noch Zeit für einen Waffenstillstand!
Nehmt Euch an Italien ein Beispiel!

Darunter war ein Foto von Hamburg nach dem Vernichtungsangriff vom Juli 1943, unter dem stand:

Oder wollt ihr auch so enden?

Helena erschrak, weniger vor dem Foto als vielmehr über die Information, die das Flugblatt enthielt, nämlich dass der italienische Ministerpräsident Badoglio vor den Alliierten kapituliert hatte. Hitler würde das niemals hinnehmen.

Als sie schließlich die Gartenpforte öffnete, bemerkte sie, dass diese nicht verschlossen war. Sie lief in den hinteren Teil des Gartens und rief leise Ginos Namen. Aber sie bekam keine Antwort. Sie betrat das Gartenhäuschen und sah auf dem grünen Eisentisch einen kleinen Zettel liegen. Mit klopfendem Herz faltete sie ihn auf.

Liebe Helena, amata Helena,
isch warte hier bis eine uhr, aber du nix komme. Isch muss weg,
sonst nix raus aus deutschlande. Isch hoffe, dir gehe gut und dir nix
passiere heute nacht. Isch disch schreibe von Italia und isch bald
komme, disch hole. Ich verspreche. Du nix traurig.
Du biste große liebe von meine lebe, nix vergesse. Ti adoro.
Deine Gino

Helena setzte sich auf das Feldbett, das in der Ecke stand, und las den Zettel immer und immer wieder, während ihr die Tränen herunterliefen. Gino fehlte ihr so sehr. Nie zuvor in ihrem Leben war sie so glücklich gewesen, wie in den wenigen Wochen mit ihm. Und nun war er so weit weg von ihr. Würde sie ihn jemals wiedersehen?

Sie las den Zettel noch einmal. „Er wird zurückkommen und mich holen", sagte sie vor sich hin und wischte sich die Tränen ab, „Gino wird bestimmt Wort halten!"

Trotz des Bombenangriffs war der kleine Lastwagen in der Nacht pünktlich um ein Uhr hinter der Schleuse gestanden. Gino und einige andere italienische Kameraden waren eingestiegen und ein paar Minuten später losgefahren. Auch wenn die Mannheimer fast drei Stunden in den Luftschutzkellern und Bunkern verbracht hatten, so hatte der eigentliche Angriff nur eine Dreiviertelstunde gedauert.

Die Engländer hatten sehr wirksam und präzise gearbeitet. Über 600 Bomber der Royal Air Force hatten in dieser kurzen Zeit fast 360.000 Bomben der unterschiedlichsten Art über Mannheim abgeworfen und dabei mehr als 11.000 Gebäude ganz oder teilweise zerstört. Rund 400 Menschen waren getötet und 3.000 verwundet worden. Der Angriff vom 5. auf den 6. September 1943 sollte als der schwerste von allen in die Chronik der Stadtgeschichte eingehen.

Der Lastwagen brachte Gino und seine Kameraden zunächst in die Schweiz, wo sie vier Tage später am 9. September die Grenze nach Italien passierten. Dort wurden sie jedoch nicht von regierungstreuen Badoglio-Einheiten empfangen, sondern von Soldaten der Wehrmacht. Als Gino dem Deutschen seinen Entlassungsbrief zeigte, nahm dieser ihn an sich, riss ihn mit einem zynischen Lächeln genüsslich in der Mitte durch und ließ Gino und die anderen abführen.

Was Gino nicht wissen konnte, war, dass ein Tag zuvor, am 8. September, Badoglio einen Waffenstillstandsvertrag mit den Aliierten vereinbart hatte, was einem Frontwechsel gleichkam. Die Deutschen hatten sofort reagiert und alle Badoglio-Soldaten entwaffnet und gefangen genommen. Was Gino befürchtet hatte, war also eingetreten. Er hatte zu lange gewartet. Man brachte ihn in das Kriegsgefangenenlager Stalag 339 in Triest, von wo er einige Tage später zurück nach Deutschland in ein Lager im Osten deportiert wurde. Da er sich weigerte, auf der Seite von Hitler und Mussolini zu kämpfen, stufte man ihn als Militärinternierten ein. Das bedeutete, dass ihm der Status als Kriegsgefangener verweigert wurde und er somit nicht mehr unter den Schutz der Genfer Konvention fiel.

So war Gino einer der sechshunderttausend Italiener, die bis zu ihrer Befreiung bei Kriegsende in deutschen Lagern unter erbärmlichsten Bedingungen Zwangsarbeit leisten mussten. Sie wurden von ihren deutschen Bewachern gehasst und mitunter noch schlechter behandelt als die sowjetischen Kriegsgefangenen.

Gino gehörte zwar nicht zu den fünfundvierzigtausend Italienern, die in den Lagern starben, aber er kehrte 1945 als gebrochener Mann in seine Heimat zurück.

Helena sah ihn nie wieder.

13

Die Legrands hatten den Angriff im Hochbunker in der Neckarvorlandstraße unversehrt überstanden. Dies verdankten sie zum einen dem trutzigen Gebäude, zum anderen aber auch der nachhaltig arbeitenden Flak auf dem Dach.

Adolf, der mit großem Eifer seinen Kameraden an der Flakabwehrkanone zur Hand gegangen war, hatte dies nicht nur für Führer, Volk und Vaterland getan, sondern er hatte auch sechs seiner Familienmitglieder beschützt, auch wenn ihm das in diesem Augenblick gar nicht bewusst war.

Pauline und ihre Kinder Irma, Ernst und Guntram hatten den Angriff an einem anderen Ort erlebt. Als mitten in der Nacht der Fliegeralarm losging, hatte Pauline den vierjährigen Guntram auf den Arm genommen und war mit ihm und ihren beiden anderen Kindern die Treppe hinunter gerannt. Als sie vor ihrem Haus in K2,4 standen und sahen, dass alle zum Hochbunker in die Neckarvorlandstraße liefen, schlugen sie die Gegenrichtung ein, um im Tiefbunker am Paradeplatz Schutz zu suchen. Der Entschluss, nicht in den Hochbunker zu gehen, lag hauptsächlich darin begründet, dass Pauline ihren Verwandten aus dem Jungbusch auf keinen Fall begegnen wollte. Mit ihnen wollte sie nichts zu tun haben.

Da die Innenstadt nach dem Angriff noch stundenlang in Flammen stand und in den Straßen ein regelrechter Feuersturm herrschte, mussten sie bis in die Morgenstunden unter der Erde ausharren, bis man ihnen endlich erlaubte, den Tiefbunker zu verlassen.

Der Weg nach Hause war mühsam, man musste über Geröll-
berge steigen, vorbei an toten Körpern und Leichenteilen, die
bizarr aus den Trümmern ragten. Einige Bombentrichter waren
mit Wasser vollgelaufen, denn zahlreiche Leitungen waren zerborsten. Es hatte sich eine künstliche Seenlandschaft mitten auf
der Breiten Straße gebildet. Dafür waren die Haushalte, die dem
Angriff standgehalten hatten, nun ohne Wasser. In den folgenden
Tagen würde man wieder mit Eimern und Schüsseln bewaffnet
an den Wasserhydranten, die überall im Stadtgebiet aufgestellt
waren, Schlange stehen. Aber das war alles nicht so schlimm,
Hauptsache man war nicht ausgebombt. Pauline atmete auf, als
sie mit ihren Kindern wenige Minuten später vor ihrem fast un-
versehrten Haus in K2,4 stand.

Rosemarie, die jüngste Tochter der Legrands, hatte es auf dem
Lindenhof am schwersten von allen gehabt. Als am späten Nachmittag die Sirenen losheulten, traute sie dem Frieden nicht und
bat ihre Nachbarin, Frau Dörr, um Hilfe. Kurz darauf setzte sie
ihre Eltern und ihre sechsjährige Tochter auf eine kleine Last-
karre. Zusammen mit Frau Dörr und deren jüngstem Sohn, der
gerade einer leichten Verletzung wegen auf Genesungsurlaub zu
Hause war, zog sie die alten Legrands und Iris zu dem Bunker
unter dem Pfalzplatz. Dort brachte sie alle unter und bläute ihrer
kleinen Tochter ein, den Großeltern nicht von der Seite zu weichen. Sie selbst kehrte in die Rheindammstraße zurück.

Als kurz nach 23 Uhr erneut alle Sirenen ertönten, packte sie
ihre Notkoffer und rannte in Richtung Bunker. Bereits an der
Ecke lief ihr Frau Dörr entgegen und rief: „Kehren Sie um, Frau
Schönherr! Der Bunker ist total überfüllt, da kommen wir nicht
mehr rein!"

Und so eilte Rosemarie mit Frau Dörr und deren Sohn in den
Luftschutzkeller des Nachbarhauses. Auch hier hatten sich bereits
zahlreiche Menschen versammelt. Frau Schöber aus dem letzten
Stock war aus dem Schlaf gerissen worden und hatte es nur noch
geschafft, ihren geblümten Morgenrock überzustreifen. Kaum
hatte sich die Sicherheitstür geschlossen, da ging es schon los. In
der folgenden Dreiviertelstunde tat es einen Schlag nach dem

anderen. Ein ohrenbetäubendes Gedröhne, als würden Tausende Feuerwerke und Gewitter über sie einbrechen, während gleichzeitig ein Erdbeben den Boden erschütterte. Es war die Hölle. Keiner wagte laut zu sprechen. Die meisten beteten leise vor sich hin, während Frau Dörrs Sohn seiner Mutter verstört zuflüsterte: „Mama, bei euch ist es ja noch schlimmer als bei uns im Feld!"

Die Hitze im Keller wurde immer unerträglicher und schließlich begriffen sie, dass das Haus über ihnen brannte. Ein paar der älteren Männer drückten die dünne Wand zum Nachbarhaus ein und alle stiegen nun hindurch. Der Raum war menschenleer, denn hier war es nicht nur noch heißer, die Luft war auch erfüllt von einem beißenden Brandgeruch. Schnell krochen sie durch die nächste Öffnung. Mittlerweile war es draußen ruhig geworden. Anscheinend waren die Engländer abgezogen. Sie kletterten durch unzählige Mauerdurchbrüche, irgendwann hörte Rosemarie auf zu zählen. Am Gontardplatz schließlich eilten sie die Treppen hinauf und liefen ins Freie. Doch was sie dort erwartete, versetzte sie in blankes Entsetzen. Egal, wo sie hinschauten, es brannte überall lichterloh, der Stadtteil war ein einziges Trümmerfeld. Der Lindenhof war ausgelöscht.

In den folgenden Wochen wurden die Schulen geschlossen und ganze Klassen in den Schwarzwald, nach Südbaden oder ins Elsass gebracht. Die „Kinderlandverschickung" war schon Ende 1940 von Reichsjugendführer Baldur von Schirach ins Leben gerufen und von der Nationalsozialistischen Volkswohlfahrt durchgeführt worden. Innerhalb dieser Maßnahme wurde auch Paulines Sohn Paul ins Elsass geschickt.

Aber man brachte nicht nur die Kinder in Sicherheit. Viele Menschen verließen die Stadt und zogen zu Verwandten oder Bekannten aufs Land, weil sie dem Bombenterror entrinnen wollten oder auch weil sie obdachlos geworden waren. So verringerte sich die Einwohnerzahl Mannheims zwischen Juli und Oktober 1943 von 230.000 auf knapp 170.000 Einwohner.

Nachdem das Haus, in dem Rosemarie und ihre Familie gewohnt hatten, dem Erdboden gleich gemacht worden war, hauste

Rosemarie zunächst mit ihren Eltern und der kleinen Iris in einem feuchten, zugigen Keller. Aber so konnte es nicht weitergehen und darum nahm sie ihr Schicksal selbst in die Hand! Da sie zu stolz war, ihre Verwandten im Jungbusch um Hilfe zu bitten und Pauline sowieso nicht in Betracht kam, schrieb sie schließlich ihrer Tante in Mosbach einen Brief.

Zu Tante Adele, der Schwester ihres Vaters, hatte Rosemarie bereits zehn Jahre zuvor Kontakt aufgenommen. Die ehemalige Handarbeitslehrerin war nach ihrer Pensionierung wieder in den Odenwald gezogen, zurück zu ihren Wurzeln. Da sie in Neudenau nichts Passendes fand, hatte sie sich in Mosbach ein kleines Haus gekauft. Dort wollte sie ihren Lebensabend verbringen.

Rosemarie hatte ihre Tante kurz nach ihrer Vermählung zusammen mit Albert in Mosbach besucht. Ihren Eltern hatte sie wohlweislich nichts davon erzählt. Als Rosemarie ihre Tante schließlich zum ersten Mal sah, fühlte sie sich sofort zu ihr hingezogen. Nach so einer Mutter hatte sie sich immer gesehnt: gescheit, gebildet und sanftmütig – Eigenschaften, die sie an Luise Legrand vergebens gesucht hatte.

Und der kinderlosen Lehrerin war es genauso gegangen. Die junge Frau mit ihrem ebenmäßigen Gesicht und ihrer vornehmen Zurückhaltung rührte ihr Herz. Eine Tochter wie ihre Nichte Rosemarie hatte sie sich immer gewünscht.

So war es nicht verwunderlich, dass Tante Adele ihr nun sofort antwortete und ihr anbot, mit Tochter und Eltern nach Mosbach zu kommen:

... Bisher sind wir hier oben in Mosbach verschont geblieben. Aber wir sehen bei Luftangriffen von der Höhe aus den Feuerschein am Himmel über Heilbronn. Bei Euch in Mannheim wird es nicht viel anders sein und ich kann mir nur zu gut vorstellen, was Ihr erdulden müsst. Mein Haus ist zwar nicht groß, aber für Dich, mein Kind, und Deine Lieben findet sich immer ein Platz. Kommt, so bald ihr könnt, ich werde alles vorbereiten. Ich freue mich sehr auf Dich und bin schon sehr gespannt, Deine kleine Tochter kennen zu lernen.

Liebe Grüße sendet Dir
Deine Tante Adele
P.S. Sage meinem Bruder, dass es an der Zeit ist, dass wir nach all den Jahren unseren Frieden miteinander machen.

Als Rosemarie ihrem Vater mitteilte, dass sie beschlossen hatte, mit ihnen für einige Zeit nach Mosbach überzusiedeln, war er alles andere als begeistert.

„Ich will meine Schwester nicht wiedersehen! Als ich vor fast fünfzig Jahren von Neudenau weg bin, habe ich mit meiner ganzen Familie gebrochen. Was soll das nun nach all der Zeit? – Ich bleibe hier." Er gab sich störrisch wie ein Esel.

Wahrscheinlich schämte er sich, gegenüber seiner gebildeten Schwester eingestehen zu müssen, dass er es im Leben nicht sehr weit gebracht hatte.

Rosemarie dachte kurz nach, dann meinte sie: „Gut, Vater, dann müssen wir morgen eben ohne dich fahren." Und in bestimmtem Ton fügte sie hinzu: „Du kannst es dir ja noch einmal in Ruhe überlegen, ob du lieber allein in Mannheim bleiben möchtest."

Am nächsten Nachmittag saßen alle vier im Zug in Richtung Mosbach. Dort würden sie bis 1947 bleiben.

*

Rosemarie hatte gut daran getan, mit ihren Eltern und ihrer Tochter Mannheim zu verlassen, denn bereits zwei Wochen später folgte der nächste Angriff, den es in dieser Art in Mannheim noch nicht gegeben hatte. In der Nacht vom 23. auf den 24. September 1943 bombardierte die Royal Air Force die Stadt. Doch die Bürger atmeten am nächsten Morgen zu früh auf, denn in den Mittagsstunden verdunkelte sich plötzlich erneut der Himmel und ein amerikanisches Bombengeschwader zog auf, um die Arbeit der englischen Verbündeten zu vollenden. Dies war das erste Mal, dass Mannheim von der US Army Air Force bombardiert wurde. Sie zerstörten den Rosengarten so schwer, dass das Ensemble der

Schillerbühne nach nur zwei Wochen erneut seine Spielstätte verlor. Auch vor den Bunkern machten sie nicht halt. Der Ochsenpferch- und der Q6-Bunker wurden stark beschädigt. Und bereits zehn Tage später kehrten die Bomber zurück, um Mannheim erneut anzugreifen.

Es war ein überaus makaber anmutendes Bild, als Reichsorganisationsleiter Robert Ley in dem nur noch aus Ruinen bestehenden Ehrenhof des Schlosses am 14. November eine Rede hielt. Sie war gespickt von absurden Durchhalteparolen, die zu den meisten Menschen nicht mehr durchdringen konnten, denn die trostlose Wirklichkeit zeichnete ein anderes Bild. Nur ein paar Einhundertfünfzigprozentige wussten danach nichts Besseres, als eben diese Parolen an alle möglichen Gebäude zu schreiben. Da war dann an Bunkern neben „Den Tommy soll der Teufel holen!" Sätze wie „Am Ende ist unser Sieg – Mannheim steht eisern" zu lesen. Eher absurd wirkten allerdings die Tafel, die aus den Trümmern des Alten Kaufhauses in N1 ragte und auf der stand „Und dennoch – Mannheim bleibt die lebendige Stadt" oder die Aufschrift an der eingestürzten Mauer der Trinitatiskirche in G4 „Unser siegreicher Frieden behebt die Schäden". Auch wenn sich kaum einer noch davon überzeugen ließ, wagte es trotzdem niemand, seine Zweifel öffentlich auszusprechen. Und doch spürten sie, dass sich der Wind gedreht und der Krieg eine andere Wendung genommen hatte.

Was sie jedoch nicht wussten, war, dass die Amerikaner und Engländer bereits im Januar 1943, auf der Konferenz von Casablanca eine Art Aufgabenteilung bezüglich der Bombardierung der deutschen Städte vereinbart hatten. Auch hatten sie sich auf die Strategie des „moral bombing" geeinigt, mit der sie bewusst auf die Zivilbevölkerung abzielten. Sie wollten die Deutschen zermürben und zum Aufgeben zwingen und so würden sie die Städte immer und immer wieder angreifen – bis zum bitteren Ende.

14

Bereits am 7. September, also einen Tag nach dem schweren
Angriff, hatte die Verwaltung einer ausgebombten Familie ein
Zimmer und die Küche in der ehemaligen Wohnung der alten
Legrands zur Mitnutzung zugeteilt. Frau Schöpfler war mit ihrer
Schwester, einer verhärmten Kriegerwitwe, und mit ihrem Vater,
einem ehemaligen Oberleutnant zur See, zu Annerose in die Ha-
fenstraße gezogen.

Die Schöpflers waren überzeugte Nationalsozialisten und
grüßten ausschließlich mit „Heil Hitler". Annerose dachte jedoch
nicht im Traum daran, ihre Gewohnheiten zu ändern und es
ihnen gleichzutun. Und so wünschte sie ihnen einen „Guten Tag"
und setzte dabei ein herzallerliebstes Lächeln auf.

An diesem Abend – einen Tag zuvor, am 19. November, war
Mannheim erneut angegriffen worden – lag Annerose schluchzend in ihrem Bett. Sie wusste nicht, was in letzter Zeit mit ihr
los war. Früher hatte sie nie geweint, aber seit dem Tode ihrer
Mutter hatte sich das geändert, obwohl Annerose sich sicher war,
dass es gar nicht unmittelbar mit diesem Ereignis zu tun hatte,
denn sie vermisste ihre Mutter nicht. Da fehlten ihr schon eher
ihre Großeltern. Trotzdem war sie froh, dass Tante Rosemarie sie
in den Odenwald mitgenommen hatte. Am meisten jedoch
fehlte ihr Hans. Sie hätte sich so sehr gewünscht, dass er ihr ir-
gendein Lebenszeichen aus Dänemark geschickt hätte, aber der
Briefkasten war wieder leer gewesen.

Betty in der Beilstraße ging es nicht viel anders, auch sie hatte
von Kurt seit Anfang des Jahres nichts mehr gehört. Langsam

machte sie sich nun doch Sorgen. Sie betete jeden Abend für ihn und hoffte, dass man ihn, falls er wirklich in Nordafrika in britische Gefangenschaft geraten war, gut behandelte.

Im Gegensatz zu den beiden blieb Irma in K2,4 nicht einmal mehr die Hoffnung. Sie weinte schon seit Stunden laut in ihr Kopfkissen, denn Jean hatte beim letzten Bombenangriff versucht, sich abzusetzen und war bei seinem Fluchtversuch erschossen worden. Selbst die nicht zimperliche Pauline musste ein paar Mal in ihr Taschentuch schniefen. Der kleine Guntram hatte seiner Schwester einen Kuss auf die Wange gedrückt und mit seinem Kinderstimmchen versucht sie zu trösten: „Hör doch auf zu weinen, Irmchen, du hast doch noch mich!" Für einen Augenblick lächelte Irma ihren kleinen Bruder an, um dann jedoch gleich wieder von neuem heftig in ihr Kissen zu weinen.

Und in der Beilstraße gab es zwei weitere Frauen, die untröstlich waren. Helena war sich so sicher gewesen, dass Gino ihr aus Italien schreiben würde, aber nun waren schon zweieinhalb Monate vergangen und er hatte sich nicht bei ihr gemeldet. Hatte Gino ihr nur etwas vorgemacht? Vielleicht war es ja nie seine Absicht gewesen, sie zu heiraten und er hatte sie in Wirklichkeit nur „rumkriegen" wollen? Aber wäre er dann solch ein Risiko eingegangen? Vielleicht war ihm ja etwas zugestoßen? Nein, an so etwas wollte sie gar nicht denken. Die Ungewissheit machte Helena ganz krank.

Nicht weniger elend fühlte sich Amelie. Sie hatte traurige Gewissheit. Immer wieder wischte sie sich mit ihrem bereits von Tränen durchnässten Taschentuch das Gesicht ab. Sie hatte es schwarz auf weiß in ihrer Hand, in dem Brief, den sie am Morgen in ihrem Briefkasten vorgefunden hatte. Der Brief von Carlo, in dem er ihr mitteilte, dass er in Wiener Neustadt eine Frau kennengelernt habe, die ihm sehr viel bedeute. Er müsse sich über seine Gefühle klar werden und deshalb würde er erst einmal in Österreich bleiben. Weiter schrieb er:

Du musst mir glauben, ich habe das alles nicht gewollt. Ich weiß, dass ich Dir sehr weh tue, mit dem, was ich Dir heute schreibe, aber

ich möchte ehrlich zu Dir sein. Das schulde ich Dir. Ich hoffe, Du kannst mir verzeihen. Ich kann Dir nicht sagen, wie es weitergehen wird, aber gib mir einfach etwas Zeit und dränge mich bitte nicht zu einer Entscheidung.
Ich umarme Dich
Dein Carlo
P.S. Gib Helena einen Kuss von mir.

Ida hatte also nicht gelogen, hier stand es in Carlos klarer, akkurater Sütterlinschrift. Wieder fing sie an zu weinen.

Amelie, die immer für alle einen guten Ratschlag hatte, war zum ersten Mal in ihrem Leben ratlos. Erneut fragte sie sich, was sie bloß tun sollte. Der letzte Satz von Carlos Brief fiel ihr ein: „Dränge mich bitte nicht zu einer Entscheidung." Sie putzte sich die Nase, setzte sich im Bett auf und dachte nach. „Ich werde dich nicht drängen, ich werde dir alle Zeit geben, die du brauchst." Sie wusste, dass Carlo kein Draufgänger oder leichtsinniger Weiberheld war und dass auch er in seelischen Nöten sein musste. „Ich muss Geduld haben. Das ist die einzige Chance. Carlo ist und bleibt die große Liebe meines Lebens. Ich will ihn nicht verlieren!"

*

Carlo hatte indes lange mit sich gekämpft, bis er Amelie geschrieben hatte, aber letztendlich war ihm nichts anderes übrig geblieben. Er eröffnete ihr in dem Brief allerdings nur eine Teilwahrheit, denn in Wirklichkeit war die Situation wesentlich komplizierter.

Nachdem Erika von Auersperg nach dem schweren Bombenangriff im August dort, wo ihr Haus zuvor gestanden hatte, nur noch einen Trümmerberg vorgefunden hatte, war sie mit ihren letzten Habseligkeiten nach Wien gezogen. Dort hatte ihre Freundin Daniza sie und Harald aufgenommen.

Daniza Ilitsch war nicht irgendjemand, sondern seit Beginn der Spielzeit 1943/44 Ensemblemitglied der Wiener Staatsoper. Sie hatte jedoch schon seit Ende der 30er-Jahre immer wieder in

Wien gesungen und war ein gefeierter Star. Kennengelernt hatten sich die beiden gleichaltrigen Frauen 1938 im „Lainz", wie die Wiener das Lainzer Krankenhaus nannten. Sie hatten sich dasselbe Zimmer geteilt. Während Erika sich dort von ihrer Fehlgeburt erholte, lag Daniza in der Sonderabteilung für Strahlentherapie. Kurz zuvor war bei ihr ein bösartiger Knoten in der Brust diagnostiziert worden. Die Krebserkrankung konnte im Lainzer Spital am wirksamsten behandelt werden, denn 1931 war hier die Sonderabteilung für Strahlentherapie nach dem Muster des Radiuminstituts in Stockholm eröffnet worden. Für die damalige Zeit war diese neue Behandlungsmethode revolutionär. Trotzdem hatte die schöne, aus Belgrad stammende Opernsängerin panische Angst vor dem, was hier auf sie zukam.

Erika indes fiel in eine tiefe Depression. Das kleine Mädchen, das sie unter ihrem Herzen getragen hatte, war ein Wunschkind gewesen und ihr Mann, Richard von Auersperg, hatte sich nichts sehnlicher als eine Tochter gewünscht. Als Erika ihm zu Beginn der Schwangerschaft mitgeteilt hatte, dass sie wieder ein Kind bekäme, meinte er strahlend: „Jetzt ist unser Glück vollkommen." Und auch der kleine Harald hatte sich auf sein Geschwisterchen gefreut. Aber das Schicksal hatte es anders gewollt.

Wien war Ende der 30er-Jahre die sechstgrößte Stadt der Welt und nach dem „Anschluss" die flächengrößte Stadt des gesamten Deutschen Reiches mit entsprechenden Beförderungsproblemen. Und so waren Wiens Straßen- und Stadtbahnen stets hoffnungslos überfüllt. Erika war an diesem regnerischen Apriltag nahe der letzten Wagentür gestanden, als plötzlich eine Gruppe junger Leute in den bereits überfüllten Waggon stürmte und alle anderen Fahrgäste nach hinten wegdrückte. So wurde Erika abgedrängt und als im selben Moment die Bahn losfuhr, rutschte sie auf dem nassen Boden aus, verlor das Gleichgewicht und fiel aus dem Wagen. Sie stürzte so unglücklich, dass sie das Bewusstsein verlor und sich neben unzähligen Blutergüssen auch eine Gehirnerschütterung zuzog. Ihre Verletzungen waren letztendlich so schwer, dass die im sechsten Monat Schwangere noch auf der Fahrt ins Spital ihr Kind verlor. Erika selbst kam zwar mit dem Leben davon, man machte ihr jedoch wenig Aussichten, dass sie noch einmal ein Kind empfangen könne.

Und so war es nicht verwunderlich, dass die beiden Frauen in ihren seelischen Nöten zueinander fanden und sie fortan eine herzliche Freundschaft verband.

Als Erika Mitte September 1943 ihrer Freundin Carlo vorstellte, war diese von dem stattlichen, zuvorkommenden Mann so begeistert, dass sie Erika anschließend beglückwünschte. „Ihr seid so ein schönes Paar! Ich freue mich unendlich für dich. Du wirst sehen, jetzt wird alles gut." Dabei umarmte sie Erika.

Erika hatte Daniza nicht verraten, dass Carlo verheiratet war. Sie selbst verdrängte diese Tatsache schon von Anfang an. Carlo war der Mann, mit dem sie alt werden wollte. Sie hatte in der Vergangenheit so vieles erleiden müssen und so schien es ihr nur ausgleichende Gerechtigkeit zu sein, dass das Schicksal sie mit Carlo zusammengeführt hatte. Sie wollte diese Liebe festhalten und zementieren. Und so setzte sie alles daran, doch noch einmal schwanger zu werden, obschon sie wusste, dass die Aussichten dafür nicht allzu groß waren.

Ende September hatte sie die Gewissheit, dass sie in anderen Umständen war. Freudestrahlend, doch zugleich mit Tränen in den Augen, hatte sie Daniza die Neuigkeit überbracht. Ihre Freundin sollte es als Erste erfahren, denn niemand anders würde ihre Gefühle besser nachvollziehen können. Daniza wusste genau, wie viel dieses Kind Erika nach der damaligen Fehlgeburt, aber insbesondere auch nach dem frühen Tod ihres Mannes Richard bedeutete.

Carlos Begeisterung hatte sich jedoch in Grenzen gehalten. Als Erika ihm an Allerheiligen mitteilte, dass sie ein Kind von ihm erwarte, erwiderte er zunächst nichts.

„Freust du dich denn gar nicht, Carlo? Du wirst Vater!" Ihre Stimme war voller Begeisterung. Für einen Augenblick war Carlo wie ein kleiner, überforderter Schuljunge dagestanden, doch schließlich hatte er sich gefasst und gestammelt: „Natürlich. Natürlich, freue ich mich. – Das ist ja eine wunderbare Nachricht." Sein Lächeln war jedoch eher gequält gewesen.

„Willst du mich denn nicht in den Arm nehmen, mein Liebster?" Erika kam ganz nahe an Carlo heran und umarmte ihn.

Seine Freude war jedoch gedämpft. Glaubte Erika denn wirklich, dass er sich über diese Nachricht freuen würde? Seit Monaten plagten ihn schon Gewissensbisse und er fragte sich immer wieder, ob er Amelie nicht die Wahrheit schreiben müsse. Aber dann hatte er wieder gedacht, dass er ihr das persönlich sagen sollte. Er müsste ihr doch zumindest erklären, wie es dazu gekommen sei. Und dass er das alles eigentlich nicht gewollt habe.

„Was wünschst du dir denn, ein Mädchen oder einen Jungen?", unterbrach Erika seine Gedanken.

„Was?" Er hatte nicht zugehört.

„Na, wünschst du dir ein Mädchen oder einen Jungen?", wiederholte sie.

„Das ist mir nicht so wichtig, Hauptsache, es ist gesund!", antwortete Carlo. „Wann wird es denn auf die Welt kommen?"

„Im April! Vielleicht kommt es ja am 4.4.44 auf die Welt. Das wäre ein tolles Datum. Eine Schnapszahl, die muss doch Glück bringen! Unser Kind wird unter einem guten Stern stehen!"

Erika war ganz begeistert von dieser Idee.

Als Carlo zwei Stunden später in die Kaserne nach Wiener Neustadt zurückfuhr, war er aufgewühlt, mehr noch, er war aufgekratzt und im höchsten Maße beunruhigt. Ein Kind. Jetzt, mitten im Krieg! Dazu noch unehelich. Und es war ja auch durchaus möglich, dass man ihn versetzen würde. Gerade in den letzten Wochen waren ganze Kompanien nach Osten verlegt worden, um die auf dem Vormarsch befindliche Rote Armee aufzuhalten. Und wenn ihm etwas zustoßen würde, dann müsste Erika zwei kleine Kinder durchbringen. Noch dazu jetzt, wo sie ausgebombt war und froh sein musste, dass ihr Daniza Obdach gewährt hatte. Allein schon diese Vorstellung machte ihn halb wahnsinnig. Warum hatte er nur nicht besser aufgepasst?

Er atmete tief durch und seine Gedanken drifteten zurück in die Vergangenheit. Helena war ja auch ein uneheliches Kind. Sie war so ein süßer kleiner Fratz gewesen mit ihren großen Kulleraugen. Für einen Augenblick lächelte er. Als Amelie ihm anno dazumal in Heidelberg eröffnete, dass sie ein Kind bekomme, war er auch erschrocken. Aber trotz allem hatte er sich gefreut. Er war damals auch jünger gewesen, da steckte man alles leichter weg. Aber jetzt mit fünfundvierzig Jahren noch einmal Vater zu werden, konnte er sich schwerlich vorstellen. Zwischen seinen Kindern würde ein Altersunterschied von zwanzig Jahren sein. Wenn Erika sich verrechnet hatte und es später auf die Welt käme, hätte es am Schluss noch mit Helena zusammen Geburtstag. Das war doch absurd! Aber all diese Gedanken brachten ihn nicht weiter. Ich kann es drehen und wenden, wie ich will. Ich kann Erika in dieser Situation nicht im Stich lassen und außerdem liebe ich es ja auch, mein entzückendes Wiener Mädel. – Aber will ich ohne Amelie und Helena leben? Amelie hat immer zu mir gestanden, ich konnte mich stets auf sie verlassen. Auch wenn um uns herum alles zusammengebrochen ist, haben wir es gemeinsam immer geschafft. Und so hatte er sich entschlossen, Amelie zwar von Erika zu schreiben, aber zunächst einmal die Schwangerschaft nicht zu erwähnen. Als er das Kuvert zugeklebt hatte, seufzte er. Was um Himmels willen soll ich bloß tun? Wie soll ich mich entscheiden?

181

15

In der Jungbuschstraße war es stockdunkel und fast menschenleer. Alle Kneipen hatten geschlossen, denn es war Weihnachten. Keine Straßenlampe war eingeschaltet. Und nicht ein Lichtstrahl, der aus irgendeinem Haus gefallen wäre, erhellte Helena und Amelie den Nachhauseweg, denn entweder waren die Fenster mit Holzlatten vernagelt oder mit schwarzen Papierrollos zugehängt. Der Opel, der gerade vom Luisenring in die Jungbuschstraße fuhr, hatte seine Scheinwerfer mit Folie abgedeckt und nur einen kleinen waagrechten Schlitz ausgespart. Selbst die Radfahrer fuhren ohne Beleuchtung, denn auch sie fielen unter die seit Kriegsbeginn geltende Verdunklungsverordnung. Sie war erlassen worden, um feindlichen Flugzeugen die Orientierung zu erschweren.

„Wir hätten nicht so lange bei Agathe und Katharina bleiben sollen. Um diese Jahreszeit wird es einfach zu früh dunkel", sagte Amelie, während sie die Straße überquerten. „Aber ich wollte Agathe halt noch mal sehen, bevor sie übermorgen nach Rimbach fährt. Wer weiß, wann sie wieder nach Mannheim zurückkehrt? Na ja, wenigstens bleibt ja Katharina erst einmal hier. Sie wird sich sicher freuen, wenn wir sie mal in Feudenheim besuchen."

„Ich finde die beiden richtig nett, sie haben so eine warmherzige Ausstrahlung." Helena hatte die beiden Schwestern von Anfang an gemocht.

„Und man kann sich auch richtig gut mit ihnen unterhalten", ergänzte Amelie.

„Ja, ja, Mama, wenn du nur übers Theater reden kannst!"
Helena lachte.

„Nein, das ist es nicht nur. Es gefällt mir, dass sie keine Nazis
sind und ich nicht jedes Wort, das ich sage, auf die Goldwaage
legen muss. Bei vielen anderen muss ich mich ständig beherrschen, dass ich nichts Falsches sage." Amelie verzog das Gesicht.
„Aber lass uns jetzt von etwas Schönerem reden. Heute ist Weihnachten, das Fest der Liebe, des Friedens und der Hoffnung."
Beim letzten Wort wurde ihr schwer ums Herz, denn sie musste
an Carlo denken. Weihnachten ohne ihn – war das überhaupt
Weihnachten? Wo er jetzt wohl war?

„Gott sei Dank liegt ein bisschen Schnee, sonst wäre es noch
dunkler", riss Helena Amelie aus ihren Gedanken.

„Ja, aber dafür ist es auch ganz schön glatt. Ich gehe wie auf
Eiern." Amelie wäre schon beinahe zweimal hingefallen.

Plötzlich sahen sie von der Hafenstraße her drei Gestalten auf
sich zukommen.

„Frohe Weihnachten, Tante Amelie! Frohe Weihnachten,
Helena!" Annerose gab beiden einen Kuss.

„Wen haben wir denn da?" Amelie blickte den jüngeren der
beiden Männer an. „Dich habe ich schon seit Jahren nicht mehr
gesehen. Aus dir ist ja ein richtiger Mann geworden!" Sie reichte
Adolf die Hand. Der jedoch ergriff sie nicht, sondern streckte
den Arm aus und erwiderte stattdessen: „Heil Hitler und frohe
Weihnachten, Tante!"

Amelie erschrak ein wenig und erwiderte: „Dir auch ein frohes
Weihnachtsfest, mein Junge!"

„Darf ich vorstellen", meinte Annerose, „das ist Ewald. Er ist
Adolfs Vorgesetzter bei der Flak." Der Mann trat einen Schritt
nach vorne und zog seine Mütze ab. Er ergriff Amelies ausge-
streckte Hand: „Ich wünsche Ihnen ein gesegnetes Weihnachtsfest, Frau Legrand!" Dann wandte er sich Helena zu. Sie schauten
sich an und für einen Sekundenbruchteil hafteten ihre Augen
aneinander. Er reichte Helena seine Hand. „Auch Ihnen wünsche
ich ein frohes und friedliches Weihnachtsfest!" Dabei lächelte er
sie warmherzig an.

Helena bekam fast keinen Ton heraus. Denn als sie ihn anschaute, hätte es ihr fast die Sprache verschlagen. Der Mann erinnerte sie in augenfälliger Weise an Gino, er durfte etwa im gleichen Alter sein. Es hatte jedoch weniger mit seinem Aussehen zu tun, denn er war mittelblond, hatte blaue Augen und war mindestens einen Kopf größer, als vielmehr mit seiner Mimik und Gestik. Es war die Art, wie er sprach, wie er sich bewegte, wie er sie anschaute, aber vor allem war es sein strahlendes Lächeln. Leise erwiderte sie seinen Gruß und lächelte ihn zurückhaltend an.

„Ich wünsche Ihnen auch ein schönes Weihnachtsfest!"

„Meint ihr nicht, wir sollten jetzt machen, dass wir zu Tante Marie kommen, bevor wir hier einfrieren? Außerdem habe ich einen Mordshunger!" Annerose bog in die Beilstraße ein und die anderen folgten ihr.

Marie, Betty und Valentin warteten schon auf sie. Sie trugen dicke Jacken, Schals und Handschuhe, denn sie hatten wie alle anderen auch nur wenige Kohlen bekommen und so waren die Räume kalt. Mittlerweile war fast alles rationiert und nur noch über Bezugsscheine und Lebensmittelkarten zu bekommen.

Marie hatte ein paar Tannenzweige in eine Vase und ein paar Stearinkerzen daneben gestellt, als Ersatz für den nicht vorhandenen Weihnachtsbaum. Bettys selbstgebastelte Strohsterne waren der einzige Schmuck. Auch das Weihnachtsmenü war spärlich. Valentin hatte ein paar kleine Dosen Ölsardinen, Heringe in Tomatensauce und ein Kommissbrot beschafft, Annerose ein paar Rippchen besorgt und Amelie steuerte das eingelegte Sauerkraut aus ihrem Keller bei. Darüber hinaus hatte sie am Vormittag noch zwei Bleche mit Hildabrötchen gebacken. Es waren die einzigen Weihnachtsgutsel, für die sie alle Zutaten mühelos hatte bekommen können. Nüsse waren schwer zu kriegen, ebenso Anis. Aber von der Himbeer-Marmelade hatte sie noch ein halbes Dutzend Gläser im Keller.

Nach dem Essen stimmte Marie „Kling, Glöckchen, klingelingeling" an, aber niemand hatte Lust mitzusingen. Annerose und Betty zogen sich in eine Ecke zurück, wo sie miteinander tuschelten. Helena blickte zu ihren Cousinen hinüber und wusste, dass es nur um Kurt und Hans gehen konnte. Während Valentin interessiert in dem Buch über Lokomotiven blätterte, das ihm seine Frau zu Weihnachten geschenkt hatte, war Marie mit Adolf in die Küche gegangen, wo sich die beiden angeregt unterhielten. Im Gegensatz zu den anderen glaubten die beiden nämlich noch immer an den Endsieg und an die Überlegenheit der deutschen Rasse. Marie hatte nie das Gedankengut der NS-Frauenschaft abgelegt, auch wenn sie in Gegenwart von Valentin nicht darüber sprach. Und Adolf war in den vielen Jahren im Schifferkinderheim im Sinne des NS-Regimes erzogen worden. Seine Eltern hatten ihn im Stich gelassen, aber die Volksgemeinschaft hatte für ihn gesorgt und dafür würde er sich mit Treue und Loyalität gegenüber dem Führer revanchieren und mit Heldenmut und Tapferkeit sein Vaterland verteidigen.

Ewald hatte ein Gespräch mit Helena begonnen und ihr mitgeteilt, dass er eigentlich aus Hagen stamme. Helena hörte ihm aufmerksam zu und so erzählte er weiter: „Ich war zwei Jahre in Griechenland, auf Korfu. Dort wurden wir von Partisanen in einen Hinterhalt gelockt. Zwei meiner Kameraden sind gefallen und mich hat man gerade noch so zusammengeflickt. Ja, und danach hat man mich hier runter nach Süddeutschland geschickt. Zwei Jahre lang habe ich die Kleiderkammer in Babenhausen verwaltet. Und in den letzten Wochen hat man mich zur Flak abgeordnet. Aber ich werde nicht hier bleiben, denn gestern habe ich einen Stellungsbefehl erhalten. Ich muss mich am 30. Dezember in Berlin melden. – Aber jetzt haben wir nur über mich gesprochen und ich weiß gar nichts über Sie!"

Ewald Schäfer lächelte Helena an.

„Da gibt es nicht viel zu sagen. Ich bin Schneiderin und ..." Schließlich begann Helena doch ein wenig über sich zu reden.

Amelie hatte sich unterdessen in eine Ecke gesetzt und an ihrer Tischdecke weitergestickt. Sie tat das gerne, denn dabei konnte sie sich entspannen und es beruhigte sie außerdem. Sie betrachtete die anderen, und als sie sah, wie angeregt Helena sich mit dem jungen Soldaten unterhielt, musste sie innerlich lachen.

„Der hätte mir früher auch gefallen!", dachte sie. Ewald Schäfer war in der Tat ein gutaussehender Mann mit einer sympathischen Ausstrahlung. „Der würde gut zu meiner Helena passen. Er scheint feinfühlig zu sein. Manieren und Anstand scheint er ja auch zu haben. Wer weiß, wer weiß, was sich da ergibt? Ich würde es ihr so wünschen."

Amelie seufzte, denn wieder holten sie ihre trüben Gedanken ein. „Wann werde ich Carlo bloß wiedersehen? Und was mache ich, wenn er gar nicht mehr zu uns zurückkommt?" – Nein, an so etwas durfte sie gar nicht denken. Sie erinnerte sich an die vielen zurückliegenden Weihnachtsfeste. Fast immer hatten sie mit der ganzen Familie gefeiert. In den Anfängen in der Hafenstraße waren sie mitunter über zwanzig Personen gewesen. Sie erinnerte sich an das Fest, an dem ihre Schwiegermutter Luise Legrand ihr zum ersten Mal etwas zu Weihnachten geschenkt hatte. Aber ihr fiel auch der Weihnachtstag ein, an dem Maries erster Mann in den Morgenstunden seiner Lungenkrankheit erlegen war. Und natürlich dachte sie an das letzte Weihnachtsfest, an dem Marlene gestorben war. So schlimm das auch alles gewesen war, so hatte sie es doch verkraften können, denn sie hatte immer Carlo an ihrer Seite gewusst.

Amelie blickte hinüber zum Tisch und sah, wie Valentin gedankenversunken immer wieder von neuem in die Blechdose mit den Hildabrötchen griff und eines nach dem anderen in seinen Mund beförderte. Augenscheinlich schmeckten sie ihm gut. Wieder musste sie an Carlo denken. Er liebte ihre Weihnachtsgutsel, und wenn sie die Behälter, die sie schon Wochen vorher mit den verschiedenen Sorten bis an den Rand gefüllt hatte, an Weihnachten öffnete, war die Dose meist nur noch halb voll gewesen. Carlo schaute dann immer zerstreut und unwissend in der Gegend herum, aber sie wusste genau, dass er sich über die Weihnachtsgutsel hergemacht hatte. Sie tat dann immer so, als würde es ihr gar nicht auffallen.

Nur einmal war Annerose ihrem Onkel zuvorgekommen. Mit Helenas und Bettys Hilfe war sie in einem unbeobachteten Moment auf den Küchenschrank gestiegen, um die Dose herunterzuholen. Dabei hatte sie das Gleichgewicht verloren und war mitsamt dem Behälter und dem Schrankaufsatz zu Boden gefallen. Sie selbst und ihre beiden Komplizinnen waren mit dem Schrecken davongekommen, aber die gläsernen Schranktüren zerbarsten und das Kaffee- und Essgeschirr war in Hunderten von kleinen Scherben, vermischt mit allen möglichen Weihnachtsgutselsorten, auf dem Stragula gelegen. Gott sei Dank hatte Erich, der bei einem Zimmermann gelernt hatte, den Küchenschrank wieder gerichtet. Carlo hatte damals Annerose und auch den anderen beiden eine Abreibung angedroht, die sie jedoch nie erhalten hatten. Amelie musste lächeln. Ihn hatte damals weniger bekümmert, dass diesem hinterlistigen Mundraub ein Teil des Küchenmobiliars zum Opfer gefallen war, als vielmehr, dass ihm dadurch die köstlichen weihnachtlichen Genüsse, auf die er sich das ganze Jahr über schon gefreut hatte, entgangen waren.

Gegen Mitternacht verabschiedeten sich Amelie und Helena.

„Ewald scheint nett zu sein", begann Amelie das Gespräch, als sie hinüber in ihre Wohnung gingen. „Ich glaube, du gefällst ihm. Er konnte ja gar nicht mehr den Blick von dir lassen."

„Ja, das glaube ich auch", Helenas Augen begannen zu glänzen.

„Und gefällt er dir?" Amelie forschte weiter, während sie die Wohnungstür aufschloss.

„Mhm, ja, ich finde ihn sehr nett", meinte Helena einsilbig.

„Und wirst du ihn wiedersehen?", fragte Amelie ungeduldig.

„Ich denke schon", erwiderte ihre Tochter und fügte schnell hinzu: „So, und jetzt muss ich schlafen. Gute Nacht, Mama!" Sie gab Amelie einen Kuss und war im Wohnzimmer verschwunden.

Amelie seufzte. „Da soll einer draus schlau werden!"

Am nächsten Mittag und auch an den folgenden Tagen traf sich Helena mit Ewald. Sie fühlte sich wohl und spürte, wie sie wieder zuversichtlich wurde, denn nach Ginos Verschwinden war sie so enttäuscht gewesen, dass sie sich nie mehr hatte verlieben wollen. Wenn Liebe so weh tat, dann wollte sie lieber darauf verzichten. Aber Ewald verstand es, ihr verlorengegangenes Vertrauen wieder herzustellen und sie ihre erste traurige Erfahrung vergessen zu lassen.

Als sie am 29. Dezember Arm in Arm die Neckarwiese entlangliefen, trat Ewald in einen Hundehaufen. Während er versuchte, die stinkende Masse an einem verdorrten Grasbüschel von seiner Schuhsohle abzustreifen, musste Helena lachen.

„Du findest das wohl komisch?" Ewald fand es nicht ganz so lustig.

„Ist doch gar nicht so schlimm, das bringt Glück und du darfst dir etwas wünschen!" Helena kicherte.

„Ach, so!" Ewald blieb abrupt stehen. „Das ist ja gut zu wissen. Dann wünsche ich mir jetzt einen Kuss von dir. Einen wunderschönen, süßen Kuss!" Und ehe sie sich versah, nahm er sie in die Arme und küsste sie zärtlich und leidenschaftlich zugleich. Arm in Arm liefen sie schweigend weiter.

„Schade, dass ich morgen nach Berlin muss. Ich würde alles darum geben, wenn ich hier bei dir bleiben könnte. Aber ich verspreche dir, ich werde so schnell wie möglich zurückkommen." Und dann fügte er hinzu: „Ich habe dich nämlich sehr lieb, meine kleine Helena."

„Wirklich? Kommst du wirklich zurück?", fragte sie zögerlich.

„Ganz großes Ehrenwort. Ich verspreche es dir hoch und heilig. Und ich halte immer mein Wort."

„Schreibst du mir?" Helena schaute ihn mit großen Augen an.

„Aber natürlich. Gleich morgen werde ich dir einen Brief schreiben. So oft ich kann." Wieder küssten sie sich. „Und du? Schreibst du mir auch?"

Helena nickte. „Nichts lieber als das! Ich mag dich nämlich auch sehr."

Als Helena am Abend im Bett lag, wusste sie, dass sie mit der Aussage „ich mag dich auch" sehr untertrieben hatte, denn sie hatte sich wohl zum zweiten Mal in ihrem Leben bis über beide Ohren verliebt. Und als am Silvestertag um die Mittagszeit die Amerikaner Mannheim angriffen, saß Helena zum ersten Mal im Bunker und hatte keine Angst, denn sie hielt Ewalds ersten Brief in ihren Händen, in dem er ihr in wunderschönen Worten beschrieb, was er für sie empfand und mit ihr Zukunftspläne schmiedete.

16

Die ersten Wochen des neuen Jahres waren gekennzeichnet von zahlreichen Bombenangriffen. Tagsüber griffen die Amerikaner an und nachts übernahmen die Engländer. Immer mehr Menschen starben, weil die Luftschutzkeller den massiven Attacken nicht mehr standhielten. Unzählige Bomben wurden geworfen; am schlimmsten waren die Luftminen, denn sie zerstörten gleich mehrere Häuser auf einen Schlag. Keine Nacht konnten die Menschen ruhig schlafen, sie lebten in ständiger Angst.

Pauline und Irma legten sich nur noch in ihren Kleidern ins Bett und dem kleinen Guntram zogen sie einen Trainingsanzug an. Jederzeit konnten nachts die Sirenen losgehen und dann würde keine Zeit dafür bleiben, sich anzuziehen.

Irma war dazu verpflichtet worden, in den Motorenwerken, die mittlerweile auch zum Rüstungsbetrieb geworden waren, zu arbeiten, was neben der Tatsache, dass das Einkommen der kleinen Familie ein wenig aufgebessert wurde, auch ihr persönlich gut tat. Es half ihr, die Trauer um Jean besser zu verwinden. Und es dauerte nicht lange, bis sie sich erneut verliebte.

Nikos kam aus Griechenland. Nachdem die deutschen Soldaten nach der Landung auf Kreta auf eine unerwartet heftige Gegenwehr bei der Zivilbevölkerung stießen, reagierte die Wehrmacht mit einer unglaublichen Härte und erteilte der fünften Gebirgsdivision nachfolgenden Befehl:

Es ist weitgehend festgestellt, dass sich die Bevölkerung von Kreta, darunter auch Jugendliche und Frauen, im weitesten Umfang am direkten Kampf beteiligt hat. Jetzt ist die Zeit gekommen, Vergeltung zu üben und Strafgerichte abzuhalten, die auch als Abschreckungsmittel für die Zukunft dienen sollen: erstens Erschießungen, zweitens Niederbrennen von Ortschaften, drittens Ausrottung der männlichen Bevölkerung ganzer Gebiete ...

Unter den zweitausend innerhalb von drei Monaten getöteten Kretern befanden sich auch Nikos' Vater und seine beiden älteren Brüder. Da Nikos Konstrukteur war, verschonte man ihn, weil man für ihn anderweitige Verwendung hatte. Er wurde nach Deutschland verschleppt, wo in den Rüstungsbetrieben dringend qualifizierte Kriegsgefangene benötigt wurden. Und so lernte Irma den gebildeten jungen Griechen in den Motorenwerken kennen. Sie schmuggelte für ihn warme Unterwäsche in die Fabrik und besorgte ihm Wurst, Käse und harte Eier. Möglichst nahrhafte Kost, denn die Verpflegung der Kriegsgefangenen, sofern man es überhaupt als „Verpflegung" bezeichnen konnte, war, je länger dieser Krieg währte, immer miserabler geworden. Da Irma für diese Beschaffungsmaßnahme ihre Lebensmittelmarken einsetzen musste, bekam sie bald heftigen Streit mit ihrer Mutter. Pauline sah das überhaupt nicht ein und hatte nicht das geringste Verständnis dafür, zumal sie zu Hause oftmals selbst hungrig ins Bett gingen.

„Was willscht dann jetzt schun widda mit so em? Du suchscht der imma so Hawenischtse raus, die nix druff hawe. Jetzt hoscht widda so en arma Schlugga! Un dezu konnscht wege demm noch in Deifels Kisch kumme. Wenn des enner mitkriggtd, dann bischd dro, mei Liewi! – Du bischt so a schänes Mädel, such da doch amol enner, wo Geld hot! Damit ma alle was defu hawe!"

Aber Irma kümmerte es nicht, was ihre Mutter redete, denn wieder einmal stand ihr Herz in Flammen, auch wenn sie dafür in Kauf nehmen musste, dass der Haussegen schief hing.

Paulines Liebling war schon immer ihr jüngster Sohn Guntram gewesen. Vielleicht lag es ja daran, dass er das Nesthäkchen war, vielleicht aber auch daran, dass er ihr am ähnlichsten sah. Guntram hatte ihre schwarzen Haare und ihre großen dunklen Kulleraugen geerbt. Ihm war sie eine liebevolle Mutter und zeigte sich von einer Seite, die sonst kaum jemand in der Familie von ihr erwartet hätte. Und auch Guntram hing sehr an ihr, was ihn jedoch nicht daran hinderte, immer wieder auch nach seinem Vater zu fragen. Wie er aussehe, wo er sei, warum er weggegangen sei und wann er endlich zurückkomme? Er fragte seiner Mutter Löcher in den Bauch, denn er kannte seinen Vater nicht. Guntram war gerade vier Monate alt gewesen, als sein Vater den Stellungsbefehl erhielt. Und so hatte der kleine Junge keine bewusste Erinnerung an ihn. Aber damit war er nicht allein, denn fast alle Kinder, die in diesen Jahren geboren wurden, erlitten das gleiche Schicksal. Sie wuchsen vaterlos auf – viele nur vorübergehend während des Krieges, manche aber auch für immer.

Pauline hatte seit einiger Zeit eine Freundin, mit der sie sich oft traf. Lina Roith wohnte zwei Quadrate weiter, in H2,13. Sie war der einzige Mensch, zu dem Pauline ein offenes und herzliches Verhältnis hatte. Es gab viele Gemeinsamkeiten, die sie verbanden: Beide hatten drei Kinder, zwei Jungs und ein Mädchen, und beide hatten Männer, die in Russland kämpften.

Michael Roith war erst spät, im April 1943, in den Krieg gezogen. Seine adrette Frau hatte ihren Mann zusammen mit ihrem kleinen, ebenfalls fein ausstaffierten Sohn Horst zum OEG-Bahnhof gebracht und ihm beim Abschied zugeflüstert: „Michel, du kommst wieder."

Als der deutsche Soldat in Russland ankam, setzte man ihn in der Nähe der Stadt Kursk als Munitionsfahrer ein. Obwohl diese Tätigkeit nicht ungefährlich war, zog er sie vor, denn er hoffte, sich dadurch direkten Kampfhandlungen entziehen zu können. Als jedoch drei Monate später die Deutsche Wehrmacht unter dem Decknamen „Unternehmen Zitadelle" eine letzte Großoffensive gegen die sowjetische Armee startete, traf ihn ein Granatsplitter in die linke Leiste. Er verblutete innerhalb von Minuten. Und so sahen die drei Kinder Irmgard, Oskar und Horst ihren Vater nie wieder. Das Einzige, was ihnen blieb, waren die wenigen persönlichen Gegenstände des Vaters, die man an ihre Mutter zurückschickte. Darunter befand sich auch ein blutverkrusteter

Brief der kleinen Irmgard, den ihr Vater in seiner Sterbestunde bei sich getragen hatte.

Lieber Papa,
hoffentlich bist Du noch gesund und munter. Mir und Horstl und Mutti geht es noch gut. Lieber Papa, ich lerne in der Schule ganz gut und mache Dir und Mama keine Schande.
Viele Grüße und Küsse
Deine Irmgard

Während Lina Roith somit die Gewissheit hatte, dass ihr Mann nicht mehr nach Hause kommen würde und sie ihre Kinder allein großziehen musste, blieb Pauline ein kleiner Hoffnungsschimmer, obwohl sie insgeheim schon lange den Glauben daran verloren hatte, Gustav jemals wiederzusehen.

Mittlerweile ertönten fast täglich die Sirenen, als wollten sie die in der Stadt Verbliebenen ständig in Bewegung halten. Nicht immer folgte ein schwerer Bombenangriff, denn manchmal waren es auch nur einzelne Flieger, die ihre Last über Mannheim entluden, mitunter drehte das Geschwader vorher auch ganz ab.

Als nach einem leichteren Angriff in den frühen Morgenstunden Guntram wieder einmal traurig nach seinem Vater fragte, ging seine Mutter gar nicht darauf ein und erwiderte stattdessen: „Jetzt sei doch net so draurisch, Bu! Heit Middach gehe ma zu meinere Froindin, de Frau Roith, die hot nämlich Gebordsdach. Sie hot gsagt, sie backt en Kuche un macht Kaffee. Is des net schä?"

Guntram strahlte, denn Kuchen gab es fast nie. Sie waren ja froh, wenn sie überhaupt etwas zu beißen hatten.

Einige Wochen zuvor war es ihnen so schlecht gegangen, dass Pauline ihren kleinen Sohn in das nahe gelegene Büro der NSDAP geschickt hatte. „Jetzt gehschd do hie un sachschd, dass dein Vaddeer im Krieg is un dass mer nix mehr zu esse hawwe. Vielleicht gewwese der jo was mit?" Zu Irma hatte sie gemeint: „Es is besser, wenn de Klä geht, dem gewwese eher was als uns."

Guntram marschierte also in die Parteizentrale, die sich ein

Quadrat weiter zwischen K2 und K3 befand, so wie es ihm aufgetragen worden war. Als er dort ankam, musste er feststellen, dass er und seine Familie nicht die Einzigen waren, die dieses Ansinnen hatten. Der unwirtliche, düstere Raum war von hungrigen Menschen überfüllt. An den Wänden hingen Bilder vom Führer und anderen Mitgliedern des Reichstages und zahlreiche Hitlerfahnen waren an den Fenstern und an der Tür drapiert. Der Junge stellte sich an. Nach einer halben Ewigkeit fragte ihn eine uniformierte Frau schließlich: „Na, Kleiner, was willst du denn hier?"

„Meine Mutter schickt mich," stammelte Guntram, „wir haben nichts mehr zu essen."

„Was heißt hier nichts mehr zu essen? Wie ist denn dein Name und wo wohnst du?" Ihr Ton war schroff.

Guntram beantwortete artig ihre Fragen. Trotzdem verdunkelte sich die Miene der Frau und sie fuhr ihn an: „Deine Mutter soll gefälligst ihren Hintern selbst hierher bewegen, wenn sie was will. Richte ihr das aus! Das wäre ja noch schöner!"

Der Kleine zuckte zusammen. Der Gedanke, mit knurrendem Magen und leeren Händen nach Hause zurückkehren zu müssen, ließ ihm die Tränen in die Augen steigen.

Erneut schaute ihn die Uniformierte an. „Na ja, du kannst ja nichts dafür", murmelte sie. „Komm mal her!" Sie drehte sich um und zog aus ihrer Schublade ein frisch gestrichenes Brot mit Marmelade. „Hier, nimm schon! Und jetzt mach, dass du nach Hause kommst!"

Guntram strahlte und trug seinen Schatz vorsichtig und voller Stolz nach Hause. Glücklich stand er in der Tür, als Pauline und Irma ihm öffneten. „Ich habe ein Musebrot bekommen, seht nur!" Freudestrahlend hielt er es seiner Mutter und Schwester unter die Nase. Pauline zog ihn in die Wohnung.

„Is des alles, was se dir mitgegewe hawe?", fragte sie. „Diese Nazi-Bande! Erscht schicke se unsern Vadder nach Russland un dann losse se uns hier verhungere!"

Nachdem sich ihre erste Wut und Enttäuschung gelegt hatte, strich sie Guntram über den Kopf. „Komm, setz dich hie, Bu! Jetzt esst du dei Musebrot ganz allä, dann is wenigschtens ener vun uns satt. Die Irma un isch versuche nachher bei mir in de Wertschaft was zu krigge. Do muss ich halt mol widda es bissel was abzweige. Des krieg isch schun irgendwie hie!"

Nach dieser Erfahrung war es kein Wunder, dass sich Guntram wie ein Schneekönig auf den Geburtstagskuchen von Frau Roith freute. Als sich Mutter und Sohn jedoch ein paar Stunden später dem Haus in H2,13 näherten, wuchs ihre Bestürzung mit jedem Meter. Sie hatten zwar am Morgen gehört, dass in ihrer Nähe eine Bombe gefallen war, aber sich nicht weiter darum gekümmert, da diese Geräusche schon beinahe zum Alltag gehörten. Als sie nun vor dem Haus standen, blickten beide fassungslos auf die Stelle, wo einmal die Fassade gewesen war. Sie existierte nicht mehr; war in sich zusammengefallen. Stattdessen konnte man wie in einem Puppenhaus ins Innere blicken, wo die meisten Möbel an den Seiten- und Hinterwänden noch beinahe unversehrt in den Räumen standen. Vor dem Gebäude selbst hatte sich auf dem Bürgersteig ein Haufen Geröll angesammelt: Steine und Mörtel vermischt mit Teilen von Bildern, Fensterrahmen, Zimmerpflanzen und sonstigen Haushaltsgegenständen.

Pauline fragte einen gerade vorbeilaufenden Ordnungspolizisten, wie es denn den Bewohnern ergangen sei, ob es Verletzte oder gar Tote gegeben hatte. Der Mann schüttelte den Kopf und meinte: „Das sieht schlimmer aus, als es ist. Gott sei Dank ist niemand in dem Haus zu Schaden gekommen, keiner wurde verschüttet und alle sind auch schon notdürftig untergebracht."

Pauline atmete erleichtert auf. Doch da fing der kleine Guntram plötzlich herzzerreißend an zu weinen. Mit tränenerstickter Stimme meinte er: „Mama, guck mal da!" Er deutete mit seinem Fingerchen auf die Trümmer. Und wahrhaftig, da schaute aus dem Schutt tatsächlich ein Zipfel von Frau Roiths geblümtem Kaffeewärmer hervor. „Ist der Kuchen jetzt auch begraben?", fragte er, während ihm die Tränen übers Gesicht kullerten.

„Jetzt her sofort uf zu plärre!" Pauline schüttelte ihren Jüngsten am Arm, „Meenscht, die Leit hawe jetzt ke annere Sorge als dein dabbische Kuche!"

Während Pauline den Kleinen hinter sich her nach K2 zog, unterdrückte Guntram sein Weinen und jammerte stattdessen leise vor sich hin: „Der schöne Kuchen, der schöne Kuchen!"

Obwohl Pauline immer alles, von dem sie glaubte, es noch verwerten zu können, aus dem Geröll zerbombter Häuser aufsammelte, hatte sie dieses Mal Skrupel, etwas mitzunehmen. Besonders in den Wintermonaten hatte sie nach Luftangriffen meist in den Trümmern nach Holz gesucht. Daheim sägte sie dann die Latten klein und heizte damit den Ofen in der Küche. Auch betrieb die schon seit vielen Jahren auf sich gestellte Frau einen regen Handel mit allem, was sich zu Geld machen ließ. Wäre man ihr auf die Schliche gekommen, hätte sie wohl erhebliche Schwierigkeiten bekommen. Denn oft bewegte sie sich am Rande der Legalität. Aber sie musste ihre Familie durchbringen.

Es war ein Vormittag Anfang März 1944. Draußen war es kalt und alles andere als gemütlich. Trotzdem beschloss Pauline auf den Wochenmarkt in G1 zu gehen, um bei den Bauern das eine oder andere zu kaufen oder mit ihnen Tauschgeschäfte zu machen. Guntram wollte zu Hause bleiben und mit seinem Holzauto spielen. Er liebte dieses Spielzeug über alles, denn es war das Einzige, was er von seinem Vater besaß. Gustav hatte es für seinen kleinen Sohn geschnitzt, bevor er eingerückt war.

Als Pauline das Haus verließ, trichterte sie dem Vierjährigen noch einmal ein, dass er im Fall eines Bombenalarms hinüber in den Hochbunker an der Neckarvorlandstraße laufen solle.

„Du gehscht nuff in de letzschte Stock, do, wo ma imma sin, hoscht khert? Un do wartschd, bis isch kumm!"

Nachdem Pauline mit ihren Kindern im letzten September stundenlang im Tiefbunker am Paradeplatz hatte ausharren müssen, war sie schließlich über ihren Schatten gesprungen. Künftig würde sie den Hochbunker aufsuchen, auch auf die Gefahr hin, ihren Verwandten zu begegnen. Allerdings achtete sie darauf, in einem anderen Stockwerk unterzukommen. Guntram versprach ihr, im Falle eines Alarms zum Hochbunker zu laufen.

Pauline brach in Richtung Marktplatz auf. Nur wenige Stände waren errichtet worden; was die Bauern anboten, war spärlich:

hier ein paar Rüben, da ein paar Kartoffeln oder Zwiebeln. Pauline seufzte, denn sie musste an die Zeit vor dem Krieg denken, als man auf dem Marktplatz stets ein Meer von bunten Schirmen gesehen hatte, zwischen denen sich die Mannheimer tummelten. Es war ein quirliges Treiben, in das sich Lachen, Schimpfen, Schreien, das Gackern von Hühnern und das Schnattern der Gänse mischte. Hier hatte das Leben pulsiert, man traf sich, redete über dies und das, schimpfte über die Regierung, die Preise, die Nachbarn oder den eigenen Mann. Aber das alles gehörte der Vergangenheit an. Über die Preise zu reden war müßig, es gab ja sowieso fast nichts zu kaufen. Und wie sollte man über die Männer schimpfen, wo sie doch alle so weit weg waren und an irgendeiner Front fürs Vaterland kämpften. Und über die Regierung zu schimpfen wäre einem Selbstmord gleichgekommen.

Im Januar hatte man den Brezelverkäufer verhaftet, der seit Jahrzehnten in der Vorhalle der Allgemeinen Ortskrankenkasse in der Renzstraße mit seinem Korb gestanden hatte. Im Hakenkreuzbanner war zu lesen, dass man Jakob Reiter der Volksverhetzung und Wehrkraftzersetzung beschuldige und ihm in Kürze der Prozess gemacht werde. Die Art, wie man über den Fall schrieb, ließ nichts Gutes erwarten. Dabei hatte sich Jakob Reiter lediglich in einem persönlichen Gespräch mit dem Pförtner der AOK abwertend und spöttisch über die NSDAP geäußert.

„Die Nazis, die paar Männeke, wolle die gonz Weld beherrsche? Dass isch ned lach!"

Der Pförtner hatte geantwortet: „Nicht die Nazis, die Juden wollen die Welt beherrschen!"

Worauf der Brezelmann entgegnete: „Die Jude ned, die dut ihr vernichte!" Der Pförtner, ein überzeugter Nationalsozialist, erklärte noch einmal im Brustton der Überzeugung, dass er das Vorgehen gegen die Juden für gerechtfertigt halte, denn die seien alle Ratten. Dies wiederum brachte Jakob Reiter so in Rage, dass er sich zur der fatalen Aussage hinreißen ließ: „Nä, die Radde sin ned die Jude, des soid ihr, die Nazis!"

Dem Betriebsobmann der AOK kam dies zu Ohren und er meldete Jakob Reiter umgehend bei der Gestapo, was zu einem

Prozess vor dem Volksgerichtshof in Berlin führte. Dort erging Ende März das Todesurteil gegen den Mann. Es wurde am 8. Mai 1944 vollstreckt.

Pauline lief über das grobe Kopfsteinpflaster an den wenigen Ständen entlang, vorbei am eingemauerten Marktplatzbrunnen. Die Atmosphäre war trostlos. Doch plötzlich erhellte sich Paulines Gesicht, denn ihre Freundin Lina kam mit ihrer Tochter Irmgard auf sie zu.

Die beiden Freundinnen umarmten sich und Lina erzählte Pauline, dass sie bald wieder in H2 einziehen würden, denn die Fassade sei mittlerweile wieder ganz aufgebaut. Dann begannen sie über alles Mögliche zu erzählen und vergaßen darüber das schlechte Wetter.

Plötzlich wurden sie jäh von den Sirenen unterbrochen. „Oh Gott!", schrie Pauline auf, „isch muss sofort los, mein Kleener is doch allä dehem!"

Und auch Lina Roith wurde bleich vor Schreck, denn sie hatte ihren Sohn Horst bei der Eierhändlerin Lindenberger in G2 gelassen. Während Pauline nun unter dem ohrenbetäubenden Vollalarm in Richtung Kurpfalzbrücke hastete, rannte ihre Freundin Lina zu Frau Lindenberger, die den schreienden Horst auf dem Arm hatte und versuchte, ihn zu trösten. Die schrillen Sirenen hatten den kleinen Jungen so erschreckt, dass er nicht mehr zu bändigen war.

„Sie lassen ihn am besten hier bei mir und meinem Mann, Frau Roith. Wir nehmen ihn mit hinunter in unseren Butterkeller, da beruhigt er sich bestimmt wieder." Aber die Mutter wehrte dankend ab, nahm ihre beiden Kinder und eilte mit ihnen in den Paradeplatzbunker.

Währenddessen war der kleine Guntram bereits beim ersten Sirenenton aufgesprungen und in den Hochbunker in der Neckarvorlandstraße gesputet. Pauline war hingegen in H1 Irma in die Arme gelaufen und hatte wie viele andere mit ihrer Tochter im Keller von „Betten-Wagner" Schutz gesucht. Aber sie machten sich zu große Sorgen um Guntram, der jetzt ganz allein im Bunker war. Und so brachen Mutter und Tochter noch einmal auf und rannten so schnell sie konnten zum Neckarufer. Sie kämpften sich von einer Haustür zur anderen vor, obwohl um sie herum bereits der Luftkrieg tobte. Als sie schließlich unversehrt im letzten Stock des Hochbunkers ankamen, lag Guntram bereits in einem der Stockbetten. Eine Rotkreuzschwester hatte sich des Kleinen angenommen und ihn schlafen gelegt.

Zwei Stunden später konnten sie den Bunker wieder verlassen. Als sie das K-Quadrat entlanggingen, sahen sie aus der Ferne, dass sich am Marktplatz eine riesige Menschenmenge versammelt hatte; gleichzeitig konnte man immer wieder große Stichflammen und Rauchschwaden über einem der Häuser in der Breiten Straße ausmachen.

„Losst uns mol do hiegehe un gucke, was do los is!" Als sie schließlich vor dem brennenden Haus in der Breiten Straße standen, fingen Pauline und Irma an zu weinen. Die drei schlossen sich in die Arme und während Pauline Guntram an ihre Brust drückte, sagte sie: „Guntram, beinah hättschd ke Mama un ke Schwester mer ghabt. Do unne ware ma nämlisch zuerscht drin!" Denn das Haus, auf das die Brandbombe gefallen war, war das Haus von „Betten Wagner" in H1. Die über hundert Menschen, die vom Markt aus in den nahen Keller gelaufen waren, hatten ihn alle nicht mehr lebend verlassen.

Ähnlich wie Pauline und ihren Kindern war es den Roiths ergangen. Während sie den Angriff unbeschadet im Paradeplatz-bunker überstanden, war der Butterkeller für das Ehepaar Lindenberger zur Todesfalle geworden.

Als die kleine Irmgard abends in ihrem Bettchen lag, dankte sie dem lieben Gott, dass er ihr nach dem Vater nicht auch noch den Bruder genommen hatte.

17

In Floridsdorf, dem 21. Wiener Gemeindebezirk, befand sich eine der ältesten Raffinerien Europas. Nach dem Anschluss an das Deutsche Reich 1938 wurden hier pro Jahr rund 150.000 Tonnen Erdöl verarbeitet. Besonders seit Kriegsausbruch gewannen die Raffinerie und auch andere in der Region befindliche Rüstungsbetriebe immer mehr an Bedeutung. Das einwandfreie Funktionieren dieser Anlagen würde letztendlich einen wichtigen Beitrag zum erhofften Endsieg darstellen.

Als Carlo sich am Sonntagnachmittag in der Wohnung von Daniza Ilitsch verabschiedete, streichelte er zum Abschied Harald durch das dunkle Haar und meinte: „Pass gut auf deine Mutter und dein kleines Geschwisterchen auf, wenn ich nicht da bin!"

Harald lächelte ihn an und erwiderte: „Klar, Papsch, du kannst dich auf mich verlassen." Erikas Sohn liebte Carlo über alles und hatte ihn schon nach kurzer Zeit „Papsch" genannt, die österreichische Form von „Papa". Carlo war es zwar nicht recht gewesen, aber wie hätte er es diesem kleinen, liebenswerten Jungen verwehren können? Mit der Zeit hatte er sich auch daran gewöhnt.

„Und du", er strich Erika zärtlich über die Wange, „ruh dich aus und mach dir nicht so viele Sorgen. Wir schaffen das schon."

Erika blickte ihn aus verweinten Augen an.

„Du musst jetzt nur an dich und unser Kind denken." Er strich ihr sanft über den gewölbten Bauch. „Du weißt doch, wenn du traurig bist, ist es auch traurig. Und dann kommt es am Schluss noch zu früh auf die Welt. Das willst du doch nicht, oder?"

Erika schüttelte den Kopf.

„Am Freitag sehen wir uns doch schon wieder. Ich werde mit allen Mitteln versuchen, am Mittag in die Staatsoper zu Danizas Generalprobe zu kommen und am Wochenende werde ich meinen Dienst tauschen, damit wir zusammen sein können."

Er nahm sie in die Arme und streichelte sie. Als er sie losließ, blickte er ihr in die Augen: „Und jetzt möchte ich, dass du mir dein bezauberndstes Lächeln schenkst, bevor ich gehe."

Erika bemühte sich, ein glückliches Gesicht zu machen, aber es gelang ihr nicht wirklich. Carlo gab ihr einen letzten innigen Kuss. Dann fiel die Tür ins Schloss.

Während Harald zurück ins Zimmer zu seinen Spielsachen lief, lehnte Erika noch eine Weile nachdenklich am inneren Türblatt. Was war nur los mit ihr? Sie kannte sich selbst nicht mehr. Dieses Gefühl des Alleingelassenseins brachte sie beinahe um den Verstand. Am Anfang der Schwangerschaft war sie fröhlich und zuversichtlich gewesen, aber je näher der Geburtstermin rückte, desto schlimmer wurde ihr Gemütszustand. In den nächsten fünf Wochen würde sie ihr Kind auf die Welt bringen. Aber wie würde es danach weitergehen?

Carlo kam in jeder freien Minute von Wiener Neustadt nach Wien. Er war der zärtlichste und zuvorkommendste Mann, den sie sich vorstellen konnte. Er verstand sich gut mit Harald und obwohl er zunächst etwas zögerlich reagiert hatte, gewann sie immer mehr den Eindruck, dass auch er sich mittlerweile auf ihr gemeinsames Kind freute. Stundenlang hatte Erika mit Carlo eng umschlungen auf Danizas Diwan gelegen. Sie malten sich aus, wie sie mit Harald und dem Baby im Wiener Wald unter Schatten spendenden Bäumen spazieren gingen und dabei dem Plätschern des Baches und dem Zwitschern der Vögel lauschten.

Immer wieder überlegten sie sich Namen für ihr Kind. An einem Sonntag sollte es Alexander und Henriette heißen, am darauffolgenden Sonntag verwarfen sie die Namen wieder und begeisterten sich für Sebastian und Friederike, um sich dann auf Ferdinand und Marlene zu einigen. Carlo wollte auf diese Weise die Erinnerung an seine kleine Schwester lebendig erhalten.

Einmal hatte ein Musikerfreund von Daniza sein Akkordeon stehen lassen und Carlo hatte es aus dem Koffer genommen und darauf zu spielen begonnen. Schließlich stimmte er „Auf dem Dach der Welt" an und Erika begann zu singen:

Auf dem Dach der Welt, da steht ein Storchennest,
da sitzen hunderttausend kleine Babys drin.
Wenn dir eines gefällt und du mich heiratest,
dann bringt der Storch auch uns solch kleines Baby hin.
Du brauchst ja gar nicht ängstlich sein,
es tut fast gar nicht weh.
Er beißt Dich nur ins linke Bein und schon ist alles o.k.
Auf dem Dach der Welt, da steht ein Storchennest,
da sitzt ein süßes kleines Baby für uns drin.

Kaum war der letzte Ton verklungen, hatte Erika ihn ernst angeschaut und gefragt: „Und wann heiratest du mich?"

Carlo hatte ihr zunächst nicht geantwortet und sie stattdessen in die Arme genommen und geküsst. Und als sie ihn erneut fragte, hatte er gemeint: „Erika, ist das denn wirklich so wichtig? Ich bin doch hier bei dir. Ich liebe dich und ich werde unserem Kind ein guter Vater sein." Was er ihr nicht gesagt hatte, war, dass er auch seine Frau und Tochter in Deutschland liebte und sie nicht im Stich lassen wollte. Aber auch wenn er es nicht ausgesprochen hatte, so fühlte sie es doch. Und fortan quälte sie der Gedanke daran, dass er ihr niemals ganz gehören würde.

Der Freitagmorgen begann regnerisch. Aber nach und nach klarte es ein wenig auf. Nach dem Frühstück machte sich Erika mit Harald vom Schubertring aus auf in Richtung Staatsoper. Dort würden sie Carlo treffen und sich gemeinsam die Generalprobe von Mozarts „Zauberflöte" ansehen, in der Daniza die Königin der Nacht sang. Erika freute sich auf Carlo, und Harald war schon ganz aufgeregt, denn es war sein erster Besuch in der Staatsoper. Sie gingen zeitig los, denn Erika wollte sich Zeit lassen und langsam durch die Innenstadt bummeln. Seit dem

Unfall damals mied sie die Stadtbahn, außerdem würde ihr ein ausgiebiger Spaziergang vor dem langen Sitzen in der Probe gut tun.

Gerade als sie in die Johannesgasse einbogen, heulten plötzlich die Sirenen los. Erika und alle anderen Menschen ringsum blickten sich entsetzt an, keiner wusste so recht, was davon zu halten war. Wien war noch nie angegriffen worden. Das musste ein Irrtum sein, wahrscheinlich ein Fehlalarm. Aber der Bombenalarm hielt an und schon fuhren Militärfahrzeuge mit zusätzlichem Sirenengeheul durch die Straßen; über Lautsprecher wurden die Bürger nun aufgefordert, sich sofort in ihre Luftschutzkeller oder in die Bunker zu begeben.

Kurz darauf fingen alle an, kreuz und quer durcheinander zu laufen, nur Erika und Harald blieben noch immer wie versteinert stehen. Wo sollten sie nur hin? Sie kannten sich hier überhaupt nicht aus. Erika wusste nur, dass es in ihrem Haus keinen Luftschutzraum gab. Es war also unsinnig, zurückzulaufen.

Eine Frau brüllte Erika im Vorbeirennen an: „Stehen Sie doch nicht so rum, bringen Sie sich in Sicherheit! Da die Johannesgasse runter", sie deutete in die Gegenrichtung, „da hinten in den Flakturm im Arenbergpark! Dort finden Sie Schutz!" Und so liefen Erika und Harald los. Doch sie kamen nur langsam vorwärts, denn die Hochschwangere hielt schon nach wenigen Metern inne. Sie atmete schwer. Ein heftiger Schmerz durchfuhr ihren Unterleib. „Ich kann nicht mehr! Lauf du schon mal voraus, Harald, hier, immer den anderen nach! Geh schon, Junge!"

„Nein, Mama, ich bleibe bei dir, ich lass dich nicht allein." Der Elfjährige versuchte nun seine Mutter zu stützen, er wollte sie auf keinen Fall im Stich lassen. Aber bereits an der nächsten Ecke musste Erika erneut stehen bleiben. Sie stöhnte vor Schmerzen. Die Detonationen kamen näher und näher. Nur noch wenige Menschen waren auf der Straße. Die meisten hatten schon irgendwo Unterschlupf gefunden. Erika krampfte sich an einem Laternenpfahl fest und spürte, wie es zwischen ihren Schenkeln feucht wurde. In ihrem Körper tobte es. Sie konnte sich nicht mehr auf den Beinen halten und sank auf den Bürgersteig.

„Mama, Mama, komm schon, wir müssen weiter!", schrie Harald verzweifelt und versuchte sie hochzuziehen.

Sie schrie auf vor Schmerzen. „Ich kann nicht mehr, mein Junge!", keuchte sie dann. „Los, lauf zu, ich verspreche dir, ich komme nach! Los, lauf schon!" Mit letzter Kraft drückte sie Harald von sich weg. Und als im selben Moment eine Bombe ganz in ihrer Nähe einschlug, begann der Junge fast wie von selbst zu rennen. Sie blickte ihm hinterher, bis er am Heumarkt verschwand.

Erika lehnte sich mit dem Rücken an den Laternenpfahl. Als sie sah, dass die Haustür hinter ihr offen stand, schleppte sie sich auf allen Vieren ins Innere. Erschöpft blieb sie in der Nähe des Eingangs sitzen und hielt sich den Bauch fest. Als sie an sich herunterschaute, bemerkte sie, dass sich ihr heller Mantel rot verfärbt hatte. Jetzt spürte sie die Wärme des Blutes. Der fürchterliche Schmerz, der sie noch bis vor wenigen Sekunden gequält hatte, ließ langsam nach. Gleichzeitig machte sich eine unerklärliche Ruhe in ihr breit. Obwohl sie mutterseelenallein auf dem Boden des verlassenen Hauses saß, hatte sie plötzlich keine Angst mehr. Sie schaute hinter der Tür hervor hinauf zum Himmel und erblickte zwischen den Wolkenfetzen die Flugzeuge, die nun direkt über der Stadt waren. Und bevor alles vor ihren Augen verschwand, sah sie ihren Mann Richard, der mit dem Flugzeug abgestürzt war, in einem der Flieger und flüsterte: „Richard, Liebster, endlich kommst du, um mich zu holen!" Ein Lächeln umspielte ihren Mund, als sie das Bewusstsein verlor.

Einer der Sanitäter, die Erika zwei Stunden später in einer Blutlache fanden, schüttelte den Kopf. „Da ist nichts mehr zu machen. Sturzgeburt. Da kommt jede Hilfe zu spät."

„Was für ein Jammer!", meinte sein Kollege, als er die Tote betrachtete, „So eine hübsche Frau! Selbst im Tod ist sie noch wunderschön!"

Am 17. März 1944, ein gutes halbes Jahr nach dem ersten Bombardement auf österreichischem Gebiet, war dies der erste Luftangriff der Amerikaner auf Wien. Ihr eigentliches Ziel war

Florisdorf gewesen. Sie hatten die Treibstoffproduktion unterbinden und den Versorgungsweg über die Donau durch Verminung stilllegen wollen und dabei versehentlich ihre tödliche Fracht zu früh über dem Stadtgebiet abgeladen.

Bis zum Kriegsende sollte Wien noch weitere zweiundfünfzig Angriffe erleben. Über hunderttausend Bomben würden die Stadt zerstören. Am Schluss zählte man 8.769 zivile Opfer. Eines davon war Erika.

18

„Isch hab die Nas voll bis owwe hie. Isch bleib ken Daach länga mehr hier! Laufend die Ongriffe, ke Nacht kannscht mehr schlofe un daachsiwwer tuuscht Kohldampf schiebe", schimpfte Pauline, nachdem die Zwillingsstädte Mannheim und Ludwigshafen in der ersten Jahreshälfte 1944 vierundzwanzig Mal angegriffen worden waren. Sie hatte die Koffer gepackt, sich Irma und Guntram geschnappt und war mit ihnen nach Reimersweiler im Elsass gefahren. Dort hatte die Regierung bereits ein Jahr zuvor ihren ältesten Sohn Paul mit all seinen Klassenkameraden hingeschickt.

Schon im Frühjahr hatte Pauline während eines Besuches bei ihrem Sohn die Gegend erkundet und Bekanntschaften geknüpft. Sie hatte für den Fall vorsorgen wollen, dass sie eines Tages Mannheim verlassen müssten. Deshalb fand sie jetzt schnell auf einem großen Bauernhof eine neue Bleibe für sich und ihre Kinder. Sie mussten zwar den ganzen Tag auf dem Feld und im Stall arbeiten, aber dafür hatten sie ein Dach überm Kopf und genügend zu essen.

Doch bevor sie aus Mannheim abgereist waren, hatte Guntram sich noch von seinem Freund Ede verabschieden wollen. Und so war er ins Nachbarhaus nach K2,8 gerannt und hatte vom Hof aus hochgerufen: „Ede, Ede, komm mal schnell runter!"

Aber Ede ließ sich nicht blicken. Stattdessen erschien der Kopf seiner Mutter am Küchenfenster: „De Ede kann net nunnerkumme, der liggt im Bett!"

„Was hat er denn?", rief Guntram traurig. „Ist er krank?"

„Ach wo", schrie die Frau zurück, „dem hab isch sei Hos gewesche un jetzt muss er im Bett ligge bleiwe bis se widda trocke is, denn der hot bloß die een."

So musste Guntram unverrichteter Dinge nach Hause gehen. Er würde seinen Freund erst nach dem Krieg wiedersehen.

Bei Irma gestaltete sich die Abreise erheblich schwieriger. Als sie von den Plänen ihrer Mutter erfuhr, hatte sie sich zunächst mit Händen und Füßen dagegen gewehrt. Sie wollte auf gar keinen Fall von Mannheim weg; aber vor allem wollte sie sich nicht von ihrem Freund trennen. Und so sagte sie Pauline klipp und klar, dass sie nicht mitgehen würde. „Des wolle mer doch amol sehe!" Pauline war erzürnt. „Solang du dei Fieß unner mein Disch stellschd, hoschd gefälligscht zu mache, was isch dir sag. Noch bischd net volljährisch, mei liewi Altie!" Aber der Streit zwischen Mutter und Tochter war letztendlich überflüssig, denn alles kam sowieso ganz anders. Denn als Irma an einem Sommermorgen in die Motorenwerke kam, konnte sie Nikos nirgends finden. Schließlich nahm sie ihren ganzen Mut zusammen und fragte ihren uniformierten Vorarbeiter nach seinem Verbleib. Dessen Augen zogen sich zu schmalen Schlitzen zusammen und er brüllte sie an: „Das geht dich einen Scheißdreck an! Was hast du überhaupt mit den Kriegsgefangenen zu schaffen? Mach, dass du an deine Arbeit kommst!"

Trotzdem forschte Irma weiter, aber es gelang ihr nicht, Nikos' Aufenthaltsort in Erfahrung zu bringen.

Und wieder brach es ihr Herz.

Paulines plumpe Versuche, sie mit der Aussage „annere Mitter, hawe a schäne Sähn! Des wär doch mit dem sowieso nix worre" zu trösten, waren zum Scheitern verurteilt. Aber zumindest fiel Irma nun die Entscheidung leichter, ihre Mutter und den kleinen Bruder ins Elsass zu begleiten.

Der Darmstädter Fabrikant Dr. Hans Heymann hatte unter einer in Hochstädten bei Bensheim befindlichen Marmorit-Fabrik einen unterirdischen Stollen graben lassen. Dort begann er, geschützt vor den Bomben der Alliierten, mit der Produktion kriegswichtiger Technik. Um billige Arbeitskräfte zu bekommen, drängte er zuvor bei der Regierung darauf, dass in Bensheim ein Außenlager des elsässischen Konzentrationslagers Natzweiler-Struthof angesiedelt wurde. Man kam seiner Bitte nach und so hausten in den Baracken, die man direkt neben der Fabrik errichtete, bald Hunderte von Männern unter erbärmlichsten Bedingungen. Vorwiegend waren es griechische Kriegsgefangene. Und so war es für Irma wahrscheinlich gut gewesen, dass sie nie erfuhr, dass man auch Nikos dorthin gebracht hatte – wer weiß, was sie in ihrer Verzweiflung alles angestellt hätte.

Auch die anderen Legrands verließen die Stadt. Marie, Valentin und Betty waren von heute auf morgen zu Valentins Verwandten an die Mosel aufgebrochen, während Annerose mit ihrer Tante Rosemarie Kontakt aufnahm und anfragen ließ, ob sie nicht auch für einige Zeit nach Mosbach kommen dürfe. Tante Adele zögerte keinen Augenblick und ließ ihrer Großnichte mitteilen, dass auch sie in Mosbach herzlich willkommen sei.

So wie die Zugvögel am Ende des Sommers der beginnenden Kälte entfliehen, hatte es 1944 auch die Legrands in alle Winde zerstreut. Die Einzigen in der Familie, die Mannheim nicht den Rücken kehrten und ausharrten, waren Amelie und Helena. Dass sie blieben, lag weniger daran, dass sie sich wegen ihres Gartens einigermaßen über Wasser halten konnten, vielmehr wussten sie nicht, wo sie hätten hingehen sollen.

Aber es gab auch noch ein paar andere Mannheimer, die die Stadt nicht verlassen hatten. Agathes Schwester Katharina zum Beispiel war in Feudenheim geblieben. Und so beschlossen Amelie und Helena Ende September, sie zu besuchen.

Katharinas Haus lag in einer schönen Wohngegend, gleich am Anfang der Hauptstraße. Der einzige Schandfleck war der klotzige Hochbunker, den man gegenüber errichtet hatte.

Am Mittag saßen die drei Frauen dann zusammen und tranken Muckefuck. Richtigen Kaffee konnte man schon seit geraumer Zeit nirgends mehr bekommen, worunter Amelie ganz besonders litt. Aber dafür wurde sie an diesem Tag durch die anregenden Gespräche entschädigt. Katharina hatte bis vor kurzem noch am Nationaltheater gearbeitet und so gab es jede Menge zu erzählen.

Fast ein Jahr lang hatte sie den Kostümfundus verwaltet. Das war keine leichte Aufgabe gewesen, denn durch die Bombenangriffe hatte das Ensemble immer wieder auf neue Spielstätten ausweichen müssen, was bedeutete, dass man ständig mit allem, was für eine Aufführung gebraucht wurde, umziehen musste.

„Weißt du, ich habe, als wir nach der Zerstörung des Nationaltheaters von B3 in den Rosengarten umzogen, fest geglaubt, wir würden da erst mal bleiben. Aber Pustekuchen! Ende September war der Traum dann schon wieder ausgeträumt."

„Ja, und wo habt ihr dann gespielt?" Amelie hatte in den letzten Monaten keine Zeit und auch keine Lust gehabt, sich mit dem Theater zu beschäftigen. Ihre Sorgen hatten sie zu sehr umgetrieben.

„Zuerst sind wir im Schwetzinger Rokoko-Theater aufgetreten und dann haben wir noch ein paar Mal im Pfalzbau in Ludwigshafen und in der Städtischen Bühne Heidelberg gespielt. Manchmal habe ich gedacht, wir sind eine Wanderbühne", Katharina lachte.

„Aber jetzt scheint ja wohl endgültig alles vorbei zu sein!" Amelie seufzte. „Mit diesem Hitler haben wir den Bock zum Gärtner gemacht!"

„Das kann man wohl sagen! Das Propagandaministerium hat am 1. September alle Theater geschlossen. Das hast du doch sicher auch mitbekommen?"

„Ich habe sogar im Volksempfänger Goebbels' Rede im Originalton gehört. Armes Deutschland!" Amelie atmete tief durch. „Und was ist aus dem Ensemble geworden?", hakte sie nach.

„Die Männer hat man zur Wehrmacht oder zum Volkssturm geschickt und die Frauen wurden dazu verpflichtet, in Rüstungsbetrieben zu arbeiten. Stell dir das vor, das ist doch unglaublich!" Katharina war empört.

„Und wo haben sie dich hin gesteckt?", fragte Amelie nach.

„Mich! – Mich stecken die nirgends hin. Ich werde in den nächsten Tagen nach Rimbach zu Agathe fahren und komme erst wieder zurück, wenn dieser ganze Wahnsinn hier vorbei ist. Ich hoffe nur, dass das bald der Fall sein wird."

„Du hast es gut! Wir haben leider keinen, zu dem wir gehen könnten! Wir kennen niemanden auf dem Land", bemerkte Amelie nachdenklich.

„Du bist eine ganz schöne Schwindlerin! Und du wirst nicht einmal rot dabei!" Katharina lächelte Amelie an, die verwundert den Kopf schüttelte.

„Na, du kennst doch jemanden! – Mich und Agathe! Ihr könnt jederzeit zu uns nach Rimbach kommen, das ist überhaupt kein Problem!"

Gerade wollte Amelie sich bedanken, da wurde ihr Kaffeeplauder durch den Lärm der Sirenen unterbrochen.

„Nein, nicht schon wieder!" Katharinas Stimme klang missmutig. „Wenn das so weitergeht, dann können wir gleich bis zum Kriegsende in den Bunker einziehen!"

Während sie aufsprangen und schnell ihre Siebensachen zusammenpackten, meinte Amelie: „Na, wenigstens hast du es ja nicht weit, der Bunker ist ja gerade vis-à-vis."

Der Aufenthalt im Feudenheimer Hochbunker währte nicht lange, denn die Amerikaner hatten sich nicht Mannheim, sondern Ludwigshafen als Ziel ausgesucht. Dort griffen rund vierhundert Bomber den Rangierbahnhof, das Hydrierwerk zur synthetischen Ölherstellung und die Ölproduktionsanlage in Oppau an, um nach erfolgter Mission wieder abzudrehen.

Mannheim blieb an diesem Mittag verschont.

Als Mutter und Tochter eine Stunde später den Heimweg antraten, meinte Amelie: „Findest du das nicht nett, dass Katharina uns angeboten hat, dass wir jederzeit nach Rimbach kommen können?" „Doch, Mama", antwortete Helena kurz.

„Weißt du, wenn das hier so weitergeht, werden wir ihre Hilfe vielleicht doch irgendwann in Anspruch nehmen müssen."

Helena nickte.

„Manchmal erfährt man von Freunden mehr Unterstützung als von der eigenen Verwandtschaft. Von denen muss doch keiner fragen, ob wir mitkommen wollen." Amelie spielte in erster Linie auf Marie an, die in einer regelrechten Nacht- und Nebelaktion mit ihrer Familie an die Mosel gefahren war.

„Hm." Erneut nickte Helena mit dem Kopf.

Plötzlich blieb Amelie stehen. „Helena, kannst du mir mal sagen, was mit dir los ist? – Du hast den ganzen Mittag kein Wort geredet und jetzt höre ich auch von dir nur ‚hm', ‚doch', ‚ja' oder ‚nein'. Was soll das? Warum bist du so einsilbig? Ist etwas mit dir?"

Helena redete im Gegensatz zu ihrer Mutter nie besonders viel. Sie war ein Mensch, der lieber anderen zuhörte. Aber dass sie überhaupt nichts von sich gab, war nun doch ungewöhnlich.

„Du sagst mir jetzt, was los ist!" Amelie ließ nicht locker.

„Ach, Mama, es ist nichts. Nichts von Bedeutung, wirklich!" Sie schüttelte mit dem Kopf.

„Ich nehme dir das nicht ab, mein Kind. Also, jetzt sag schon, was ist mit dir?"

Helena passte es nicht, dass ihre Mutter so in sie drang, aber sie wusste, dass Amelie sich nicht so leicht abspeisen lassen würde und so begann sie zu reden.

„Weißt du, Mama, es ist wegen Ewald", begann sie.

„Wegen dem netten, jungen Mann, den du letzte Weihnachten kennengelernt hast?" Amelie wusste gleich, um wen es ging.

„Ja, und was ist mit ihm?"

„Er hat mir geschrieben ..." Helena hielt inne, was Amelie nutzte, um sofort zu reagieren.

„Ja, ich weiß, dass er dir dauernd schreibt. Manchmal frage ich mich, ob er überhaupt noch etwas anderes macht."

Amelie musste lachen.

„Mama!" Helenas Stimme klang energisch wie selten.

„Entschuldige! Ja, was hat er dir denn geschrieben?"

„Ich weiß nicht, wie ich es sagen soll?" Wieder zögerte Helena.

„Na, sag es doch einfach und denk nicht soviel darüber nach!"

Helena seufzte: „Er hat mir geschrieben, dass er am 17. Oktober kommen möchte, das ist ein Sonntag und sein Geburtstag ..."

„Ja, das ist doch schön. Soll er nur kommen! Ich backe ihm einen Kuchen. – Freu dich doch, mein Kind!" Amelie fand das eine wunderbare Idee. An dem gequälten Gesichtsausdruck ihrer Tochter bemerkte sie jedoch, dass das noch nicht alles war.

„Willst du mir noch etwas sagen?"

„Nein! – Ich meine ja – er möchte sich mit mir an seinem Geburtstag verloben und ein ganz großes Fest machen!" So, jetzt war es heraus. Helena atmete tief durch.

Amelie machte ein ernstes Gesicht und antwortete nichts.

„Siehst du, ich habe gewusst, du wirst mir böse sein. Ich wollte es dir schon seit Tagen erzählen und habe mich nicht getraut." Helena bereute, dass sie ihrer Mutter die Wahrheit gesagt hatte.

Diese schüttelte den Kopf. Dann veränderten sich ihre Gesichtszüge und sie prustete lachend heraus: „Helena, ich finde das eine wunderbare Idee. Und wenn ihr euch beide von Herzen liebt, dann wünsche ich euch, dass ihr miteinander glücklich werdet." Obwohl sie in diesem Augenblick ungeschützt auf der Hindenburgbrücke standen, umarmte Amelie ihre Tochter und gratulierte ihr zur bevorstehenden Verlobung.

Am nachfolgenden Tag, es war der 25. September 1944, verfolgten Amerikaner und Engländer erneut ihre Taktik des „Rock-around-the-clock-bombing", das heißt, sie griffen rund um die Uhr an. Und so näherten sich Mannheim in der Nacht zum Dienstag 48 britische „Mosquitos", um einen erneuten Schlag gegen die Stadt zu führen. Bei den Mosquitos handelte es sich um extrem schnelle und äußerst manövrierfähige Jagdflugzeuge, die in entsprechender Höhe eine Geschwindigkeit von über 600 Stundenkilometern erreichen konnten. Für die Zivilbevölkerung stellten sie jedoch eine besondere Bedrohung dar, weil sie oft bis auf 30 Meter herunterkamen, von wo die Besatzung dann mit Maschinengewehren in die Menschenmenge schoss. Sie versetzten die Menschen in Angst und Schrecken.

Der Angriff in dieser Nacht zählte eher zu den leichteren, aber er war einer der tragischsten. Denn angesichts der im Tiefflug angreifenden Mosquitos brach vor einem der Bunker eine Panik aus, was zur Folge hatte, dass 32 Erwachsene und sieben Kinder zu Tode gedrückt wurden. Eines der Opfer starb einen besonders grausamen Tod, denn die Frau wurde von den Nachdrängenden auf den Rucksack eines vor ihr stehenden jungen Mädchens gedrückt, aus dem eine lange Stricknadel ragte. Sie wurde von ihr regelrecht aufgespießt.

Der Mannheimer Bunker, in dem sich diese Tragödie ereignete, war der Hochbunker in Feudenheim, der Bunker, in dem Amelie und Helena am Mittag mit Katharina gewesen waren. Katharina kam in der Nacht nicht zu Schaden, denn durch die Nähe ihres Hauses zu dem Hochbunker war sie eine der Ersten gewesen, die darin Schutz gefunden hatte.

19

„Hast du Ewald schon geschrieben, dass du seinen Antrag annimmst?", fragte Amelie ihre Tochter, als sie zwei Tage später am Neckar entlang vom Garten nach Hause gingen.

Helena nickte: „Ja, noch am selben Abend." Sie lächelte und die Verliebtheit strahlte aus ihren Augen.

„Ach, muss Liebe schön sein!" Amelie blickte sehnsüchtig auf die Wasseroberfläche des Neckars.

„Meinst du, Papa wird auch kommen? Wir haben ihn schon so lange nicht mehr gesehen."

Die sonst so beredte Amelie schwieg zunächst. Nach einer Weile meinte sie: „Ich kann es dir nicht sagen. Du weißt ja, dass Papa mittlerweile nicht nur junge Soldaten ausbildet, sondern sich auch selbst an Kämpfen beteiligen muss. Und jetzt, wo die ‚Rote Armee' immer mehr auf dem Vormarsch ist, wird man ihm gleich gar keinen Heimaturlaub geben."

Helena nickte. „Schade, aber vielleicht ist es ja auch besser so. Wer weiß, wie Papa reagieren würde. Er wird es noch früh genug erfahren." Damit war für Helena das Thema erst einmal beendet.

Amelie war es in den mehr als eineinhalb Jahren erfolgreich gelungen, ihrer Tochter die Probleme, die sie mit Carlo hatte, zu verschweigen. Selbst die Verwandten hatten nichts bemerkt. Sie hatte ihnen immer von Briefen erzählt, die Carlo nie geschrieben hatte und ihnen nie ausgesprochene Grüße von ihm bestellt. Damit hatte sie ihnen vorspielen können, dass alles in Ordnung war.

Aber nichts war in Ordnung.

Im letzten Monat hatte sie nach langer Zeit einen Brief von Carlo erhalten, in dem er ihr mitteilte, dass er im Kriegslazarett Stift Göttweig in der Nähe von Wiener Neustadt liege. Sie solle sich nicht sorgen, sein Magen würde ihm einmal wieder Probleme machen. Er schrieb in dem Brief über alles Mögliche, nur diese Frau erwähnte er mit keinem Sterbenswörtchen.

Als Amelie ihm allerdings zurückschrieb, dass sie versuchen wolle, zu ihm zu kommen, telegrafierte er ihr gleich am nächsten Tag „Komm bitte nicht! Carlo."

Also schien er doch noch mit dieser Frau zusammen zu sein. Warum sonst würde er so heftig reagieren und ihr gleich am nächsten Tag ein Telegramm schicken? Wahrscheinlich wollte er verhindern, dass sie der anderen begegnete.

Was Amelie nicht wissen konnte, war, dass Erika zu diesem Zeitpunkt schon seit fünf Monaten tot war.

Carlo war an besagtem Tag im März, als der Bombenalarm ertönte, Erika entgegengelaufen. Er hatte in unzählige Luftschutzkeller in der Johannesgasse hineingeschaut und war schließlich am Arenbergpark bei den beiden Flaktürmen gelandet. Dort suchte er zunächst vergeblich die unteren Stockwerke ab. Plötzlich vernahm er eine ihm nicht unbekannte Stimme, die verzweifelt nach ihm rief. „Papsch, Papsch!" Er wandte sich um und sah Harald mit verheultem Gesicht in der Ecke sitzen. Carlo atmete auf. Gott sei Dank, er hatte sie gefunden!

Harald kam auf ihn zugelaufen und er nahm den Jungen fest in die Arme. Er strich ihm über den Kopf und meinte: „Du musst keine Angst haben, hier sind wir sicher. Du bist doch jetzt schon ein großer Bub, also Kopf hoch!" Carlo lächelte ihn an, aber Harald schien untröstlich zu sein. „Komm schon, führ mich jetzt zu deiner Mutter! Ich bin so froh, dass ihr euch hier in Sicherheit bringen konntet."

Draußen tobte es mittlerweile. Durch die heftige Gegenwehr der Soldaten, die mit schwerem Gerät über ihren Köpfen auf den Flaktürmen die Stadt verteidigten, verstärkte sich das Getöse, so dass man sein eigenes Wort kaum verstand.

Aber Harald reagierte nicht. Und so brüllte Carlo ihn erneut an: „Bring mich zu deiner Mutter!" Noch immer zeigte der Junge keinerlei Reaktion. Carlo schüttelte ihn. „Jetzt bring mich schon zu ihr!" Eine ältere Frau kam auf sie zu. „Lassen Sie den Buben los!", schrie sie Carlo an. „Schlimm genug, dass seine Mutter ihn allein hierher schickt!"

„Was?" Carlo glaubte seinen Ohren nicht zu trauen. Er blickte Harald erneut an. „Erika ist nicht hier?" Noch immer weinend, schüttelte der Junge den Kopf und deutete zur Tür. „Mama ist da draußen!"

Wie von Sinnen stürzte Carlo zur Tür. „Mach auf!", schrie er den jungen Soldaten an. „Ich muss hier raus!"

„Sie können hier jetzt nicht raus!" Der Uniformierte stellte sich vor die Tür.

„Ich muss aber hier raus, meine Frau ist da draußen. Sie ist schwanger!" Carlo versuchte den Mann zur Seite zu schieben. Der aber wehrte sich heftig und mit aller Kraft stieß er Carlo zu Boden. Carlo wollte aufstehen, um sich erneut auf die Tür zu stürzen, als der Soldat seine Waffe zog und sie auf ihn richtete.

„So, jetzt aber ganz ruhig!" Der Uniformierte wedelte nervös mit dem Revolver hin und her und hatte den Finger am Abzug. „Setz dich schön da rüber und zwing mich nicht zum Äußersten!"

Ein paar ältere Männer waren mittlerweile aufgesprungen und hatten Carlo in ihre Mitte genommen. „Kommen Sie, setzen Sie sich hin! Das hat doch alles keinen Sinn. Am Schluss verliert der noch die Nerven und drückt tatsächlich ab!"

Als Carlo Stunden später erfuhr, dass man Erika tot in einem Hauseingang in der Johannesstraße aufgefunden hatte, schrie er laut auf in seiner Verzweiflung. Was ihn noch zusätzlich erschütterte, war, dass er auf der Suche nach ihr an dem Hausflur, in dem sie gestorben war, vorbeigelaufen war. Er hatte jedoch ihren zusammengesackten Körper hinter der Tür nicht sehen können.

Carlo machte sich schwere Vorwürfe. Wenn er Erika rechtzeitig gefunden hätte, redete er sich ein, wären vielleicht beide, sie und das Kind, mit dem Leben davon gekommen. Er sah sie, wie sie beim Abschied am letzten Sonntag mit verweinten Augen vor ihm gestanden hatte und er bereute tief, dass er ihr durch seine Unentschlossenheit so viel Kummer gemacht hatte. Alle Menschen, die er liebte, Amelie, Erika, Helena und Harald, hatte er enttäuscht und unglücklich gemacht. Er verbiss sich immer mehr in diesen Gedanken und es wurde für ihn zur fixen Idee. Er hatte sich schuldig gemacht und diese Schuld musste er sühnen. Und darum beschloss er, sich freiwillig an die Ostfront zu melden.

Man kam seiner Bitte nur allzu gerne nach, da der Führer am 12. April den Befehl gegeben hatte, dass Sewastopol zu halten sei. Und so schickte man Carlo Legrand auf eigenen Wunsch in den Süden der Ukraine.

Aber das Schicksal hatte anderes mit ihm vor, denn schon bei einem der ersten Kampfeinsätze in der Nähe des Kap Fiolent auf der Krim wurde er so schwer verletzt, dass man ihn ins Feldlazarett Feodosia brachte, wo man ihn notdürftig zusammenflickte. Als er nach zwei Monaten transportfähig war, wollte man ihn zur weiteren Behandlung nach Mannheim ins Theresienkrankenhaus überweisen, das schon seit Beginn des Krieges als Reservelazarett der Wehrmacht diente. Dagegen wehrte er sich jedoch vehement. Und so brachte man ihn schließlich ins Kriegslazarett Stift Göttweig zur weiteren Behandlung. So gerne Carlo einerseits nach Hause zurückgekehrt wäre. Er konnte es nicht. Seine Scham war zu groß.

*

Es sollte sich nicht einfach gestalten, in Kriegszeiten ein Verlobungsfest auszurichten. Aber da die meisten sowieso nicht mehr in Mannheim waren, würde die Feier nur im kleinen Kreis stattfinden. Neben den Verlobten und ihr selbst würde Amelie noch Katharina und ein paar Nachbarn einladen. Die alten Abeles, die bei ihnen auf dem Stock wohnten, und Frau Fischer aus dem Parterre. Seit man ihr Hubert weggenommen und ihn nach Wiesloch in die geschlossene Abteilung gebracht hatte, war sie untröstlich. Sie hatten ihn eines Tages einfach abgeholt und ihr Besuchsverbot erteilt. Seit Wochen fragte sie sich, ob ihr Sohn überhaupt noch lebte. Nach allem, was man hörte, hatte sie die größten Befürchtungen, dass man ihm etwas antun könnte. Frau Fischer würde es sicher gut tun, wenn sie für ein paar Stunden ihren Kummer vergessen konnte. Auch Annerose wollte versuchen, am 17. Oktober nach Mannheim zu kommen.

„In zehn Tagen verlobe ich mich, ich kann es noch gar nicht glauben!" Helena war selig, während sie zusammen mit Amelie an der schönen Tischdecke stickte. Sie musste unbedingt bis zu der Verlobungsfeier fertig werden.

„Warst du eigentlich heute schon am Briefkasten?", fragte Amelie plötzlich.

„Nein, aber ich kann schnell hinuntergehen, während du weiterstickst." Und schon war Helena verschwunden.

Amelie dachte zurück. Carlo und sie hatten sich damals nicht verloben können, sie hatten ja nicht einmal Geld für ein Hochzeitsfest gehabt.

Sie hatte die Reihe zu Ende gestickt und blickte auf die Uhr. Zehn Minuten waren bereits vergangen. Wo Helena bloß blieb? – Wahrscheinlich hatte sie im Treppenhaus jemanden getroffen und erzählte jetzt von ihrer bevorstehenden Verlobung.

Als Helena jedoch nach weiteren zehn Minuten immer noch nicht zurückgekehrt war, öffnete Amelie die Tür. Doch im dunklen Hausflur war nichts zu sehen. Sie wollte gerade die Tür wieder zuziehen, als sie ein unterdrücktes Schluchzen vernahm. Da erkannte sie Helena, die auf dem Treppenabsatz saß und leise vor sich hin weinte.

„Um Gottes Willen, Kind, was ist denn passiert?" Unwillkürlich schaltete Amelie das Licht an und ging auf Helena zu. Da sah sie den Brief, den ihre Tochter in zitternden Händen hielt. Es war Helenas eigener Brief, den sie zwei Wochen zuvor an Ewald geschrieben hatte. Der Brief, der zwei Stempel trug und auf dem mit großen Lettern zu lesen war:

An Absender zurück – gefallen für Deutschland.

20

Als Amelie am 6. November die Schlagzeile des Hakenkreuzbanners vorlas, schüttelte sie nur den Kopf: „‚100. Luftangriff auf
Mannheim'. Wie soll das alles bloß noch enden?"

Helena saß schweigend an ihrer Nähmaschine. Seit Ewalds
Tod hatte sie sich einerseits völlig zurückgezogen, andererseits
hatte sie versucht, sich so mit Arbeit einzudecken, dass sie gar
nicht mehr zur Besinnung kam. Sie hatte die ganze Wohnung
geputzt, Schränke ausgewaschen, alles neu eingeräumt, aber vor
allem nähte sie von früh bis spät wie eine Besessene, nur unterbrochen von dem immer häufiger wiederkehrenden Fliegeralarm.
Sie aß wenig, sprach kaum etwas und Amelie hatte sie seither
nicht mehr lachen sehen. Früher hatten sie manchmal Mühle
oder Dame miteinander gespielt, aber egal was Amelie ihrer
Tochter jetzt vorschlug, sie wehrte alles ab. Entweder musste sie
nähen oder sie sagte, sie sei müde. Und es wurde immer schlimmer mit ihr.

Amelie war ratlos. Sie kam einfach nicht mehr an sie ran.
Gewiss, der Tod des jungen Mannes war schrecklich. Aber er war
in diesen verdammten Zeiten nicht der Einzige, der diesem un-
seligen Krieg zum Opfer fiel, und Helena war auch bei Weitem
nicht die einzige Frau, die um einen Mann, den sie geliebt hatte,
weinte.

Manchmal dachte Amelie, dass da noch irgendetwas anderes
sein musste, was ihre Tochter plagte, aber dann verwarf sie den
Gedanken wieder. Irgendwann jedoch hielt Amelie diese Sprach-
losigkeit nicht mehr aus.

„So geht das nicht weiter, Helena!", sagte sie eines Tages. „Ich weiß, dass das, was dir widerfahren ist, ganz schrecklich für dich sein muss, aber das Leben geht weiter, mein Kind!"

Sie bekam keine Antwort.

„Hör zu, du hast noch dein ganzes Leben vor dir! Du wirst noch viele Männer kennenlernen und irgendwann kommt der Richtige. Ganz bestimmt. – Ich hatte in Fürstenwalde auch eine Jugendliebe." Amelie lächelte. „Johann war meine erste große Liebe. Und dann ist er 1917 im Krieg gefallen. Ich dachte damals auch, jetzt ist alles vorbei. Aber dann ist mir später dein Vater begegnet. Was Besseres hätte mir gar nicht passieren können."

Helena legte das Kleid auf die Nähmaschine und blickte ihre Mutter durchdringend an. „Bist du dir da ganz sicher?"

Amelie schaute ihre Tochter verwundert an. „Natürlich bin ich mir sicher. Zweifelst du etwa daran? Ich liebe deinen Vater."

„Und liebt er dich auch?" Noch immer betrachtete Helena ihre Mutter mit ernster Miene.

„Aber natürlich liebt er mich und natürlich liebt er auch dich. Dein Vater liebt uns beide!" Amelie sagte es im Brustton der Überzeugung.

„Und warum ist er dann seit fast zwei Jahren nicht mehr zu uns nach Hause gekommen?" Helenas Ton war vorwurfsvoll.

„Aber das weißt du doch! Es ist Krieg und man hat ihm in Wiener Neustadt alle möglichen Aufgaben übertragen ..."

„Sei still, Mama, ich will diese Lügen nicht mehr hören!", unterbrach sie Helena. Dann öffnete sie die kleine Schublade an ihrer Nähmaschine und reichte ihrer Mutter schweigend zwei Briefumschläge. Amelie erstarrte, denn es waren Idas Brief und der von Carlo, in dem er ihr mitgeteilt hatte, dass es eine andere Frau in seinem Leben gab.

„Wo hast du die her?" Amelie setzte sich auf den Stuhl. Sie hatte plötzlich das Gefühl, jemand würde ihr den Boden unter den Füßen wegziehen.

„Du hättest sie besser verstecken müssen. Ich habe sie beim Putzen hinter den Schütten im Küchenschrank gefunden."

Amelies Mundwinkel begannen unkontrolliert zu zucken und

sie blickte zu Boden. Es gab so vieles, was sie Helena in diesem Moment hätte erklären wollen, aber sie brachte keinen Ton heraus. So saßen sie eine ganze Weile schweigend nebeneinander.

„Warum hast du mir nichts gesagt?", begann Helena von neuem das Gespräch. „Du weißt es seit eineinhalb Jahren. Hast du so wenig Vertrauen zu mir?"

„Aber nein, du musst mich verstehen, Helena, ich konnte es dir nicht sagen. Dein Vater liebt dich und du liebst ihn, mehr noch, ich weiß, dass du ihn verehrst. Wie hätte ich dir da sagen sollen, dass es eine andere Frau in seinem Leben gibt und ich nicht weiß, ob er jemals ..." Amelie begann zu weinen und fügte mit tränenerstickter Stimme hinzu, „... zu uns zurückkommt."

Als sie sich wieder gefasst hatte, fügte sie hinzu: „Glaube mir, ich wollte dir nicht wehtun. Du bist doch das Einzige, was ich noch habe."

Zum ersten Mal sah Helena ihre starke Mutter, diese tapfere, geradlinige und gefasste Frau, in sich zusammenfallen. Wie ein Häufchen Elend saß Amelie vor ihrer Tochter und zeigte ihre Verzweiflung und ihre Angst, die sie schon so lange in sich trug.

Helena stand auf, umarmte ihre Mutter und tröstete sie. Und Amelie ließ es zu. Immer war sie für andere da gewesen und nun kümmerte sich das erste Mal jemand um sie. Und dazu noch ihre Tochter, von der sie das nie erwartet hätte. Sie sah ihr kleines Mädchen plötzlich mit anderen Augen.

Und auch für Helena war es eine wichtige Erfahrung. Der Kummer ihrer Mutter, aber vor allem die Tatsache, dass Amelie endlich darüber geredet und ihre Gefühle gezeigt hatte, half Helena über den eigenen Schmerz besser hinweg. Es war, als wäre ein Knoten geplatzt. Und es war Helenas letzter Schritt zum Erwachsenwerden.

*

Es war ein bitterkalter Winter. Schon Mitte November hatte es zu schneien begonnen. Die Straßen und Wege waren seit Wochen vereist. Als Amelie eines Morgens in die Küche kam, war sogar das Wasser in der Schüssel eingefroren. „Wir brauchen unbedingt etwas zum Heizen, lass uns an den Rheinkai gehen und versuchen, einen Sack Kohlen oder Briketts zu bekommen."

Sie holten den Schlitten aus dem Keller und machten sich auf den Weg. Es war mühsam, aber sie hatten Glück. Man verkaufte ihnen einen Sack voll Briketts. Notdürftig befestigten sie ihn auf dem Schlitten und zogen ihn an den Bahngleisen entlang in Richtung Jungbusch. Aber etwa nach der Hälfte des Weges liefen sie in einen Bombentrichter. Der Schlitten kippte und der Sack mit den Briketts fiel hinein. Amelie und Helena versuchten ihn herauszuziehen, aber er war zu schwer. Sie schafften es nicht.

In diesem Augenblick fuhr ein Auto mit zwei deutschen Soldaten langsam an ihnen vorbei. Amelie winkte ihnen: „Hallo, hallo, helft uns bitte!"

Aber die beiden machten überhaupt keine Anstalten anzuhalten, im Gegenteil, sie hätten Amelie beinahe noch umgefahren.

Stattdessen kamen zwei russische Kriegsgefangene, die an den Gleisen arbeiteten und den Vorfall beobachtet hatten, zu ihnen herübergelaufen und zogen den Schlitten mitsamt dem Kohlensack aus dem Graben.

Die beiden deutschen Soldaten hatten das im Rückspiegel beobachtet, legten nun den Rückwärtsgang ein und fuhren zu ihnen zurück. Sie sprangen aus dem Wagen heraus.

„Heil Hitler!"

Amelie hasste das Geräusch, das das Zusammenschlagen der Stiefel verursachte. Sie würde sich nie daran gewöhnen.

„Guten Tag", erwiderte sie, während Helena schwieg.

„Was ist denn mit dem Drecksgesindel los?" Einer von ihnen ging auf die beiden russischen Kriegsgefangenen zu. „Was fällt euch ein, einfach eure Arbeit zu verlassen und deutsche Frauen anzusprechen!"

Die beiden Russen blickten erschrocken um sich und machten eine Gebärde der Unterwürfigkeit.

„Das lassen wir euch nicht durchgehen, wir werden dafür sorgen, dass ihr eine gehörige Strafe dafür kriegt!", herrschte nun der andere die beiden Russen an.

„Aber die Männer haben doch nichts Böses getan, im Gegenteil, sie haben uns geholfen", mischte sich nun Amelie ein.

„Das interessiert uns nicht!" Die Arroganz, mit der sich die beiden aufführten, ärgerte Amelie und darum nahm sie ihren ganzen Mut zusammen.

„Euch beiden will ich mal was sagen, wenn ihr die beiden Männer anzeigt, dann werde ich bei eurer Dienststelle Meldung machen, dass ihr uns einfach im Straßengraben habt liegen lassen und mich beinahe noch umgefahren habt. Schreibt euch das hinter die Ohren!" Am liebsten hätte sie noch „ihr Rotzlöffel" hinzugefügt, aber sie verkniff es sich.

Mit Amelies couragiertem Auftreten hatten die beiden nicht gerechnet. Unsicher blickten sie sich an. Dann meinte der eine zu den Russen: „Macht, dass ihr wegkommt!"

Und der andere sagte: „Ganz ruhig, gute Frau, das war doch nicht so gemeint", worauf die beiden den Schlitten und den Kohlensack auf ihr Fahrzeug luden und Amelie und Helena nach Hause fuhren.

Noch während der Fahrt gab es Fliegeralarm. Als sie in der Beilstraße ankamen, hatten die beiden Frauen keine Zeit mehr, die Briketts in den Keller zu bringen, denn schon fielen die ersten Bomben. Und so ließen sie den Schlitten mitsamt dem Kohlensack vor dem Haus stehen und liefen, so schnell sie konnten, in den Bunker.

Als sie nach zwei Stunden wieder heimkamen, standen weder der Schlitten noch der Kohlensack vor dem Haus.

*

Im Dezember verging kein Tag, an dem nicht mindestens einmal die Sirenen aufheulten. Und so hatte man sich schon frühzeitig darauf eingestellt, dass man Weihnachten in diesem Jahr mit höchster Wahrscheinlichkeit im Bunker verbringen würde. Einen Tag vor Weihnachten flogen die Amerikaner tagsüber drei Einsätze und sie saßen über sieben Stunden im Hochbunker in der Neckarvorlandstraße.

„Die Yankees und die Tommies werden uns morgen das Weihnachtsfest schon versalzen", hatte die flotte Lotte gemeint, „darüber brauchen wir uns keine Illusionen zu machen!"

Lotte Jürgens und die anderen Hausbewohner der Beilstraße 22, die noch in Mannheim geblieben waren, hatten in den letzten Wochen versucht, immer gemeinsam im selben Raum des Hochbunkers unterzukommen. Man kannte sich, man hatte schon zu Friedenszeiten in der Beilstraße unter einem Dach gewohnt, all das verband, schaffte eine Vertrautheit und machte alles ein bisschen erträglicher.

Frau Fischer begann zu schluchzen. „Ohne meinen Hubert wird das morgen sowieso kein Weihnachtsfest für mich. Wir haben immer zusammmen Weihnachtslieder gesungen und es hat ihm so viel Spaß gemacht."

Frau Hartmann stand auf und nahm ihre Nachbarin in den Arm. „Komm, Anni, unser Leben muss weitergehen, was will ich erst sagen. Mir hat dieser verdammte Krieg alles genommen, was mir auf dieser Welt etwas bedeutet hat: Mein Otto ist in Norwegen im U-Boot jämmerlich ersoffen und meinen Horst hat es auf dem Flakturm zerfetzt. Er war gerade mal sechzehn und hatte noch alles vor sich."

„Du hast ja recht, Sofie. Ich weiß nicht, wo du die Kraft hernimmst, das alles zu ertragen." Frau Fischer wischte sich mit dem Taschentuch das Gesicht ab.

„Ach, das täuscht, so stark bin ich gar nicht", erwiderte Frau Hartmann, „aber irgendwann hatte ich keine Tränen mehr."

„Ich will jetzt nichts mehr davon hören!", erhob Frau Schmidt die Stimme. „Jeder hat sein Päckchen zu tragen. Wenn wir hier herumsitzen und jammern, wird alles nur noch schlimmer. Ich bin der Meinung, wir sollten denen da oben ein Schnippchen schlagen. Lasst uns doch morgen hier im Bunker Weihnachten feiern. Jeder bringt etwas mit und ich versuche einen kleinen Weihnachtsbaum aufzutreiben."

Obwohl einige sich zunächst erstaunt anblickten ob dieses ungewöhnlichen Vorschlags, so freundeten sie sich doch nach und nach mit dem Gedanken an, und als es Entwarnung gab, war man sich einig, dass jeder beim ersten Alarm etwas mitbringen solle und sie den Weihnachtstag hier gemeinsam im Bunker verbringen würden. Und als am 24. Dezember um 9.33 Uhr die ersten Sirenen ertönten, rückten sie alle mit irgendetwas an.

Als Amelie, Helena und Frau Schmidt mit dem kleinen Christbaum an den Räumen für Parteimitglieder vorbeikamen, streckten gerade Edelgard Schneyder und ihre Mutter die Köpfe heraus, und Edelgard, wie immer in der BDM-Uniform, meinte: „Was soll denn dieser Firlefanz? Als ob wir keine anderen Sorgen hätten!"

„Die stellt an Heiligabend wahrscheinlich lieber eine braune Kerze vor das Bild des Führers und singt das ‚Horst-Wessel-Lied'", flüsterte Amelie grinsend Helena zu und konnte ihrer Tochter ein Lächeln abringen.

Helena trauerte zwar noch immer um Ewald, aber das offene Gespräch mit ihrer Mutter hatte ihr geholfen, ihre Depression zu überwinden. Was ihren Vater anbelangte, so hatte sie ihn zwar ein bisschen von seinem Thron heruntergeholt, aber im Gegensatz zu ihrer Mutter hatte sie die Hoffnung nicht aufgegeben, dass er zu ihnen zurückkehren würde. Amelie hatte keine Ahnung, woher Helena diese Zuversicht nahm, aber immer wieder sagte sie zu ihrer Mutter: „Mama, mach dir keine Sorgen, Papa kommt zu uns zurück. Ich fühle das."

Frau Schmidt hatte tatsächlich einen kleinen Christbaum besorgen können. Und Amelie hatte noch in der Nacht ein paar Hildabrötchen gebacken und dafür ihre restliche Marmelade aufgebraucht.

Auch die alten Abeles hatten ihr letztes Glas Salzgurken geopfert, das sie im Keller finden konnten. Man hatte das Gefühl, dass langsam alles zur Neige ging. Frau Hartmann kochte ein paar Eier ab und brachte ein paar Stück Zwieback mit.

Helena hatte ein paar Sterne gebastelt und altes Lametta mitgebracht, das sie im Keller in einer vergilbten Schachtel gefunden hatte. Den wichtigsten Beitrag neben dem Weihnachtsbaum steuerte jedoch die flotte Lotte bei. Wahrscheinlich bedingt durch ihre nicht wenigen Herrenbesuche, hatte sie sich vor ein

224

paar Jahren ein tragbares Koffergrammophon zugelegt. Dieses schleppte sie nun zusammen mit ein paar Schallplatten in den Bunker.

Nachdem kaum nach der Entwarnung um 10.58 Uhr eine halbe Stunde später um 11.32 Uhr und danach um 13.16 Uhr schon wieder Alarm gegeben wurde, waren sie sich endgültig einig, dass sie den Bunker heute nicht mehr verlassen würden. Und sie taten auch gut daran, denn über Weihnachten sollten insgesamt zwölf Mal die Sirenen losgehen.

Obwohl die Bombardierungen sehr heftig ausfielen, der Bunker wankte und der Lärm ohrenbetäubend war, hatten sie von Mal zu Mal weniger Angst, so als würden sie sich daran gewöhnen. Dass sie sich besonders an diesem Tag weniger fürchteten, hatte vielleicht auch damit zu tun, dass Weihnachten war.

Möglicherweise waren es aber auch die Platten, die Lotte Jürgens gegen Abend aufzulegen begann und welche die Anwesenden alles um sich herum vergessen ließen. Die Wiener Philharmoniker spielten bekannte Weihnachtslieder und die Wiener Sängerknaben sangen dazu.

„Ausgerechnet Wien! Diese Stadt verfolgt mich noch im Schlaf!" Amelie hatte sich früher immer gewünscht, einmal nach Wien zu fahren. Aber nachdem Carlo dort das Verhältnis mit dieser Frau angefangen hatte, war Wien für sie gestorben. Niemals mehr würde sie dorthin reisen wollen.

Amelie war tief enttäuscht. Sie konnte ja einerseits nachvollziehen, dass er nicht nach Hause kam, aber er hätte ihnen doch wenigstens Weihnachtsgrüße schicken können. Aber nichts von allem! Wahrscheinlich schwelgte er im Glück mit dieser Frau.

Als Helena „Süßer die Glocken nie klingen" hörte, füllten sich ihre Augen mit Tränen. Und sie dachte an Gino und an Ewald. Vielleicht waren sie beide tot?

Bei „Oh, Tannenbaum" begann Frau Fischer zu weinen. Mit welcher Inbrunst hatte Hubertchen dieses Lied unter dem Weihnachtsbaum gesungen. Als „Fröhliche Weihnacht überall" erklang, dachte Frau Hartmann an ihren toten Sohn und ihren toten Mann.

Und so verband jeder seine ganz eigene Erinnerung mit den unterschiedlichen Weihnachtsliedern. Die Musik lockte auch andere Menschen an, die beschlossen hatten, Weihnachten im Bunker zu verbringen. In Decken gehüllt kamen sie aus den Nachbarräumen herüber und lauschten andächtig der Musik. Einige gingen auch ganz nahe heran und setzten sich auf eines der Betten, die sie kreisförmig um den kleinen Christbaum gestellt hatten. Helena hängte die letzten Strohsterne an den Baum und Frau Schmidt zündete die wenigen Kerzen an.

Sie rückten immer enger auf den Betten zusammen, damit möglichst viele Platz finden konnten. Manche hatten auch ihre eigenen Bunkerstühlchen mitgebracht und wieder andere ein Stück Karton auf den kalten Betonboden gelegt und sich darauf niedergelassen.

Einige legten die Arme umeinander, andere wärmten sich oder hielten sich an den Händen. Manche wiegten sich nach der Melodie, andere summten mit. Die einen lächelten melancholisch vor sich hin, während wieder andere wie erstarrt nur der Musik lauschten. Niemand sprach.

Und als dann zwischen zwei Alarmen plötzlich „Stille Nacht, heilige Nacht" ertönte, begannen alle mitzusingen, erst leise, dann immer lauter. Und plötzlich kamen noch mehr Menschen zu ihnen, so dass der Raum übervoll war. Die flotte Lotte nahm die Grammophonnadel und setzte sie noch einmal an den Anfang des Liedes und so sangen sie es von neuem.

Amelie und Helena hatten sich umarmt und eine Decke um sich gelegt. Beide schauten in das Kerzenlicht, das so viel Wärme und Zuversicht verströmte, doch gleichzeitig war es ihnen schwer ums Herz. Und immer noch kamen Menschen zu ihnen in den Raum und stimmten mit ein.

Amelie betrachtete, während sie nun schon zum dritten Mal mit all den anderen „Stille Nacht, heilge Nacht" sang, den kleinen Weihnachtsbaum, der in seiner armseligen, kargen Schönheit so viel Tröstendes hatte. Sie rückte noch näher an Helena heran, weil es immer enger wurde.

Plötzlich hörte Helena auf zu singen.

Amelie schaute ihre Tochter an, die wie erstarrt nach oben blickte. Und als Amelie den Kopf hob, blieb ihr beinahe das Herz stehen. Vor ihr stand ein großer, abgemagerter Mann mit eingefallenen Wangen und müden, traurigen Augen.

Vor ihr stand Carlo.

21

Carlo bat seine beiden Frauen um Verzeihung. „Ich weiß, dass das, was ich getan habe, nicht zu entschuldigen ist und wenn ihr mich wegschickt, kann ich das sogar verstehen. Aber vielleicht ...", er zögerte, „könnt ihr mir ja doch mit der Zeit verzeihen. Ich verspreche euch, wenn ihr mir noch einmal eine Chance gebt, werdet ihr es nicht bereuen."

Und Amelie und Helena vergaben ihm. Die Erleichterung, ihn wohlbehalten wieder bei sich zu wissen, war größer als die Enttäuschung über das, was er getan hatte.

Carlo musste nach Weihnachten wieder zurück zu seiner Einheit nach Wiener Neustadt. Aber er versprach seiner Frau und seiner Tochter hoch und heilig, so schnell wie möglich zu ihnen zurückzukehren.

Über das, was er in den letzten beiden Jahren erlebt hatte, redete er jedoch nicht. Und Amelie war klug genug, nicht weiter in ihn zu dringen.

Auch wenn der Krieg draußen noch vier Monate andauern sollte, so war er doch in den Herzen von Carlo, Amelie und Helena schon jetzt überstanden. Denn sie hatten wieder zueinander gefunden und ihren Frieden miteinander gemacht.

*

Am 20. März sprengte die Deutsche Wehrmacht die Rheinbrücke, die Hindenburg- und die Friedrichsbrücke. Eine Woche später sollte dann auch noch die letzte Brücke über den Neckar, die Adolf-Hitler-Brücke, in die Luft gehen. Diese Maßnahmen waren der letzte klägliche Versuch, die Alliierten aufzuhalten und ihnen die Zufahrtswege zur Mannheimer Stadtmitte zu kappen.

Trotzdem überquerten die amerikanischen Soldaten am 29. März 1945 den Neckar und besetzten die Innenstadt.

Für drei Mannheimer kamen die Amerikaner jedoch einen Tag zu spät: Hermann Adis, Adolf Doland und Erich Paul hatten am 28. März auf dem späteren Kaufhaus Vetter in N7 eine weiße Fahne als Zeichen der Kapitulationsbereitschaft der Mannheimer gehisst. Sie wurden daraufhin sofort verhaftet und noch am selben Tag in den gegenüberliegenden ‚Lauerschen Gärten‘ von Polizisten mit Maschinenpistolen und Karabinern erschossen.

Die tatsächliche Kapitulation Mannheims war spektakulär, denn sie wurde am 28. März 1945 telefonisch zwischen den im Käfertaler Wald befindlichen Amerikanern und der Mannheimer Stadtverwaltung, die ihren Sitz zu diesem Zeitpunkt in K5 in der Filsbach hatte, vereinbart.

Es war die erste Kapitulation in der Kriegsgeschichte, die per Telefon ausgehandelt wurde.

22

„Der Zweite Weltkrieg hat so viele Menschen unglücklich gemacht. Meine Mutter hat uns auch alleine großgezogen, denn mein Vater kam nicht mehr heim." Robert lehnte sich zurück. „Ich bin im letzten Kriegsjahr geboren. Mein Vater hat mich nicht einmal mehr gesehen."

„Das tut mir sehr leid", erwiderte Charlotte. „Wenn ich daran denke, was die Menschen damals alles erleiden mussten, dann bin ich wirklich froh, erst 1952 geboren zu sein."

„Wann ist dein Großvater denn wieder zurück nach Mannheim gekommen?", fragte Robert nach.

„Eigentlich schon relativ früh, denn er war nur ein halbes Jahr in Kriegsgefangenschaft. Als die Rote Armee im April 1945 von Osten her anrückte, hat er sich zu Fuß auf den Weg in Richtung Westen gemacht, um nicht in russische Kriegsgefangenschaft zu kommen."

„Und hat er es geschafft?"

„Ja, allerdings hätten die Russen ihn um Haaresbreite erwischt. Er versuchte nämlich in Oberösterreich bei Urfahr über die Nibelungenbrücke ins amerikanisch besetzte Linz zu gelangen. Aber da kam er nicht mehr rüber und dann ist er an einer ungefährlichen Stelle durch die Donau geschwommen und hat sich dort den Amerikanern gestellt."

„Und das im April. Das Wasser war doch sicher eiskalt! Und so jung war er ja da auch nicht mehr!"

„Ich denke, sein Überlebenswille war stärker. Und er hatte seinen Frauen ein Versprechen gegeben, das er einlösen musste."

Charlotte lächelte Robert an, der zustimmend nickte.

„Und haben deine Großmutter und deine Mutter ihm denn wirklich verzeihen können?" Robert legte die Stirn in Falten.

„Ich denke schon. Meine Mutter spricht bis heute nur gut über ihren Vater. Und meine Großmutter war eine kluge Frau. Sie war einerseits ein sehr gesprächiger Mensch und sicher nicht auf den Mund gefallen, aber sie wusste auch sehr genau, wann es besser war zu schweigen."

„Ein Charakterzug, den man leider immer seltener findet", warf Robert ein.

„Ja, meine Großmutter war schon eine ganz besondere Frau. Es hätte nicht zu ihr gepasst, als mein Großvater voller Reue und Scham vor ihr stand, einen Redeschwall an Vorwürfen auf ihn niederprasseln zu lassen. Sie war, glaube ich, einfach nur erleichtert, dass er wieder da war. Meine Mutter erzählte mir einmal, dass er ihnen zwar äußerlich unversehrt vorkam, dass sie jedoch beide seine seelischen Verletzungen spürten."

„Na ja, eigentlich war ja die Leidtragende deine Großmutter Amelie, denn sie konnte ja nun wirklich überhaupt nichts für das, was da in Österreich passiert war." Robert schien nicht bereit zu sein, Carlo mildernde Umstände zu gewähren.

„Das ist schon richtig, aber trotzdem glaube ich, dass er, auch wenn er sich das selbst eingebrockt hatte, letztendlich mehr gelitten hat als sie. Meine Großmutter war ein ganz starker Charakter und unglaublich diszipliniert. Das hat ihr sicher geholfen, darüber hinwegzukommen. Und dass sie ihm verziehen hat, kann ich irgendwie verstehen. Er war ihre große Liebe, ohne Wenn und Aber." Charlottes Augen bekamen einen schwärmerischen Glanz.

„Ist das nicht ein bisschen unrealistisch?" Robert hatte seine Zweifel an dem, was Charlotte sagte.

„Vielleicht. Ich weiß, ich bin unverbesserlich romantisch. Obwohl ich im Falle meiner Großmutter tatsächlich glaube, dass es eine tiefe Liebe war, die sie für ihn empfand. Eine Liebe, die über Jahrzehnte gewachsen und durch die vielen schweren, gemeinsam erduldeten Schicksalsschläge sehr gefestigt war. Und er hatte sich ja auch zuvor nie etwas zu Schulden kommen lassen, so dass sie nicht befürchten musste, dass es wieder passieren würde."

„Möglicherweise hast du ja recht und die Paare laufen heute viel zu schnell auseinander?", räumte Robert ein.

Charlotte zuckte mit den Schultern. „Kann schon sein, aber das kann man sicher nicht verallgemeinern."

„Was ist denn aus Erikas Sohn geworden? Wie hat der Junge das eigentlich alles verkraftet?"

„Ich weiß nur, dass mein Großvater Harald damals zu Erikas Freundin brachte, die versprach, sich um ihn zu kümmern. Ich meine mich daran zu erinnern, dass meine Mutter mir einmal erzählte, dass Daniza Ilitsch den Jungen später adoptiert hat."

Plötzlich begann Robert zu lächeln. „Wenn ich mir das vorstelle, der kleine Harald ist jetzt auch schon ein alter Mann. Ob er überhaupt noch lebt? Habt ihr nie versucht, Kontakt mit ihm aufzunehmen?"

„Na, das wäre nun vielleicht doch etwas zu weit gegangen. – Nein, meine Großeltern haben nach dem Krieg nie mehr darüber gesprochen und das war vielleicht auch besser so. Ich denke, mein Großvater tat gut daran, die Nachsicht und Gutmütigkeit meiner Großmutter nicht überzustrapazieren."

„Woher weißt du das denn alles?", fragte Robert erstaunt.

„Durch meine Mutter. Sie hat Jahre später, als mein Großvater gestorben war, seinen Spind auf dem Friedhof ausgeräumt und fand einen Brief von Daniza Ilitsch sowie eine Kladde, eine Art Tagebuch, in welches er während seiner Zeit in Wiener Neustadt immer wieder Notizen geschrieben hatte. Aber vor allem fand sie zwei Fotos von Erika und Harald."

„Ja, und was hat sie damit gemacht? Das muss doch ein Schock für sie gewesen sein?"

„Für meine Gefühle tat sie das einzig Vernünftige. Sie hat alles an sich genommen und ihrer Mutter kein Sterbenswörtchen von ihrem Fund erzählt." Charlotte lächelte Robert an.

„Du scheinst das gut zu finden?", meinte Robert nachdenklich. Charlotte nickte.

„Die fünfzehn gemeinsamen Jahre, die meinen Großeltern nach dem Krieg noch blieben, waren die einzigen mehr oder weniger sorgenfreien. Warum hätte meine Mutter mit dieser Offenbarung im Herzen meiner Großmutter Zweifel säen sollen? Es hätte sie vielleicht doch die ein oder andere Frage geplagt, auf die ihr Mann ihr ja keine Antwort mehr geben konnte."

„Du hast recht." Robert nickte zustimmend. „Aber sag mal, was mich noch interessiert, was ist denn aus diesem, na, wie hieß er noch mal? Dieser Schwager von deiner Großmutter? Was ist aus dem geworden?"

„Du meinst Thanner?

„Ja, Thanner, der versucht hat, deine Mutter zu verführen."

„Du weißt ja, dass er damals zu Dora zurückging. Und die hat ihn geheiratet. Und da sie in Kiel ausgebombt waren, sind sie zusammen weggezogen, nach Bautzen, glaube ich. Das ging auch ein paar Jahre gut, bis er dann Ende der 50er-Jahre Doras Sparbücher geklaut hat und mit Klara abgehauen ist. Meine Großmutter Amelie hat beide nie mehr gesehen. Sie hätte sie auch wahrscheinlich rausgeschmissen, wenn sie nochmals aufgetaucht wären."

„Und Dora? Was wurde aus der?" Robert hatte anscheinend gut zugehört, weil er jetzt so genau nachfragte.

„Dora habe ich als Kind noch kennengelernt. Meine Großmutter und sie haben sich versöhnt. Dora sah ein, dass sie ihrer Schwester Unrecht getan hatte und ihr Mann wirklich das Allerletzte war."

„Dann gab es ja wenigstens unter den beiden Schwestern noch ein Happy End." Robert grinste.

„Ach, es gab noch viele Happy Ends, zumindest zeitweilige. Annerose und Hans, Betty und Kurt haben sich gefunden und für Helena gab es ein paar Jahre später ja auch noch eins, sonst würde es mich ja nicht geben", meinte Charlotte keck.

„Und das wäre ja wirklich zu schade!" Robert blickte sie vergnügt an. „Erzählst du mir irgendwann einmal, wie es mit all den anderen weitergegangen ist: mit Rosemarie und Albert, den alten Legrands, Alfred, Auguste und Pauline, ob Erich und Gustav aus

Russland zurückgekehrt sind, was aus Adolf wurde und vor allem auch, ob Irma ihr Glück gefunden hat? – Ich habe noch so viele Fragen."

„Wenn du das alles wissen möchtest, dann müssen wir uns noch oft treffen, denn diese Geschichten sind mehr als ein abendfüllendes Programm."

Robert nickte zustimmend. „Ich habe alle Zeit der Welt und freue mich schon sehr darauf. Jetzt muss ich allerdings leider los, denn mein Zug geht in einer halben Stunde." Er seufzte. „Der Tag ist wie im Flug vergangen!"

Er winkte Herrn Groß, den Besitzer des „Nelsons", zu sich und zahlte. Als sie sich vor dem Lokal verabschiedeten, gab er Charlotte einen Kuss auf die Wange.

„Weißt du, was ich denke? – Du hast sehr viel von deiner Großmutter Amelie mitbekommen, vielleicht weniger äußerlich, aber was deine Persönlichkeit anbelangt."

„Ja, da könnte was dran sein." Charlotte gefiel der Gedanke.

„Gibst du mir Gelegenheit, das noch genauer herauszufinden?", fuhr Robert fort. Seine blauen Augen blitzten.

„Gerne! Ich hatte schon immer eine Schwäche für Entdeckungsreisende", antwortete Charlotte lächelnd.

Als er die Jungbuschstraße Richtung Straßenbahnhaltestelle entlanglief, blickte sie ihm hinterher. Der Gedanke, Robert bald wiederzusehen, ließ sie amüsiert lächeln.

NORA NOÉ

Mitten im Jungbusch

ROMAN · LINDEMANNS BIBLIOTHEK

BAND 1 · Im ersten Band ihrer erfolgreichen Reihe verarbeitet Nora Noé die biografischen Erinnerungen ihrer Mutter und ihre eigenen Kindheitserinnerungen zu einem ergreifenden Stück Zeitgeschichte. Vor dem Hintergrund regionaler, deutscher und weltpolitischer Ereignisse der Jahre 1900 bis 1970 erzählt sie aus dem Leben der Legrands, die über vier Generationen im Jungbusch wohnten, dem Arbeiterviertel am Mannheimer Hafen mit seiner wechselhaften Geschichte.

6. Auflage · Paperback · 260 Seiten · 14,80 Euro
ISBN 978-3-88190-481-0
www.infoverlag.de

NORA NOÉ

Heim
nach Mannheim

ROMAN · LINDEMANNS BIBLIOTHEK

BAND 3 · Der Zweite Weltkrieg hat die Legrands in alle Winde
verstreut. Ob an die Front oder auf der Flucht, keinen hat es
mehr in Mannheim gehalten. Doch nun herrscht Friede. Zumindest offiziell. Nach und nach kehren die Familienmitglieder
zurück. Amelie und Helena haben Glück, ihr Haus steht noch
und sie können ihre alte Wohnung wieder beziehen. Doch die
Sorge um Carlo nagt an ihnen. Und mit ihren Gefühlen sind
sie nicht allein, beinahe jeder ist in Sorge oder Trauer.

2. Auflage · Paperback · 240 Seiten · 14,80 Euro
ISBN 978-3-88190-700-2
www.infoverlag.de